ANDREW GREY

UN COEUR EN
échange ♥

DREAMSPINNER
PRESS

ANDREW GREY

UN COEUR EN
échange ❤

Publié par
DREAMSPINNER PRESS

5032 Capital Circle SW, Suite 2, PMB# 279, Tallahassee, FL 32305-7886 USA
www.dreamspinnerpress.com

Un cœur en échange
Copyright de l'édition française © 2019 Dreamspinner Press.
Titre original : Borrowed Heart
© 2019 Andrew Grey.
Première édition : mars 2019
Traduit de l'anglais par Rachel Lestage.

Illustration de la couverture :
© 2019 Adrian Nicholas.
adrian.nicholas177@gmail.com
Les éléments de la couverture ne sont utilisés qu'à des fins d'illustration et toute personne qui y est représentée est un modèle

Édition e-book en français : 978-1-64405-669-1
Édition imprimée en français : 978-1-64405-670-7
Première édition française : septembre 2019
v 1.0

Édité aux États-Unis d'Amérique.

À Dominic, pour toute son aide avec les détails touristiques en Allemagne.

I

DU PLOMB. Il sentait comme une tonne de plomb sur sa poitrine. Ce qui s'y trouvait réellement, il n'en avait aucune idée.

Robin entrouvrit ses paupières. Un chat était étendu de tout son long sur lui, clignant lentement des yeux.

— Schnitzel, mais qu'est-ce que tu fais là? grogna Robin tout en se rappelant qu'il avait encore laissé la fenêtre ouverte.

Sa soirée d'hier avait été plus arrosée que prévu s'il ne se souvenait même pas d'être allé se coucher. Robin s'assit dans son lit, faisait sursauter Schnitzel qui partit dans une course effrénée. Même si le vieux matou appartenait à sa voisine, il donnait l'impression d'être le maître des lieux. Il avait dû encore s'enfuir. La pauvre madame Kleindinst devait être morte d'inquiétude.

— Tu n'habites pas ici, dit Robin au chat qui s'était arrêté juste à la fin du coin faisant office de chambre.

Le félin le regardait en clignant des yeux, comme s'il le trouvait stupide. Il l'était peut-être en fait. Il devait vraiment se souvenir de se limiter à deux verres de vin. Sa bouche semblait avoir été remplie de cotons, puis de colle pour s'assurer qu'elle reste comme ça pendant un long moment.

Il passa le rideau qui séparait sa « chambre » de tout le reste de son petit appartement de Francfort. Pas que ça le dérangeait vraiment. Il pouvait se le permettre et le manque d'espace importait peu vu le temps minime qu'il y passait.

Schnitzel vocalisa son déplaisir et Robin le prit dans ses bras. Le chat se contorsionna pour le regarder dans les yeux, essayant d'avoir l'air pathétique et affamé par la même occasion. Ça ne marcha pas. Schnitzel était une bête aux rayures grises et blanches de sept kilos qui mangeait généralement mieux que Robin.

Toujours en pantalon de pyjama et tee-shirt, Robin transporta Schnitzel à travers le corridor et cogna doucement à l'autre porte. Madame K l'ouvrit dans un grincement et Robin poussa le chat dans son champ de vision. Elle eut un hoquet de surprise avant d'ouvrir la porte en grand et de se lancer dans une tirade qui trahissait son inquiétude et un peu sa

1

gêne en Frankish, une variante de l'allemand que Robin peinait toujours à comprendre.

— Toi venir ici. Prendre déjeuner, dit-elle difficilement. Toi en avoir besoin. Trop de bière.

Elle lui sourit et Robin envisagea sérieusement d'accepter son offre. Elle était toujours très gentille et maternelle envers lui, un peu comme si elle l'avait adopté. Madame K n'avait pas de famille, de ce qu'il en savait, ou n'en avait pas la visite, ce qui serait encore plus triste selon lui.

— Je dois travailler aujourd'hui, lui dit-il en allemand standard et elle acquiesça en lui tapotant gentiment la joue. Je vous rapporterai du chocolat.

Elle lui sourit à nouveau. Madame K aimait passionnément le chocolat, alors il lui en rapportait toujours d'une saveur loufoque à chacune de ses visites guidées.

Robin retourna dans son appartement, ferma la porte derrière lui et se débarrassa de ses vêtements. Il se contorsionna pour entrer dans sa minuscule salle de bains et fit couler l'eau pour son bain.

Vingt minutes plus tard, il était habillé et avait rangé ses affaires dans un seul sac relativement petit. Il s'était habitué à voyager léger. Après tout, il n'était pas en vacances, lui. Sa simple garde-robe de travail, qui consistait en un pantalon beige et des chandails blanc ou bleu avec le logo des *Euro Pride Tours,* ne prenait pas vraiment de place. Qu'il parte pour sept ou onze jours, ça revenait pratiquement au même. Sa deuxième paire de souliers occupait la majorité de la place.

Robin regarda l'horloge et regretta de ne pas avoir accepté le déjeuner chez madame K. Il prépara son appartement pour son absence d'une semaine et demie en éteignant tous les appareils électroménagers et en s'assurant qu'aucun aliment périssable ne restait encore dans son réfrigérateur. Il prit ensuite sa veste, verrouilla la porte et se dirigea vers la station de métro.

— Tu as réussi, dit Albert en voyant Robin entrer dans le bureau en traînant son sac derrière lui comme s'il pesait une tonne.

— Oui., mais j'ai bien failli t'appeler pour te dire de trouver quelqu'un d'autre.

Il plaça son sac derrière le bureau et s'assit sur une des chaises qu'Albert réservait aux clients, mais Robin ne s'en souciait guère.

— Le métro est tombé en panne en plein milieu d'un tunnel, ajouta Robin en jurant silencieusement.

— J'en ai entendu parler, répondit Albert en foudroyant Robin du regard, mais sans lui demander de bouger puisqu'ils étaient encore seuls. J'ai les détails pour ton groupe.

Albert lui tendit une pochette informative.

— Ce sont majoritairement des Américains, c'est pour ça que je te l'ai donné. En espérant qu'ils ne remarquent pas à quel point tu es de mauvais poil depuis six mois. Qu'est-ce qui t'arrive ? Les gens vont en vacances pour être heureux et avoir du plaisir, par pour être guidés par le Grinch. C'est ton job de t'assurer qu'ils passent un bon moment.

Robin soupira. Ce n'était pas la première fois qu'ils avaient cette conversation.

— Je sais. Mes groupes ont toujours beaucoup de plaisir.

Et c'était réellement le cas, Robin travaillait fort pour s'en assurer.

Oui, mais quand tu ne penses pas qu'ils te regardent... eh bien, tu ressembles à ça. Tout triste et mélancolique. C'est déprimant.

Il pointait Robin et agitait la main, comme pour lui faire réaliser qu'ils étaient le contraire l'un de l'autre. Albert était en effet un modèle du style et du plaisir avec ses grands yeux et ses cheveux blonds en bataille.

— C'est quand la dernière fois que tu t'es fait larguer ? lui demanda Robin en feuilletant ses documents.

Des Américains, nom de Dieu. Pourquoi est-ce qu'il ne pouvait pas avoir un groupe de gentils Britanniques ? Ils étaient toujours charmants et cherchaient seulement à avoir des vacances relaxantes sans se casser la tête. Robin adorait ce genre de touriste. Les Américains, eux, voulaient toujours aller plus vite et être divertis chaque seconde. Il soupira et ferma le dossier. Au moins, c'était un groupe mixte, donc pas seulement composé d'hommes gays, ça aidait parfois.

— Je ne me fais jamais larguer. Je les quitte quand ils deviennent trop collants et trop demandeurs.

Albert battit des cils et Robin ne douta pas une seconde de sa réponse. Les hommes se précipitaient pour profiter de son corps mince et de ses beaux yeux. Il était Allemand, mais il avait passé plusieurs années aux États-Unis, il parlait donc très bien l'anglais et adorait les américanismes.

— Tu devrais l'essayer.

— Quoi ? demanda Robin en relevant la tête de la carte qu'il étudiait.

— Tu ne m'écoutais pas ? Je te disais que tu dois l'oublier, peu importe qui était ce gars, et passer à autre chose, dit Albert en levant les yeux au ciel comme le grand dramatique qu'il était. Ce que ce gars était... est... je m'en

3

moque… c'est du passé! Il n'est plus là, alors, trouve-toi quelqu'un d'autre pour démarrer ton moteur. Mais pas moi.

Robin en tomba presque de sa chaise.

— Non, mais je t'en prie. Tu penses vraiment que tous les hommes te veulent.

— Et c'est le cas pour la plupart d'entre eux. Je travaille fort pour me garder aussi en forme.

Albert se leva, se trémoussa jusqu'à la porte et tourna sur lui-même comme un top model. Il avait du style, c'était indéniable, et il pouvait jouer le jeune ingénu sans souci même si l'aube de sa quarantaine approchait à une vitesse terrifiante. Il se rassit, la chaise couinant légèrement sous son poids.

— Trêve de plaisanterie. Parlons de ta visite guidée, d'accord?

— Je vis que pour ça, rétorqua Robin et Albert lui sourit en retour.

— Bien joué. Sois toujours drôle comme ça, les gens aiment ça.

Il se mit à taper sur son clavier alors que Robin se demandait encore ce qu'il avait pu faire de drôle.

— Qu'est-ce que c'est? demanda Robin en pointant une feuille. Quelqu'un va rejoindre la visite guidée plus tard?

— Ça se pourrait. Il y a quelqu'un en Allemagne en ce moment qui serait intéressé par notre visite. Il devrait te rejoindre à Wurtzbourg, jeudi en soirée. On ne le fait pas normalement, mais il restait de la place et, eh bien…

Albert agita vaguement la main, mais Robin connaissait déjà ses raisons. Son patron n'allait pas refuser des clients, peu importe ce que ses propres règles disaient à ce sujet. L'argent prenait le pas sur tout, c'était comme ça qu'Albert avait réussi à faire survivre sa petite entreprise alors que toutes les autres se faisaient acheter par les plus grands joueurs du milieu ou disparaissaient tout simplement.

— C'est bon. Et comment je vais reconnaître ce gars? s'enquit Robin en attrapant un stylo pour en prendre note.

— J'attends toujours son paiement, mais il devrait m'appeler à ce sujet aujourd'hui. S'il le fait, il te rejoindra à l'hôtel où votre repas du soir est réservé, alors tout le monde devrait y être. Il te demandera, ça ne devrait donc pas être un problème. Il faut juste t'assurer qu'il ait une copie de mon e-mail et tout va bien aller.

Albert continuait à taper pendant que Robin écrivait rapidement l'information.

— Parfait. Est-ce que je devrais savoir autre chose?

4

Son patron secoua la tête, déjà absorbé par son travail et oubliant tout autour de lui.

— Essaie simplement qu'ils passent un bon moment. C'est une visite guidée gay, alors fais en sorte qu'elle soit gaie, tu comprends ? Rends-les heureux. Amène-les dans les clubs le soir, tu as une liste de ceux avec qui nous avons un accord. Qu'ils aient un peu de plaisir. Planifie leur soirée à faire la fête en plus de leur journée !

Albert releva la tête de son écran pour danser au son d'une musique que lui seul pouvait entendre. Robin gémit intérieurement. Il avait accepté ce job parce qu'il pensait que cela lui donnerait une chance de souffler un peu. Ses parents auraient bien aimé qu'il traverse l'océan à nouveau pour retourner travailler dans leur restaurant allemand à Milwaukee, comme si c'était ce qu'il voulait faire pour le restant de ses jours... Pas qu'il soit beaucoup plus heureux en ce moment, mais au moins il était indépendant et profitait enfin de sa double citoyenneté.

— Je n'ai jamais vraiment accompagné les gens dans les clubs, mais je comprends ce que tu veux dire et je vais faire un effort, réussit-il à dire en grimaçant un sourire. Vers quelle heure mon groupe est-il attendu ?

— Il devrait commencer à arriver sous peu. L'autobus sera ici à onze heures.

— Qui est le chauffeur ? demanda Robin. Ce n'est pas ce roumain qui a failli tous nous tuer, j'espère ?

Ils étaient passés près de la catastrophe, cette fois-là. Yuri était resté éveillé toute la nuit, pour une raison quelconque, et s'était endormi au volant en manquant les faire tomber en bas d'une falaise. Robin avait dû se charger de la conduite en plus de guider le groupe pendant les deux derniers jours.

— Non, je l'ai renvoyé. C'est Johan, ton chauffeur. Il a travaillé avec toi il y a quelques mois et, à ma surprise, il était partant pour recommencer.

Albert se retourna à moitié pour se cacher derrière son écran comme le lâche qu'il était.

— Mais qu'est-ce que tu racontes ? Je suis toujours gentil avec les chauffeurs.

Robin fusilla du regard son patron, qui eut la décence de rougir un peu. Il était vraiment gentil avec chacun d'entre eux, même Johan qui lui faisait penser au cousin Machin avec ses cheveux longs qui lui arrivaient au bas des hanches et sa barbe foncée qui rappelait celle de Hagrid.

— Oui, tu t'assures qu'ils soient bien traités, mais tu es tellement déprimant. Le pauvre Dieter, ton dernier chauffeur, est en vacances pour se gorger de soleil et de joie. Les gens font ce job parce que c'est amusant et que cela les rend heureux. Ils veulent avoir du plaisir, alors que toi tu es comme une grosse boule de tristesse. Alors, je t'en prie, essaie d'être plus joyeux. Prends des pilules si tu le dois, mais tu ne peux pas continuer comme ça.

Albert faisait la même grimace que s'il venait de croquer dans un citron.

— C'est bon, répliqua Robin en souriant et en s'avançant vers la fenêtre. Je serai gai et enjoué, une vraie explosion de joie.

— N'en fais pas trop non plus, répliqua Albert en s'écartant de son bureau. Je ne voudrais pas que tu en perdes la tête. Fais simplement en sorte qu'ils passent du bon temps et, toi aussi, par la même occasion. Vous allez aux sources thermales de Baden-Baden, alors prend du temps pour toi et fais-toi faire un massage.

Il ajouta ensuite avec un sourire malin avant de s'éventer avec sa main :

— Tu pourrais même demander à Johan de t'accompagner et de te donner ce massage. Aie seulement du plaisir, d'accord ?

Robin acquiesça en se disant qu'il pouvait bien faire semblant pendant le voyage, ce n'était quand même que onze jours. Ça ne devrait pas être trop difficile et c'était le moment ou jamais de se sortir des instants dépressifs qui l'accablaient. C'était soit ça ou retourner travailler avec ses parents au restaurant.

— Je vais faire de mon mieux.

Robin attrapa son document et sortit du bureau, la porte n'était même pas encore complètement fermée derrière lui que des gens s'approchaient.

— *Euro Pride Tours* ? demanda un jeune homme musclé exsudant la testostérone.

Un homme plus âgé s'approcha de lui par-derrière en tirant une énorme valise à roulettes. Le plus jeune leva les yeux au ciel avant de déposer sa propre valise pour aller aider son compagnon plus âgé.

— Allez, Oliver.

Il souleva la valise comme si elle ne pesait rien, son tee-shirt épousant toutes les courbes de ses muscles par la même occasion.

— Tout va bien aller, c'est le bon endroit.

— Alors pourquoi est-ce que nous avons marché dans la mauvaise direction sur huit pâtés de maisons ? se plaignit Oliver à bout de souffle en s'approchant du bureau.

Oliver avait les cheveux blancs et la peau très pâle, une aura de fragilité l'entourant, tandis que son compagnon était jeune et viril avec la peau bronzée. Oliver portait un chandail de soie qui bougeait dans la légère brise. Son pantalon était en lin, flottant autour de ses jambes, et les bagues à ses doigts brillaient au soleil. Il avait de l'argent, c'était évident, et son compagnon... disons qu'il ne fallait pas beaucoup d'imagination pour comprendre la dynamique de leur relation.

Voici Javier Montel et je suis Oliver Justinian, dit-il à ceux rassemblés autour de lui.

Javier se rapprocha d'Oliver pour passer un bras autour de sa taille, montrant à tout le monde qu'ils étaient ensemble.

— Je m'appelle Robin Fuller et c'est un plaisir de vous rencontrer, dit leur guide en leur serrant la main. L'autobus sera ici pour onze heures.

Robin cocha leur nom sur sa liste et leur donna les billets d'embarquement avant de poursuivre.

— Si vous voulez, vous pouvez entrer, il y a des chaises. Vous pouvez placer vos bagages à côté de la porte, je vais rester proche pour accueillir les autres personnes du groupe. Vous n'avez qu'à les identifier avec ceci.

Il leur tendit des identificateurs de bagages arc-en-ciel et Oliver donna le sien à Javier.

— Va t'asseoir à l'intérieur, Oliver, lui dit Javier. Je vais rester un peu dehors et profiter du soleil.

Il sourit et échangea un regard avec Oliver que Robin aurait préféré ne pas voir. Puis, l'homme plus âgé se dirigea vers le bureau.

— Est-ce que tu as hâte de commencer la visite guidée ? demanda Robin.

Javier s'écarta de l'immeuble pour aller sur le trottoir et observer le ciel pendant que le soleil traversait les nuages. C'était un homme magnifique et Robin se força à écarter son regard pour se concentrer sur ses documents.

— C'est toujours la même chose, dit Javier avant de hausser les épaules et de s'immobiliser.

Robin lisait les derniers détails de sa visite quand un groupe de personnes se rapprocha.

— *Euro Pride Tours*, annonça-t-il et tout le groupe lui sourit et hocha la tête.

Un homme de grande taille dans le milieu de la vingtaine s'approcha et serra la main de Robin avec enthousiasme.

— Grant Harcourt.

— Je suis Robin Fuller, dit-il en réussissant à libérer sa main de la prise de Grant avant de perdre le bras. Parfait, vous pouvez mettre vos bagages juste là en attendant que l'autobus arrive.

Grant se rapprocha un peu plus, vibrant toujours d'excitation.

— Vas-tu nous faire la visite guidée de Francfort? demanda-t-il en regardant autour de lui d'un air fasciné.

— Non, la ville a été presque complètement détruite pendant la guerre et il ne reste plus grand-chose de son côté historique.

Robin consulta sa montre avant de s'adresser au reste du groupe.

— Dès que le bus arrive, ce qui ne devrait plus trop tarder, nous allons pouvoir embarquer et nous diriger vers Wurtzbourg.

— Oh, d'accord.

Grant extirpa un guide de voyage de sa besace usée, l'ouvrit et s'adossa sur le mur extérieur pour lire. Robin le laissa à sa lecture pour se concentrer sur les deux jeunes hommes qui venaient à sa rencontre.

— Kyle North et Billy Thomas, lui dit le plus grand des deux en pointant son compagnon, puis lui-même.

Robin leur donna leur billet et leur identificateur de bagage.

— On met nos sacs là? demanda Kyle avant de se tourner vers les autres membres du groupe. Nous ne sommes que des amis.

Il regarda Javier avec un intérêt à peine masqué après sa petite explication, mais Oliver vint retrouver son compagnon et lui passa un bras autour de la taille. Kyle se retourna et parla avec Billy.

Ça allait être un groupe intéressant.

Deux autres couples se joignirent à eux, Mary et Helen d'Indianapolis et Harold et Gerald du Texas. Ils se rapprochèrent du reste du groupe grandissant en parlant avec enthousiasme de ce qu'ils espéraient voir durant leur visite.

Une voix se fit entendre par-dessus le trafic, suivie du coup de klaxon d'un autobus. Robin leva la tête pour voir leur bus s'arrêter brusquement pour laisser passer deux jeunes femmes qui couraient pour traverser la rue.

— Je t'avais dit de te lever plus tôt.

— Je pensais que nous aurions plus de temps.

Les deux femmes s'arrêtèrent devant Robin au moment où l'autobus se garait près d'eux.

— Lily Martin, se présenta une des deux avec un sourire nerveux. Et voici mon amie Margaret Hansen.

— Bienvenue, mesdames, leur dit Robin en leur tendant leur billet. Le chauffeur va s'occuper de vos bagages dès qu'il aura terminé de se garer. Robin jeta un dernier coup d'œil à son groupe. Ils semblaient tous gentils et heureux d'être là, enfin tous sauf Lily qui se tenait proche de Margaret, sur la défensive.

— Je ne sais pas pourquoi nous avions à faire un voyage organisé gay, dit Lily juste assez fort pour que Robin puisse entendre.

— Parce que je suis lesbienne et que tu as dit que tu voulais des vacances plaisantes et relaxantes sans hommes. Eh bien, au moins, ils ne sont pas hétéros, termina Margaret en pointant autour d'elles.

Robin se retourna et sourit pour lui-même. D'accord, il allait peut-être réussir à être heureux pendant ce voyage, ou moins déprimé et triste tout le temps au moins. Certes, il s'était fait jeter après cinq ans de relation. Mais c'était le moment de passer à autre chose. Il attendit sans bouger que Johan finisse de placer l'autobus, s'imprégnant de l'énergie contagieuse de ses touristes.

L'autobus fit un bruit en relâchant les freins, comme s'il venait d'échapper un gaz, ou en tout cas c'était ce à quoi cela faisait penser Robin à chaque fois. Heureusement, c'était un bus plus petit qui pouvait convenir pour une vingtaine de personnes, il y avait donc encore beaucoup de place pour que son groupe puisse s'étendre. Pas surprenant qu'Albert ait accepté un autre passager. Il y avait de la place et il payait pour le bus, le chauffeur et Robin, peu importe le nombre de clients.

— Super. Johan va s'occuper des valises et je vais passer à l'enregistrement pendant que vous montez dans le bus. Ensuite, on pourra y aller.

Le groupe se rassembla autour de lui avec quelques plaintes disant qu'ils auraient dû manger quelque chose avant. Robin, préparé à tout, sorti des barres de céréales de son sac et les distribua.

La porte du bus s'ouvrit et Johan en sortit. La bouche de Robin s'asséchat et il le regarda plus longtemps que nécessaire, mais il ne pouvait s'en empêcher. Adieu, cousin Machin avec sa barbe et sa tignasse trop longue. Bonjour, Dieu parmi les hommes, fraîchement rasé et arborant des cheveux souples aux épaules. Robin n'avait aucune idée de ce qui avait pu arriver, mais une chose était certaine : tous les garçons, et Lily se retournèrent et demeurèrent bouche bée devant Johan.

— Es-tu prêt pour moi ? demanda-t-il, d'une voix douce et Robin dût se concentrer pour comprendre de quoi il parlait.

— Tous les bagages sont identifiés et prêts à être embarqué, finit-il par acquiescer en déglutissant.

Il pointa du doigt les sacs qui formaient une ligne et Johan hocha la tête avant de se diriger pour en prendre deux et les placer dans la soute à bagages sous le bus. Robin se retourna et se plaça à l'entrée du bus. Personne ne bougea, les hommes fascinés par Johan et le regardant travailler. Robin s'éclaircit la gorge et ils semblèrent retrouver leurs esprits. Pas que Robin ne les comprenait pas. Il se trouvait soudainement lui aussi aux prises de ses propres fantasmes et ils étaient tout sauf professionnels.

Un par un, Robin inscrivit tous les touristes de son groupe sur sa liste. Javier embarqua en premier, gravissant rapidement les quelques marches, puis s'arrêtant en soupirant pour attendre Oliver qui montait plus lentement. Les dames embarquèrent ensuite, puis tous les autres avec Kyle et Billy en dernier, conversant à toute vitesse.

— Est-ce qu'on va s'arrêter dans des clubs et ce genre de truc? demanda Kyle et Robin contint un sourire alors que Billy levait les yeux en l'air derrière son ami.

— Nous allons avoir beaucoup de temps libre pour ce genre de truc. Robin n'a pas besoin de nous accompagner, répondit Billy en passant devant Kyle pour monter dans le bus.

Kyle secoua la tête et le suivit.

— Est-ce que tout le monde est là? s'enquit Johan d'où il se tenait, près du compartiment à bagage.

— Oui, soupira Robin. Nous devrions avoir un autre passage à Wurtzbourg demain soir.

Johan hocha la tête et ferma la soute à bagages.

— Zut, murmura Robin en se dirigeant rapidement vers le bureau.

Il attrapa sa propre valise et retourna vers le bus. Johan prit son sac, ses doigts effleurant doucement ceux de Robin, faisant brûler sa peau. Robin s'écarta plus rapidement que nécessaire et espéra que Johan n'avait rien remarqué.

— Maintenant, on peut y aller.

Robin suivit Johan dans le bus et ils se mirent en route.

— *Guten Morgen.* Je m'appelle Robin et je serai votre guide pour les onze prochains jours. Je suis certain que vous êtes bien au courant de notre itinéraire et, pour ce que j'en sais, il n'y a aucun changement prévu. Notre chauffeur, Johan, et moi-même sommes ici pour nous assurer que vous arriviez où vous devez être. À tout moment durant le voyage, je serai heureux de répondre à vos questions. Pour la plupart de nos activités durant la journée, Johan va verrouiller l'autobus, alors n'hésitez pas à laisser vos affaires dans les compartiments au-dessus de vos têtes ou nous pouvons les placer dans les compartiments à serrure.

— Même mon ordinateur portable ? demanda Grant en levant la main bien haute.

— Oui, vos ordinateurs, vos vestes, vos chandails... tout ce que vous voulez. On vous recommande seulement de ne pas les laisser pendant la nuit dans le bus, parce que Johan devra le garer et sera à l'hôtel avec nous.

Robin fit une petite pause pour examiner tous les visages qui le regardaient avec enthousiasme avant de poursuivre.

— Nous devrions arriver dans deux heures avec le trafic à Wurtzbourg, alors j'ai pensé que je pourrais vous parler rapidement du pays que nous allons visiter. Le pays que nous connaissons comme l'Allemagne n'a pas toujours ressemblé à ce qu'il est aujourd'hui. Il y a environ cent cinquante ans, il était composé de divers états souverains comme la Prusse, la Franconie et la Bavière. Ils avaient chacun leurs propres dirigeants et royautés. Vous avez peut-être entendu parler de quelques-uns d'entre eux.

— Et l'Allemagne de l'Est était un d'entre eux ? demanda Billy et Kyle lui donna un coup d'épaule.

— Non, ça, c'est à cause de la guerre, répondit-il à son ami.

— Ce que nous connaissons ou connaissions de l'Allemagne de l'Est et de l'Ouest est le résultat de la Seconde Guerre mondiale. L'Allemagne de l'Est était contrôlée par les Russes. L'Allemagne a été réunifiée en 1990.

Robin prit une grande inspiration avant de poursuivre.

— Nous allons voir des châteaux et des ruines romaines, déguster du vin...

— Et nous saouler, dit un couple en même temps et tout le monde s'esclaffa.

Robin essaya de partager leur rire, mais n'y parvint pas et attendit que le sérieux revienne. Mais Kyle et Billy se mirent à parler de bières et la conversation partit d'elle-même. Le son de canettes s'ouvrant se fit entendre et Kyle et Billy commencèrent à boire et à en offrir aux autres. Bientôt, presque tout le monde buvait et Robin se demanda comment ils avaient pu embarquer autant de bière sans qu'il le remarque. Il allait devoir tenir à l'œil ces deux-là. Laissant tomber l'information qu'il s'apprêtait à donner, il se rassit et laissa le groupe parler entre eux.

— C'est normal, dit Johan assis juste devant lui. Ils doivent apprendre à se connaître et c'est un bon moment pour eux de le faire.

— J'imagine. Mais d'habitude, j'ai des jeux pour ça, expliqua Robin et Johan tenta de camoufler un petit rire. Quoi?

— Je me souviens de ces jeux. La bière est une meilleure idée.

Il retourna à sa conduite, ricanant doucement. Robin voulait le frapper, mais en se retournant vers le groupe, il devait bien admettre que la bière était une meilleure idée. Ils passaient un bon moment, parlant et riant. Robin se rassit pour voir la route et le paysage qui défilait dans la fenêtre avant pendant qu'ils entraient sur l'Autobahn. Il ouvrit à nouveau son document pour le réviser, ne sachant pas quoi faire d'autre.

QUAND ILS approchèrent de Wurtzbourg, Robin se leva en se tenant sur son siège d'une main.

— En arrivant dans la ville, nous allons nous garer près du restaurant où nous allons déjeuner. Ensuite, vous allez avoir l'après-midi pour vous promener un peu. Nous nous retrouverons à seize heures à l'hôtel pour nous enregistrer et dîner. Vous serez libres pour la soirée et demain nous aurons une visite guidée de la ville et de la Résidence de Wurtzbourg, le château des princes-évêques, qui est vraiment magnifique.

— Est-ce qu'on doit prendre nos affaires avec nous? demanda Javier.

— Prenez vos bagages à main. Le reste sera en sécurité jusqu'à ce que nous arrivions à l'hôtel. Il y a une petite marche entre la ville et le parking pour les autobus, alors vous ne voudrez sûrement pas revenir pour rien.

Johan gara l'autobus et Robin en sortit pour diriger le petit groupe vers le restaurant non loin.

— Verrouille le bus et rejoins-nous, dit-il à Johan.

— Tu me gardes une place? acquiesça celui-ci en souriant, ce qui fit battre des papillons dans le ventre de Robin.

— Bien sûr.

Il attrapa son sac et se dirigea rapidement vers le groupe qui avait pris de l'avance sur lui.

À l'intérieur du restaurant, il donna à l'hôtesse leurs informations et ils furent assis à une longue table contre un mur aux boiseries sombres. Ils reçurent rapidement leur boisson et leur salade, suivis d'assiettes de *schnitzel* avec des frites. Robin s'assura que tout le monde ait une place et soit servi avant de s'asseoir d'un côté de la table. Johan arriva et prit place en face de lui, où une assiette l'attendait.

— Depuis combien de temps es-tu chauffeur pour des tours guidés? demanda Grant qui était assis juste à côté de Johan.

— Ça doit faire quatre ans, répondit Johan avec un accent plus fort que d'habitude, comme s'il était plus gêné quand il devait parler de lui.

— Quel âge a cette ville? demanda à son tour Kyle.

Johan posa sa fourchette et se dépêcha d'avaler sa bouchée, mais il n'eut pas le temps de répondre.

— La première cathédrale a été bâtie en 788 et consacrée par Charlemagne lui-même. La cathédrale actuelle date du onzième siècle, ce qui veut dire que la ville doit avoir environ mille trois cents ans.

Grant sonnait comme un de ces guides de voyage qu'il lisait sans cesse et Robin prit le relais quand il arriva à court d'information.

— La ville est majestueuse avec des bâtiments de tous les styles. Allez vous promener dans la cathédrale, c'est tout simplement superbe. Le plus célèbre sculpteur sur bois d'Allemagne, Tilman Riemenschneider, était le maire de cette ville, alors vous allez voir beaucoup de ses œuvres, même à l'intérieur de la cathédrale elle-même. Sinon, allez voir les boutiques et les marchés. Amusez-vous et nous nous reverrons entre seize heures et dix-sept heures à l'hôtel pour prendre vos chambres.

— Où est-il?

— L'Hôtel Charlemagne est juste en bas de la rue qui mène à la ville, à deux coins de pâtés de maisons, expliqua Robin. Si vous marchez vers la ville, vous ne pourrez pas le manquer. Amusez-vous bien pendant quelques heures.

Ils finirent tous leur repas et les touristes quittèrent le restaurant en petits groupes jusqu'à ce qu'il ne reste plus que Robin et Johan avec Lily et Margaret, qui étaient assises à l'autre bout de la table et conversaient doucement. Puis, après quelques minutes, elles se levèrent à leur tour.

Robin tira la chaise près de lui.

— Vous pouvez vous joindre à nous si vous voulez. Nous étions sur le point de terminer.

— On voulait visiter un peu, mais…

Lily et Margaret se rapprochèrent encore plus et s'assirent près de Robin.

— Est-ce que je peux vous être utile à quelque chose? demanda-t-il.

13

— Je ne savais pas que c'était une visite guidée gay, commença Lily avant de baisser le ton. Et je… Margaret pensait que je l'avais compris, mais je l'ignorais et je ne me sens vraiment pas à ma place.

Elle prit une serviette de table et essuya ses yeux.

— Ça ne dérange personne, tu sais, dit Johan et Robin hocha la tête.

— Mais je ne suis pas gay, dit-elle doucement. Et si je faisais quelque chose de mal ?

— Je suis désolé, dit Margaret. Je pensais que tu le savais. J'ai réservé un voyage organisé de ce genre afin que des hommes ne viennent pas te déranger.

Elle entoura son amie de ses bras pour la réconforter et elle rencontra le regard de Robin. Le feu dans ses yeux lui indiqua qu'il avait affaire à une personne forte.

— Elle et son mari…

— Margie, murmura Lily.

— Il ne peut plus rien te faire, tu le sais bien. Tu penses vraiment que je laisserais ce crétin s'approcher de toi ?

Margaret serra Lily plus fort dans ses bras et Robin songea que parler ainsi était une drôle de manière de rassurer quelqu'un, mais ça semblait marcher.

— Son mari, il…

— Il me trompait, compléta Lily en reniflant. Souvent.

— Tu es dans un endroit sûr, dit Robin et il trouvait que ça sonnait un peu stupide, mais cela restait vrai. Tu n'as pas à t'inquiéter à propos d'aucun d'entre nous. Tu es en sécurité et, gay ou pas, nous sommes là pour toi.

Il ne s'attendait pas à commencer sa visite de cette manière.

Une serveuse s'approcha de la table et Robin demanda un verre d'eau. Elle l'apporta avant de poursuivre son chemin.

— Qu'est-ce que tu veux faire ?

— Botter le derrière de ce salopard, commença-t-elle en finissant son verre d'eau et en essuyant sa figure. Et je crois que je veux m'en aller d'ici et m'amuser un peu.

— Ça, c'est une bonne attitude ! s'écria Margaret. Ne laisse pas ce crétin gagner. Allons nous amuser.

Elle se leva et Lily la suivit en hochant la tête. Robin regarda les deux femmes s'en aller, se sentant mal. Il resta assis à la table quelque temps, profitant d'un instant de répit. Il avait encore quelques heures devant lui, il savait donc qu'il devait en profiter pour se reposer un peu. Il sortit un roman de son sac, se commanda un autre verre et laissa le groupe explorer la ville et apprendre à se connaître tranquillement.

— Es-tu prêt à aller à l'hôtel ? demanda Johan et Robin réalisa qu'il s'était perdu dans ses pensées pendant un bon moment.

Il se demanda s'il n'avait pas lâché son livre du regard pour observer quelque chose de plus gênant. Comme il le pensait, ses yeux avaient eu le malheur de se poser sur le torse de Johan et sur la manière dont il remplissait tellement bien son tee-shirt.

— Oui, s'empressa de lui répondre Robin en poussant sa chaise.

Il alla vérifier que tout avait bien été payé avec l'hôtesse, puis Johan et lui se dirigèrent vers l'autobus. Il s'assit et observa la ville à travers la fenêtre avant, pendant que Johan les conduisait jusqu'à l'hôtel.

C'était un établissement familial ; à leur dernier séjour, c'était même le fils de quatorze ans du couple de propriétaires qui les avait enregistrés. L'extérieur, à moitié bâti de bois rond, était exactement ce qui venait à l'esprit quand on imaginait un hôtel typique allemand. L'intérieur était tout aussi charmant, bien que pas tout à fait au goût du jour. Non qu'il y eût quelque chose de mal là-dedans. C'était juste que, parfois, ce n'était pas tout à fait ce que les touristes américains imaginaient pour leurs vacances européennes.

— *Guten Tag*, le salua la dame derrière le comptoir en souriant. Robin, tu es de retour.

— Oui, répondit-il heureux qu'elle se souvienne de lui. J'ai besoin des clés pour mon groupe.

Il lui tendit la feuille avec les détails et elle la prit pour la lire rapidement avant de hocher la tête et de lui donner ses clés dans une enveloppe.

— Vous restez pour deux jours ? demanda-t-elle.

— Oui et une autre personne se joindra à nous demain, lui expliqua-t-il et elle hocha la tête en vérifiant ses livres.

— Nous sommes complets ce soir, mais, *ja*, je vais pouvoir vous donner les clés à son arrivée.

Elle lui fit un autre sourire que Robin lui rendit. Il alla ensuite s'asseoir avec la paperasse et les clés pour s'assurer que tout le monde ait ce pour quoi ils avaient payé. La chambre de luxe avec sa propre grande salle de bain et petit salon était facile à attribuer : Oliver l'avait déjà réservée. Il assigna les autres chambres et il se retrouva avec une seule chambre pour finir. Robin vérifia à nouveau et grogna. Il sortit son cellulaire pour envoyer un message à Albert et reçut en retour un message disant que le nombre de chambres était correct.

— Tout va bien ? lui demanda Johan en transportant la dernière valise pour la poser dans la salle à déjeuner libre pour l'instant.

— Il nous manque une chambre. On dirait bien que nous allons devoir en partager une.

En le disant à voix haute, Robin réalisa que c'était peut-être le plan d'Albert depuis le début. Il espérait qu'il n'y avait pas d'autres trucs dans le genre de prévus pour tout le voyage.

— C'est bon, ce n'est pas très grave, dit Johan qui sortit sans ajouter un mot.

Robin l'observa un moment avant de ramener son attention sur les enregistrements pour lâcher du regard le derrière enivrant de Johan. Grognant à nouveau, il se prit le visage entre les mains avant de vérifier une dernière fois l'arrangement des chambres, s'assurant que celle qu'il partagerait avec Johann contenait deux lits. Pas que cela l'aurait dérangé de partager son lit avec Johan, mais ils travaillaient ensemble et…

Robin leva les yeux en l'air à cette pensée. Il savait bien qu'il n'était pas le plus bel homme des environs, son ex le lui avait bien fait comprendre lors de leur dernière conversation qui avait rapidement tourné en dispute, alors c'était logique que Johan ne soit pas intéressé par lui. Il y avait des hommes bien plus beaux et plus amusants que lui dans leur groupe. Et ça, c'était en supposant que Johan était intéressé par les hommes et par ceux qu'ils conduisaient et… bon sang, même ses pensées étaient sens dessus dessous. Il devait y mettre un terme.

Son cellulaire vibra, le libérant de ses pensées, et il le sortit de sa poche, s'attendant à voir Albert sur l'écran, mais il se trompait.

— Hé, maman, dit-il avec autant d'enthousiasme qu'il le put.

— Tu es en vie, le taquina-t-elle.

— Je t'ai appelé la semaine dernière et je suis avec un groupe en ce moment, mais tout va bien, se dépêcha-t-il à dire, peut-être trop rapidement.

— Tu en es sûr ?

— Oui. Je prends mes pilules et je fais attention à ce que je mange autant que je peux. Comme toujours.

Il gardait un ton léger. Après des années avec sa mère s'occupant de lui, s'inquiétant à son sujet, puis le dorlotant ou essayant de le faire malgré les années qui passaient, il devrait être rendu habitué à cette routine.

16

— Je m'inquiète, c'est tout. Pourquoi ne veux-tu pas rentrer à la maison ? Nous t'aimons et tu pourrais travailler avec nous. Ton père me dit toujours qu'il veut ralentir le rythme et si tu t'impliquais au restaurant, il pourrait te donner de ses responsabilités.

— Je sais que tu t'inquiètes, mais je vais bien, répondit doucement Robin pour ne pas se faire entendre par quelqu'un d'autre. Vraiment. J'aime ça, ici, et j'arrive à voir des endroits que je n'aurais jamais vus sinon. Et je peux utiliser mon allemand pour qu'il ne se rouille pas.

Sa mère se racla la gorge nerveusement.

— Mais qu'est-ce que tu fais ? Tu guides des touristes alors que tu pourrais être avec ta famille qui s'occuperait de toi ?

Certaines habitudes avaient la vie dure et sa mère avait beaucoup de difficulté à le laisser se débrouiller seul.

— J'ai besoin d'être seul, je te l'ai déjà dit.

Une si grande partie de sa vie s'était déroulée avec sa mère s'inquiétant constamment pour lui, prête à l'amener à l'hôpital à la seconde où il toussait ou avait un peu de fièvre... Robin avait été surpris quand elle l'avait laissé avoir un petit copain. Ses parents avaient été compréhensifs et bienveillants. Ce n'était pas vraiment surprenant, ce qui l'était, c'était qu'ils ne s'étaient pas plus impliqués dans sa relation. Mais dès que ça avait été terminé, ils étaient revenus à la charge.

— Laisse-moi vivre un peu. Je t'appelle, je reste en contact et je peux m'occuper de moi.

Elle soupira lourdement, puis gémit doucement.

— Tu es spécial et tu ne peux pas faire tout ce que les autres font. Tu le sais.

Robin l'imaginait bien essuyer ses larmes.

— Tu dois être prudent, je m'inquiète de te savoir à l'autre bout du monde sans personne pour s'occuper de toi.

Il se massa la nuque, regardant autour de lui pour s'assurer que personne ne l'écoutait.

— Tu m'as déjà dit tout cela des milliers de fois et, oui, je sais que je ne vivrai probablement pas aussi longtemps que la plupart des gens, mais je veux avoir une belle vie et profiter de ce que j'ai.

Et, malheureusement pour ses parents, ça ne signifiait pas rester derrière le comptoir du restaurant familial pour prendre l'argent des gens et passer toute sa vie perché sur un tabouret, là où sa mère saurait où il était.

— Je ne comprends pas pourquoi ça t'inquiète autant tout à coup.

Sa mère soupira de plus belle et Robin se prépara pour une explication qui ne vint jamais. Elle était du genre à pouvoir attendre une autre ère glaciaire si elle le voulait, elle ne dirait donc rien avant longtemps.

— Maman, je dois y aller. Je dois finir d'enregistrer mon groupe à l'hôtel, leur montrer où sont servis les repas et ensuite je vais pouvoir me reposer.

Il se sentait déjà vidé par cette conversation. Pas qu'il n'aimait pas sa mère, il l'adorait réellement et il savait bien qu'elle l'aimait aussi, mais il avait besoin de son autonomie.

— Je t'appellerai plus tard cette semaine et nous pourrons même nous texter si tu veux.

— Tu sais bien que je n'utilise jamais cette chose, grogna-t-elle.

Sa mère et la technologie… ce n'était pas facile, disons.

— Peut-être que si tu laissais papa t'acheter un nouveau téléphone…, commença Robin.

— Mais j'aurais un nouveau numéro et plus personne ne pourrait m'appeler, alors je devrais contacter tout le monde pour leur dire…

Elle continua à s'emporter et Robin la laissa faire jusqu'à ce qu'elle se calme quelque peu.

— Tu peux garder le même numéro, lui dit Robin ce qui la fit arrêter un instant. Et ce serait plus facile d'envoyer des messages avec autre chose que ton vieux téléphone à clapet.

— Toute cette technologie…

— Je sais, mais ça fonctionne et papa pourra te montrer comment l'utiliser. On pourrait même se parler sur FaceTime en utilisant la caméra, tu pourrais me voir.

Ce serait peut-être un assez bon argument pour la faire changer d'idée.

— Je dois vraiment y aller et retourner au boulot. Il est plus tard ici que chez toi. Passe une belle journée et on se parle bientôt.

— D'accord, je t'aime, renifla-t-elle et Robin hésita à raccrocher.

— Je t'aime aussi.

Après avoir terminé la conversation, Robin plaça son portable dans sa poche et, pendant qu'il y pensait, fouilla dans son sac pour en sortir une petite bouteille d'eau et ses pilules pour l'après-midi qu'il prit avec ce qui lui restait d'eau, pour ensuite jeter la bouteille dans la corbeille de recyclage proche de lui.

Oliver et Javier le rejoignirent en premier à la réception.

— Est-ce que notre chambre est prête ? demanda Oliver qui semblait en piteux état à s'éventer ainsi.

— Tout va bien, Ollie. Tu as juste un peu chaud, dit Javier qui se tenait derrière lui.

Robin prit sa dernière bouteille d'eau pour la tendre à Oliver qui la prit avec gratitude pour la boire d'un seul coup.

— Je pense que je ne m'attendais pas à cette chaleur.

Robin leur tendit leur clé.

— Johan a rentré les sacs dans la salle derrière vous. Vous pouvez vous rafraîchir et vous relaxer si vous voulez. Le repas sera servi à dix-neuf heures au même restaurant qu'au déjeuner.

Il leur sourit avant qu'ils ne partent, Javier s'occupant de tous leurs sacs.

Un par un, tous les autres le rejoignirent, prirent leurs bagages et montèrent à l'étage. Quand où tout le monde fut bien enregistré et qu'il eut répondu à un demi-millier de questions, Robin réalisa qu'il ne lui restait qu'une heure avant de manger. Il se sentait déjà épuisé par sa journée.

— Je m'occupe de nos sacs, lui dit Johan qui les tenait déjà dans ses mains.

Robin les conduisit à leur chambre qui contenait un lit double et un petit lit pliant qui avait l'air aussi solide qu'une chaise à trois pieds. Robin soupira et ouvrit la fenêtre pour aérer la pièce pendant que Johan déposait leurs bagages.

— Veux-tu que j'aille vérifier s'ils ont une autre chambre ?

— Il n'y en a pas, lui dit Robin. L'hôtel est complet, mais vas-y, tu peux prendre le lit double. Ça va aller.

Il fit rouler sa valise à côté du petit lit et s'y assit pendant un moment. Bon sang, il aurait voulu s'écrouler et dormir pour les quinze prochaines minutes. Au moins, leur chambre contenait une salle de bain privée.

— Tu en es sûr ?

— Oui.

Robin ne pouvait rien faire de plus. Ce n'était pas comme s'il pouvait demander à quelqu'un de son groupe d'échanger une chambre avec lui.

— Je vais me rafraîchir un peu et me préparer pour le dîner.

APRÈS LE repas, le groupe alla faire une visite de nuit de la ville. La plupart d'entre eux se dirigèrent ensuite vers un café proche du centre de

Wurtzbourg pour une boisson chaude et un dessert. Robin s'assura que tout le monde sache comment bien se rendre à l'hôtel et y retourna pour essayer de se reposer un peu.

Il déverrouilla la porte de sa chambre et y entra juste au moment où Johan sortait de la salle de bain. Il ne portait autour de la taille qu'une minuscule serviette qui ne laissait rien à l'imagination et qui mettait bien en valeur ses jambes fortes et son torse musclé que Robin dévora du regard. Il se retourna et alla vers son sac, essayant de se garder occupé pour éviter de regarder Johan qui bougeait derrière lui pour s'habiller, l'espérait-il.

— Est-ce que tu sors ?

Robin s'assit précautionneusement sur le petit lit avant de répondre, heureux de voir qu'il ne s'écroulait pas sous son poids.

— Non. La plupart des gens sont dans un petit café et Billy et Kyle sont partis essayer de trouver de la vie nocturne. Moi, je vais parcourir les informations pour demain.

Johan leva les yeux au ciel et Robin réussit à rassembler son courage pour le regarder finalement. Johan portait maintenant une paire de jeans, mais il était toujours torse nu et la température de la chambre avait dû monter d'une dizaine de degrés. La vision de cette peau dorée par le soleil, de ces muscles fins qui étaient visiblement le résultat de travaux manuels et de cette toison noire fit battre le cœur de Robin à toute vitesse. Il se tourna de nouveau, parce que vouloir à ce point son collègue était une très mauvaise idée.

Les boucles de Robin, que sa mère appelait sa fourrure, retombèrent sur ses yeux, lui permettant de le regarder un peu plus sans se faire prendre. Johan se rapprocha de la fenêtre, son ventre directement dans son champ de vision. Il pouvait y voir un chemin de poils noirs descendant jusqu'à son pantalon, menant à... eh bien, quelque chose que l'imagination de Robin s'empressa de dessiner avec forces de détails dans son esprit.

— Peut-être que je vais sortir finalement, murmura Robin.

Dieu seul savait que si Johan restait dans leur chambre, surtout dans cet état, Robin serait incapable de seulement respirer. Il attrapa sa besace et se précipita vers la porte, en oubliant presque ses clés, avant de sortir de la chambre et de descendre les escaliers quatre à quatre.

À l'extérieur, sur la rue pavée, Robin prit une grande respiration et se dirigea tranquillement vers la ville. Il y avait un petit magasin quelques rues plus loin où il pourrait faire provision de bouteilles d'eau et de petits en-cas.

— Robbie.

Robin serra les dents et se tourna pour trouver Johan qui s'élançait vers lui.

— Tu n'avais pas à quitter la chambre si rapidement, dit-il en se mettant en marcher à ses côtés.

— C'est Robin, pas Robbie, dit-il fermement.

Il détestait ce surnom.

— D'accord. Mais tu n'avais quand même pas à partir.

Johan le regarda avec ses grands yeux marron, presque mystérieux, pendant assez de temps afin que Robin se sente rougir.

— Es-tu un de ces Américains un peu prudes qui ne supportent pas la nudité ?

— Je ne suis pas prude, répliqua Robin. J'avais seulement besoin d'un peu d'air frais et je devais aller chercher quelques petits trucs.

Il continua son chemin en s'efforçant de se concentrer sur où il allait et pas sur son compagnon.

— Tu n'aimes pas les hommes ? C'est ça ? Mais tu travailles pour des visites guidées gays.

Johan marchait plus vite à mesure que Robin accélérait. Il ne le faisait pas exprès, mais ses jambes ne faisaient qu'aller plus vite.

— Peut-être que tu es une de ces personnes qui n'aime pas être heureux ou quelque chose dans le genre.

Robin s'arrêta brusquement et ouvrit la bouche pour lui dire le fond de sa pensée, mais il réalisa juste à temps qu'il se tenait devant le café où la moitié de son groupe se trouvait, maintenant occupé à les observer. En fait, ils regardaient Johan. Personne ne lui accordait jamais vraiment d'attention.

Il fit volte-face et continua sa marche vers la ville. Comment Johan pouvait-il oser lui faire perdre la tête comme ça ?

— Pour ton information, oui, j'aime les hommes et je ne suis pas prude. Alors que toi, tu sembles avoir des tendances exhibitionnistes. Est-ce que ton corps vaut vraiment la peine que tout le monde le voit ?

Il se tourna vers Johan et haussa un sourcil. Johan ne fit que sourire sans rien dire, ce qui agaça Robin de plus belle en plus d'aiguiser sa curiosité. Bon sang. Pourquoi est-ce qu'il se faisait ça ? Il avait un boulot à faire.

— D'accord, alors tu es gay, mais pas prude. Je comprends, lui dit Johan en continuant de marcher derrière lui.

Robin fit de son mieux pour l'ignorer. Peut-être que s'il laissait Johan tranquille, celui-ci lui retournerait la pareille.

— Mais tu n'es pas heureux.

21

Robin s'arrêta. Johan devait être l'Allemand le moins allemand qu'il connaissait. En règle générale, ils avaient tendance à être un peu plus réservés... en fait, ils pensaient souvent aussi que leurs façons de faire étaient les meilleures, alors peut-être que Johan était trop Allemand pour les mots. Robin n'en était pas encore complètement convaincu, mais on aurait dit que Johan voulait le rendre fou.

— Qu'est-ce qui te fait dire ça?

Robin se retourna après avoir lancé sa remarque et aperçut le magasin qu'il cherchait. Il avait l'air sur le point de fermer, alors il se dépêcha d'entrer et de prendre ce dont il avait besoin. Robin espérait que Johan continuerait sa route sans l'attendre, mais il patientait tranquillement à la caisse. Robin ne se rappelait pas que le chauffeur pouvait être aussi emmerdant. Évidemment, il ne se souvenait pas de grand-chose à son sujet, sauf qu'il semblait essayer de se cacher sous une tonne de poil.

Robin paya ses achats et sortit du magasin.

— Tu ne souris jamais.

— Mais si, je le fais, le contredit Robin en attendant pour laisser passer une voiture.

Il retourna ensuite par où il était passé, en espérant ne pas avoir l'air de fuir sans plus de cérémonie.

— Non, tu ne le fais pas.

Johan était quelques pas derrière lui, mais le ton qu'il avait pris intrigua Robin qui ne put s'empêcher de s'arrêter. Johan le rattrapa en quelques enjambées.

— Tu souris quand tu penses que tu dois le faire et quand tu ne veux pas inquiéter les touristes, mais tu ne souris jamais réellement, pas pour toi-même.

Il se rapprocha encore plus, faisant battre plus vite le cœur de Robin, qui se demanda si Johan allait l'embrasser. Ils étaient assurément assez proches pour ça. L'haleine de Johan était fraîche et légèrement mentholée.

— Tu ne souris jamais avec tes yeux. Tu as besoin de trouver ce qui te rend heureux.

Sa voix roula sur lui et fit tressaillir Robin.

— Je suis heureux. J'aime ma vie et ce que je fais. Je suis bon là-dedans et je... je vais bien.

Bon sang, ses protestations sonnaient faiblardes même à ses propres oreilles.

Johan hocha la tête et Robin se retourna encore une fois dans la direction de l'hôtel. Il sentit sur lui le regard de Johan à chacun de ses pas. Devant le café, il pensa un instant s'arrêter pour prendre un verre, mais il avait besoin de se reposer, alors il ne fit qu'un geste de la main à son groupe et continua sa route.

Johan ne l'avait pas suivi jusqu'à l'hôtel et Robin était épuisé. Ça avait été une grosse journée, comme le premier jour d'un voyage organisé l'était souvent. Les gens tombaient ensuite dans une routine et tout devenait plus simple. Il espérait que ce serait le cas.

Robin utilisa la salle de bain pour se laver, prit ses médicaments et se mit au lit. Il espérait que ce maudit-lit qui couinait à chacun de ses mouvements ne s'écroulerait pas pendant la nuit. Il essaya de trouver une position confortable et finit sur le côté. Pas face au mur, mais de l'autre côté ça marchait bien. Il se rappela qu'il n'avait à endurer cela que pour deux nuits. Il allait y arriver.

Robin venait juste de fermer ses yeux quand la porte s'ouvrit, laissant passer un pan de lumière dans la pièce assombrie. Il garda les yeux clos et essaya de s'endormir malgré tout. Johan était silencieux, ne prononçant aucun mot en utilisant la salle de bain et en montant dans son lit. Robin écarta légèrement ses paupières quand la lumière se referma et put apercevoir les fesses fermes et blanches de Johan quand il se glissa entre les draps. Il mordilla sa lèvre inférieure pour contenir un gémissement. Johan était nu dans le lit à quelques pas seulement de lui ! Robin referma les yeux et tenta de plonger dans le sommeil. Il réussit étonnamment à y parvenir.

II

ROBIN GROGNA quand il entendit Johan sortir de son lit. Il ouvrit les paupières et manqua de peu le spectacle du corps complètement nu de Johan qui refermait la porte de la salle de bain derrière lui. Robin savait pertinemment qu'il n'arriverait pas à se rendormir. À chacun de ses mouvements cette nuit, le petit lit avait couiné et gémi. Il avait besoin d'une bonne douche et quand Johan retourna dans la chambre en boxer moulant, Robin fit de son mieux pour ne pas trop se rincer l'œil. Mais il était gay après tout. Il passa devant Johan avec un *guten Morgen* avant de refermer la porte.

La douche se résumait à un petit pommeau à main dans la baignoire, alors Robin se rasa, prit ses médicaments et grimpa dans la douche pour se laver le plus efficacement possible. Une fois propre, il se sécha rapidement avec une serviette en se maudissant d'avoir oublié d'amener ses vêtements avec lui. Enroulant la serviette autour de ses hanches, il ouvrit la porte et fonça directement dans Johan. Cet homme était comme un véritable mur de brique avec ses muscles et cette... chaleur. Robin réussit à ne pas laisser échapper sa serviette et à reculer d'un pas pour mieux se diriger vers son sac.

— Qu'est-ce qui t'est arrivé ? demanda Johan d'un ton que Robin connaissait que trop bien et détestait : la pitié.

— Des tonnes de choses, répondit Robin en gardant le dos tourné pour s'habiller rapidement.

Il n'était pas joli et même son dos était parsemé des cicatrices de toutes les procédures qu'il avait dû subir pendant des années. Il enfila promptement son pantalon beige, puis un polo blanc avec le logo de l'entreprise. Maintenant qu'il était habillé, il se sentait beaucoup mieux, il détestait être le centre de l'attention.

— Aujourd'hui, nous restons en ville, donc tu es en congé.

— C'est ce que je pensais, lui dit Johan en attachant ses chaussures.

— Tu peux venir avec nous si tu veux. Je m'entends toujours avec Albert avant de partir pour qu'il inclue un peu d'argent dans le budget afin que les chauffeurs puissent faire les mêmes activités que nous. Donc tu peux nous suivre ou tu peux faire autre chose de ta journée.

Une partie de lui voulait que Johan les accompagne, mais l'autre était nerveuse de passer un jour entier avec lui.

Johan ne fit que hausser les épaules, ce qui ne voulait pas dire grand-chose.

Robin attrapa son sac et quitta la chambre pour descendre les escaliers vers la salle à déjeuner. Il était le dernier arrivé, hormis Johan. Les dames étaient toutes assises à une longue table et les garçons à une autre, tous parlant doucement entre eux. Robin grogna subtilement et s'assit à la table des dames.

— Vous avez toutes bien dormi ? demanda-t-il comme si de rien n'était.

— Oui, répondit Margaret et les autres acquiescèrent.

— Est-ce que quelque chose ne va pas ? s'enquit Robin en même temps que la serveuse lui demandait s'il désirait un café.

Robin demanda à la place un jus d'orange et elle se dépêcha d'aller lui en chercher un. Lily haussa les épaules et les autres trouvèrent soudainement leur assiette immensément intéressante.

— Est-ce que quelqu'un a dit quelque chose d'inapproprié ?

— Non, répondit Margaret en regardant du côté des garçons. Lily est seulement mal à l'aise avec eux, alors nous sommes restées de notre côté et…

— Margaret, je vais bien, dit Lily. Vraiment. Hier, a été un peu plus difficile pour moi, mais je n'ai pas peur des hommes ou quoi que ce soit. Tu n'as pas besoin de me couver ainsi.

Robin espérait que cette tension tomberait d'elle-même sous peu, à mesure que le groupe apprendrait à se connaître. Il alla se chercher de la nourriture au buffet et, à son retour, Johan était assis à la place en face de lui, une tasse de café entre les mains. Robin déposa son assiette, alors que Johan respirait paisiblement les effluves chauds de son café, et se tourna vers le groupe.

— Le départ est à l'entrée de l'hôtel dans environ une heure. Vous avez le temps de faire un peu les boutiques si vous le voulez, mais assurez-vous surtout que vous portez de bons souliers de marche, parce que nous allons être debout une bonne partie de la journée.

Oliver grogna, mais personne ne fit de commentaire.

— Notre guide vient de l'Office du Tourisme de la ville, alors elle connaît très bien Wurtzbourg et pourra répondre à toutes vos questions.

Robin se rassit et commença à manger pendant que les conversations autour de lui prenaient plus d'ampleur. Il soupira de soulagement et but son jus tranquillement.

— Qu'est-ce que tu fais aujourd'hui? lui demanda Johan.

— Je vais aller faire la visite guidée, je pense.

Il n'y avait pas vraiment réfléchi. Il n'avait pas besoin d'y être, la guide était amplement capable de faire visiter la ville au groupe et de les conduire à la Résidence de Wurtzbourg. Elle avait conduit cette visite au moins six fois, juste pour ses groupes.

— Non, lui dit Johan en posant sa tasse.

— Pardon?

Robin haussa les sourcils.

— Tu m'as bien entendu. Les touristes vont avec la guide ce matin, ils ont quartier libre pour le déjeuner et ensuite ils visitent le château. Alors, tu les amènes à la guide et ensuite je vais te montrer comment avoir du bon temps.

— Et si je voulais faire la visite guidée? protesta Robin.

Il n'allait pas commencer à faire tout ce que disait Johan d'un simple claquement de doigts. Johan ne fit que lever les yeux au ciel.

— Tu pourrais faire la visite toi-même tellement tu y as assisté souvent. Ça doit être aussi ennuyeux que… eh bien, toi.

Le petit sourire de Johan convainquit Robin qu'il ne faisait que le taquiner gentiment, sinon il aurait déjà quitté la table et laissé en plan ce petit malin.

— C'est vraiment gentil.

— Va les reconduire et dès qu'ils sont partis, c'est moi qui décide. De tout, ajouta-t-il en se penchant par-dessus la table et en baissant le ton.

Ses yeux pétillaient dans la lumière matinale qui traversait les fenêtres et Robin se surprit à hocher la tête. Pourquoi pas? Qu'est-ce qui pourrait arriver de mal? S'il prenait trop de temps pour y réfléchir, son imagination s'emporterait trop.

— Tu as besoin de te détendre.

— Je vois. Et tu as décidé de m'y aider.

Ce petit échange verbal avec Johan l'amusait beaucoup trop. Déjà ça, c'était plaisant.

— Tu as tout compris, lui dit Johan en finissant son café et en se levant. Je crois que tu devrais t'occuper du groupe. Je vais aller manger et quand ils seront partis, nous allons nous amuser.

Robin soupira. Johan avait raison, il avait des tonnes de choses à faire, il déciderait plus tard s'il acceptait son offre ou non.

ROBIN DIT au revoir à son groupe devant l'hôtel. Ils avaient l'air enthousiastes et il savait que c'était une bonne visite, avec du temps pour faire les boutiques, un arrêt au marché pour une collation, le déjeuner, puis le château. Il était un peu déçu parce qu'il aimait toujours observer les fresques au plafond de la Résidence, mais il était aussi très curieux de voir ce que Johan avait planifié pour lui.

Quand le groupe se mit finalement en route, Robin retourna à l'intérieur et monta jusqu'à sa chambre pour y trouver Johan qui l'attendait avec un sac sur le lit.

— Qu'est-ce que c'est que tout ça?

— Ce dont nous avons besoin pour nous amuser. Prends ton maillot de bain et nous y allons, lui dit Johan et Robin secoua la tête en reculant d'un pas.

— Je n'en ai pas.

Il s'apprêtait à dire qu'il ne se baignait pas vraiment, mais Johan se tourna et attrapa le sac.

— C'est ce que je pensais. J'ai un maillot pour toi. Viens.

Il prit la main de Robin et le tira à moitié de la chambre pour ensuite verrouiller la porte.

— Le plaisir nous attend.

Robin avait des doutes sur le genre de plaisir qu'il allait vivre.

Ils marchèrent vers la station de métro et ils embarquèrent dès que Johan eut fini de payer leur billet.

— Où m'amènes-tu?

— Un endroit où nous allons pouvoir nous amuser, Nautiland.

— Qu'est-ce que c'est exactement?

— C'est un parc aquatique. Il y a des glissades, des piscines à vague, des bains moussants et des cascades.

Johan souriait comme un enfant dans une boutique de bonbons. Robin, lui, s'enfonça dans son siège en le regardant comme s'il avait perdu l'esprit. Il changea de banc pour mettre un peu de distance entre eux.

— Qu'est-ce que tu essaies de faire? Effrayer la moitié de la population de Wurtzbourg en leur faisant croire que le Monstre du Loch Ness est de ce monde et a élu domicile ici?

27

Il tressaillit en pensant à tous ces gens qui allaient le dévisager. Johan ne fit que secouer la tête.

— Personne ne va s'en soucier. Je les ai vues, tu te rappelles ? Est-ce que je suis parti de la chambre en criant ? Non. Je crois que le seul que ça dérange, c'est toi, termina-t-il en le regardant dans les yeux avec une si grande intensité que Robin se détourna.

— Très bien, dit Robin en croisant les bras.

— Et puis, je t'ai apporté un tee-shirt anti UV. Tu es tellement pâle que tu brûlerais au soleil.

Johan lui sourit et Robin aurait voulu le frapper, mais il était trop mignon pour ça.

— Alors, pourquoi est-ce que tu m'as laissé dire tout ça ?

— Tu avais besoin de… comment vous dites ça ? Te laisser aller un peu ? Alors je t'ai laissé faire, répondit-il en haussant les épaules.

Robin leva les yeux au ciel.

— Viens. Nous descendons au prochain arrêt et le plaisir nous attend !

Johan sautilla comme un enfant dès que le métro s'arrêta. Ils en sortirent et marchèrent du coin de la rue au parc aquatique. Johan paya leur entrée, refusant quand Robin offrit de payer sa part. Ils reçurent tous les deux une clé pour les vestiaires et un bracelet, puis ils entrèrent. Robin ne fut pas surpris de voir que c'était un vestiaire mixte et il se changea rapidement, ignorant Johan et la vieille dame une rangée plus loin du mieux qu'il le put. Il y avait certaines choses qu'il ne voulait jamais voir et il ne réussirait jamais à effacer de sa mémoire le corps nu d'une vieille dame.

Pas qu'il était sexiste ou quoi que ce soit. Il ne voudrait pas non plus voir le corps nu d'un vieil homme.

Robin enfila le tee-shirt serré et se tourna vers Johan qui portait un minuscule short moulant épousant ses hanches. Merde, il était ravissant et Robin ne voulait que dévorer son corps des yeux pendant quelques minutes.

Tu es prêt ?

— Tu es certain qu'ils vont me laisser entrer avec un tee-shirt ?

— Oui, tant que c'est un tee-shirt conçu pour l'eau, ils ont dit que ce serait bon.

Johan ferma son casier, Robin fit de même, puis il le guida jusqu'à une piscine intérieure où l'on entendait les échos de cris d'excitation.

— Allons glisser.

Il se dirigea le premier vers l'échelle et Robin le suivit.

— Ça fait longtemps que je ne me suis pas baigné, admit Robin.

28

— Tu n'aimes pas l'eau? demanda Johan en s'arrêtant devant l'échelle et en se tassant pour laisser passer les gens derrière eux.

— Si, j'aime ça. C'est juste que...

Robin n'avait jamais apprécié la manière dont les gens le regardaient, alors il n'allait pas à la plage ni dans les piscines publiques. En fait, les dix années précédentes, il avait évité de se retrouver dans une situation où il devait enlever son haut en public.

— Je ne voulais pas qu'on me voie et mon dernier copain, eh bien, je pense qu'il était plus qu'heureux de ne pas avoir à me regarder, si tu vois ce que je veux dire.

Johan plissa les yeux, se renfrognant.

— Pourquoi est-ce que tu étais avec un gars comme ça?

Il commença à grimper l'échelle tandis que Robin réfléchissait encore à une réponse satisfaisante à lui donner. Il en cherchait au moins une qui ne lui donnait pas un air complètement désespéré ou qui montrait qu'il n'avait aucune estime personnelle.

Johan, maintenant au sommet de l'échelle, entra dans le toboggan et se laissa emporter. Robin attendit un peu et un groupe d'enfants le dépassa les uns après les autres en riant à gorge déployée. Apparemment, il n'y avait pas le même genre de règles dans les parcs aquatiques allemands qu'aux États-Unis, Robin glissa donc à son tour sans attendre pour ensuite atterrir dans une piscine extérieure.

IL SORTIT la tête de l'eau pour se faire éclabousser par les enfants et Johan, qui les avait sûrement convaincus d'embarquer dans son plan. Robin les éclaboussa de plus belle et une bataille d'eau s'en suivit. Il se sentait tellement bien de juste laisser les choses se faire, même quand Johan le souleva pour le lancer plus loin dans l'eau.

— C'était méchant, dit Robin en faisant semblant d'être offusqué, mais incapable de contenir son sourire.

— Allez, on le refait.

Ils se précipitèrent à l'intérieur pour remonter l'échelle et glisser encore et encore jusqu'à ce que Johan annonce que la piscine à vague allait ouvrir. Ils se dépêchèrent d'y aller pour chevaucher les vagues artificielles avec un bonheur d'enfant que tout le monde partageait.

— On retourne glisser? demanda Johan quand les vagues se calmèrent et Robin acquiesça avec enthousiasme.

Robin perdit toute notion du temps, mais son ventre le rappela à l'ordre. Lui et Johan nagèrent jusqu'à l'aire de restauration et se commandèrent de la nourriture à manger sur des tabourets non loin, toujours dégoulinants d'eau.

— J'adore le fast food allemand.

Les saucisses et *pommes* avec le ketchup au cari qu'il mangeait à même le sac de papier étaient à se jeter par terre.

— Ça bat haut la main des hot-dogs ou McDonald.

Johan hocha la tête sans cesser de s'empiffrer.

— J'aime les saucisses et ça me manque quand je voyage. Personne ne fait une aussi bonne *wurst* que nous.

Il sourit et prit une grande bouchée, déposant le reste de son plat. Après une longue minute, son regard sérieux se posa sur Robin.

— As-tu eu un accident de voiture ?

Robin prit une seconde pour comprendre le véritable sens de sa question.

— Non, je suis né avec un cœur en mauvaise santé. Il ne battait pas bien. J'ai subi une opération quand j'étais encore un bébé pour essayer de le réparer. Ça allait bien jusqu'à mon adolescence, et puis j'ai fait une crise cardiaque et j'ai eu une greffe. Ensuite, ils ont trouvé des problèmes avec mes poumons, alors j'en ai eu une nouvelle paire, mais ils ont d'abord essayé de soigner les miens.

Robin hésita, mais se dit qu'il ferait mieux de tout lui expliquer.

— Je prends des médicaments tous les jours pour empêcher mon corps de rejeter les greffes et ça marche bien pour l'instant. Mais ça veut dire que mon système immunitaire est plus fragile, alors je dois faire attention.

Il soupira. Il cachait ses cicatrices entre autres pour ne pas avoir à expliquer tout ça.

— Tu as eu des années de souffrance et de rétablissement, dit Johan en hochant doucement la tête. Pourquoi fais-tu cela ? Guider des voyages organisés ? Tu pourrais faire beaucoup d'autres choses. Tu pourrais rester à la maison et être en sécurité. Non ?

— Mais j'aime ce que je fais et je peux passer du temps en Europe et voir des choses tout en étant autonome, lui répondit Robin en finissant sa saucisse et en trempant une de ses frites dans le ketchup au cari. Je veux que ma vie soit plus que simplement rester chez moi et être en sécurité.

Johan continuait de hocher la tête.

— Alors si tu es ici et que tu aimes ce que tu fais, pourquoi n'es-tu pas plus heureux ?

C'était la question à un million de dollars.

— J'imagine que c'est parce que j'étais censé être ici et guider des séjours avec mon petit ami, mais il m'a laissé tomber pour un autre homme plus beau et parfait et... le contraire de moi en fait.

En vérité, il se voyait désormais comme une sorte de créature incapable de se faire aimer et Mason ne l'avait en rien aidé à changer d'opinion.

— On dirait que c'est un gros abruti, dit Johan et Robin ne pouvait qu'être d'accord.

— Mason et moi n'avons jamais couché ensemble avec les lumières allumées. Pas une fois.

Pourquoi il avait dit ça, surtout à Johan, ça lui échappait complètement, mais les mots avaient jailli hors sa bouche avant qu'il ne puisse les arrêter.

— Jamais. Il m'a dit quand nous avons rompu qu'il ne voulait pas me voir au cas où...

Robin leva un doigt pour le laisser ensuite se ramollir.

— Je croyais qu'il m'aimait et qu'il voulait être avec moi, mais en fait il avait seulement pitié de moi. J'ai appris par la suite qu'il me trompait depuis des mois, ce salaud, ajouta-t-il dans un murmure.

— Tu es mieux sans lui.

Johan lui sourit, comme s'il venait de prononcer une vérité irréfutable.

— Je me suis plié en quatre pour cet abruti et lui...

Pendant longtemps, Robin s'était demandé ce qu'il avait bien pu faire de mal et pourquoi il n'avait pas réussi à rendre Mason heureux. Il détestait se rendre compte seulement maintenant à quel point Mason avait profité de lui. C'était clair. Mais il était toujours amoureux de cet abruti et il ne savait pas comment réussir à l'oublier. C'était ce qui le dérangeait le plus. Ça faisait des mois, il devrait être capable de passer à autre chose.

— Ça ne vaut même pas la peine d'en parler.

Il avala sa dernière bouchée et Johan s'occupa de ramasser leur déchet pour ensuite se rasseoir.

— Il y a des saunas et un bain de vapeur si tu veux qu'on y aille, offrit Johan.

Robin n'était pas certain d'être prêt à être vu complètement nu, alors il hésita.

— Tu es conscient que nous allons au Friedrichsbad à Baden-Baden et que tu devras être nu ?

31

Robin secoua la tête.

— Je dépose mes groupes à la porte et je les laisse profiter de l'eau pendant que je vérifie le reste de notre itinéraire et que je passe les derniers coups de fil.

Voilà, il avait une réponse qui ne sonnait pas complètement comme une excuse.

Johan haussa les sourcils, mais n'ajouta rien. Robin se prépara mentalement pour la réponse culpabilisante qui allait sûrement suivre.

Alors, allons glisser de nouveau. Je t'ai promis une journée de plaisir, et si les saunas et les bains de vapeur te mettent mal à l'aise, eh bien, nous n'irons pas.

Il se leva et se dirigea vers les piscines. Robin ne pouvait s'empêcher de regarder le balancement des fesses de son compagnon mis en valeur par son maillot serré. Comme le joueur de flûte de Hamelin, il se laissa guider par Johan.

— J'AI VRAIMENT passé un bon moment, s'exclama Robin alors que lui et Johan retournaient dans le métro pour retourner à l'hôtel en milieu d'après-midi.

Son groupe devrait bientôt finir leur visite de la Résidence, se dit Robin, donc lui et Johan avaient encore du temps.

— Je viens de recevoir un message disant que nous allons bel et bien avoir quelqu'un se joignant au groupe. Il devrait arriver pour le dîner.

— C'est une bonne chose ? demanda Johan.

Robin haussa les épaules.

— C'est juste une personne de plus et ça fera peut-être en sorte qu'Albert soit moins pingre pour nous dans les prochains hôtels.

Robin continua de fixer son téléphone, comme s'il s'attendait à recevoir un autre message d'Albert dans les secondes suivantes. Quand il se décida finalement à le glisser dans ses poches, l'appareil vibra. Robin leva les yeux au ciel et lut ensuite le message :

Je t'ai envoyé les informations dans un e-mail.

Robin répondit rapidement avant de ranger définitivement son téléphone.

— Tu vois, tu souris, chantonna Johan manifestement fier de lui.

— Oui, je l'avoue. J'ai passé un bon moment et tu m'as rendu heureux. Est-ce que tu es content maintenant ô, grand maître ?

32

— En effet, je suis vraiment content.

Johan s'assit dans un siège libre, l'air beaucoup trop fier de lui pendant tout le trajet de retour.

Quand ils arrivèrent à l'hôtel, les touristes n'étaient toujours pas revenus, alors Johan alla porter leur sac à la chambre et ils se dirigèrent ensuite dans un café pour une collation. Une petite demi-heure plus tard, les membres du groupe prirent place à leurs côtés, fatigués, mais heureux de leur journée.

— Je n'aurais jamais pensé que quelque chose puisse être aussi beau, dit Kyle en s'asseyant à côté de Johan, Billy le suivant de près.

— C'est vraiment ravissant et très spécial pour cette région du monde, commenta Grant. C'est impressionnant tout le travail qu'il a accompli et tous les voyages qu'il a pu faire. J'avais déjà vu de ses œuvres à Washington et c'était époustouflant.

Grant prit le siège libre à côté de Robin, parlant encore plus vite qu'à l'habitude tant il était enthousiaste.

— Chéri, dit Billy en faisant un petit geste de la main. Tu n'as pas besoin de tout savoir sur tout.

Il se retourna vers Kyle sans un autre mot et Grant qui se calma soudainement. Robin soupira. Oui, d'accord, Grant avait tendance à être le monsieur je-sais-tout du groupe, mais ce n'était pas une raison pour gâcher son plaisir.

— Vous avez tous aimé la visite? demanda Robin un peu trop fort pour essayer de faire cesser le drame autour de lui.

— C'était super, dit Lily avec ce qui semblait être un enthousiasme forcé.

Les autres étaient bien d'accord avec elle et les conversations reprirent, incluant cette fois Billy, Kyle et Grant.

— Veux-tu un café? demanda Johan à Robin qui secoua la tête.

— Seulement du jus de fruits ou de l'eau. Je reste aussi loin de la caféine que possible, expliqua-t-il en espérant que Johan comprenne.

— *Apfelschorle*, commanda donc Johan à un serveur.

Robin lui en était reconnaissant, puisqu'il adorait cette petite concoction allemande de jus de fruit et d'eau pétillante. Il y en avait dans beaucoup de saveur et c'était toujours léger et rafraîchissant, quoique ceux en bouteille étaient généralement horribles. Heureusement, c'était fait maison ici.

Leur serveur apporta son breuvage, que Robin but à petite gorgée, sans bouger. Il avait besoin d'un peu de temps pour récupérer. La journée à la piscine avait été tellement agréable, mais il avait dépensé beaucoup d'énergie et maintenant ses batteries étaient vides.

— Est-ce que c'est vrai que quelqu'un va se joindre à nous ? demanda Margaret depuis la table voisine.

— Oui. Il va dîner avec nous et pourra se présenter.

Robin soupira et Johan se rapprocha de lui.

— Est-ce que ça va ? Tu es un peu rouge…

Robin hocha la tête.

— J'en ai juste un peu trop fait aujourd'hui.

Il sourit parce qu'il ne voulait pas que Johan se sente mal. Robin avait poussé un peu trop loin ses limites, mais ce n'était pas la faute de son compagnon. Il allait sûrement se mettre au lit après le dîner et dormir une nuit complète si possible… sur ce satané petit lit bancal. Il finit son verre, qui lui avait au moins donné un peu d'énergie, puis paya le serveur et sortit du café, marchant lentement vers l'hôtel.

Le pavé devait être irrégulier, parce que son pied se prit dans une cavité et il tomba de tout son long dans la rue. Heureusement, il ne s'était pas cogné la tête et ne semblait pas saigner, il tenta donc de se relever.

— Je te tiens, lui dit gentiment Johan en l'aidant à se mettre debout puis en lui tenant le bras pendant leur marche vers l'hôtel.

— Je vais bien.

Robin vérifiait en marchant s'il n'avait vraiment rien de cassé. La seule chose qui avait vraiment souffert était sa fierté, mais il laissa Johan le guider jusqu'à leur chambre.

— Couche-toi, je vais aller te chercher une serviette humide.

Robin hocha la tête et fit le tour de la chambre pour se rendre à son fichu-lit de camp.

— Non, s'exclama Johan en lui indiquant son lit.

Robin soupira de soulagement en s'allongeant sur le matelas ferme qui ne fit aucun bruit. Johan déposa une serviette froide sur son front et Robin ferma les yeux.

— Je ne peux pas rester ici, j'ai des choses à faire.

Il essaya de se redresser après quelques minutes, mais Johan le força à se recoucher.

— Je vais m'occuper du groupe, repose-toi un peu, lui dit-il en fermant les rideaux.

34

Robin l'entendit partir, refermant la porte de la chambre maintenant assombrie. Il garda les yeux fermés, se disant qu'un peu de repos ne ferait pas de tort. Il avait pris ses médicaments et tout ce dont il avait besoin maintenant était un peu de sommeil. Il s'était un peu trop dépensé, mais il ne regrettait rien. Il avait eu beaucoup de plaisir et chaque fois qu'il avait monté l'échelle pour descendre la glissade, il avait eu une superbe vue des fesses de Johan qui, eh bien.... Disons que Robin savait désormais à quoi ressemblait le paradis dans un maillot de bain bleu moulant. Il sourit en y repensant, ce qui amplifia son mal de tête. Il ralentit doucement sa respiration et la douleur se calma. Il aurait vraiment dû prendre quelque chose pour son mal de crâne, mais il devait être prudent avec les médicaments qu'il prenait déjà. La meilleure chose à faire était de ne pas trop bouger et de rester tranquille, ça allait passer. Enlevant le linge humide de son front, il le posa sur la table de chevet et sombra rapidement dans un sommeil léger.

Il se réveilla sans mal de tête, se sentant beaucoup mieux. Sa fatigue maintenant était une chose du passé, pour le moment du moins, il s'assit lentement dans le lit pour examiner sa situation. Il ne ressentait aucune douleur, son cœur ne semblait pas battre plus vite que la normale, il ne semblait plus avoir de fièvre et sa tête se portait bien. Robin regarda l'horloge de la chambre pour s'apercevoir qu'il était l'heure du dîner et donc de rencontrer le nouveau membre de son groupe. Il se leva, but un verre d'eau glacée et sortit de la chambre pour descendre les escaliers.

Le groupe n'était toujours pas de retour, mais il était certain que cela ne saurait trop tarder. Robin regretta de ne pas avoir amené son ordinateur portable avec lui, il avait besoin de vérifier les informations sur la personne qui allait se joindre à eux, mais il ne voulait pas remonter pour si peu. Il prit donc le temps de se connecter au système à partir de son téléphone pour trouver le mail avec l'information qu'il cherchait, même si c'était toujours long et ardu.

— Salut, Robin.

Un frisson lui parcourut la colonne vertébrale et il leva les yeux de son téléphone. Il cilla, essayant de repousser la chaleur éphémère qui voulait l'envahir.

— Mason, qu'est-ce que tu fais ici ?

Il jeta un coup d'œil à son téléphone et son cœur sombra. Mason se joignait à son groupe. Il se demanda s'il était ici parce qu'il avait réalisé qu'il voulait le récupérer ou si c'était par pure coïncidence. D'une manière ou d'une autre, il ne pensait pas que c'était le hasard qui les avait réunis.

— J'ai entendu dire que tu guidais ce groupe et j'ai toujours voulu visiter cette région… alors je me suis dit que j'allais voir ce que tu faisais de bon.

Mason lui adressa ce sourire chaleureux qui avait fait fondre Robin tant d'années auparavant.

— T'es-tu vraiment inscrit à ce voyage parce que je le guidais? demanda Robin en essayant de camoufler son excitation.

Il se rappela que Mason l'avait laissé en lui faisant perdre toute confiance en lui par la même occasion.

— Penses-tu vraiment que c'est une bonne idée?

— Nous sommes amis, non? lui dit Mason et Robin cligna des yeux en essayant de comprendre où il voulait en venir.

— C'est ce que nous sommes? demanda Robin. Après cinq ans ensemble à faire des plans pour passer le restant de nos jours tous les deux… maintenant, nous ne sommes que des amis?

Il réussit par miracle à garder une voix posée.

— Eh bien, oui. Nous avons passé cinq ans ensemble, mais ça n'a pas fonctionné, lui dit Mason en haussant les épaules comme si ce n'était rien. Ce n'est pas grave… n'est-ce pas, Robin?

Mason se rapprocha de lui avec une expression que Robin reconnaissait bien. Il détestait cette attitude suffisante, comme s'il savait tout mieux que tout le monde.

— Tu sais quoi? Tu as raison, ce n'est vraiment pas important, parce que tu n'es pas important, lui rétorqua-t-il. Si tu veux te joindre à mon groupe, vas-y. Amuse-toi.

C'était maintenant au tour de Robin de sourire.

— Mais si tu causes des problèmes, n'importe lesquels, j'ai le droit de t'exclure du groupe. Vérifie le contrat et tu verras bien que c'est moi qui aie le dernier mot. Alors, fais attention.

Robin se leva, il avait besoin de prendre l'air.

— Ça va vraiment être comme ça? Ça fait des mois que je ne t'ai pas vu et j'avais des congés à prendre au boulot, alors j'ai pensé que je pourrais aller voir comment tu allais.

Mason avait l'air sincère, mais Robin avait ses doutes.

— Si tu t'inquiétais vraiment pour moi, tu aurais pu seulement m'appeler et éviter toutes ces dépenses et ces efforts.

Il sentit son dos se raidir. Mais les yeux de Mason et la manière dont sa lèvre supérieure se levait juste un peu étaient tellement familiers et réconfortants. Il y était habitué.

— Robin, est-ce que tu te sens mieux? demanda Johan en entrant dans la pièce avant de regarder Mason. Tu es le nouveau du groupe?

Mason se renfrogna, il n'était pas souvent le deuxième homme le plus beau, mais c'était visiblement le cas avec Johan qui était un peu plus grand, plus large d'épaules et avait les traits plus ciselés que lui.

— Oui, merci, je vais mieux, répondit Robin pour ensuite se tourner légèrement. Voici Mason. Il se joindra à nous pour le restant de notre séjour en Allemagne.

Johan les regarda l'un après l'autre, comme s'il cherchait à comprendre la tension qui les habitait.

— Tout le monde se rassemble pour le repas, dit Johan en faisant un geste à Mason. Le groupe est par là.

Mason ne dit rien de plus et Robin soupira en le voyant s'éloigner.

— C'est mon ex, confia Robin pendant que Johan regardait l'homme se diriger vers le groupe.

— Nous sommes prêts pour le dîner, leur dit une jeune femme et Robin commença à se diriger vers la pièce où l'attendait son groupe.

— Je dois aller vérifier l'autobus, je ne l'ai pas encore fait aujourd'hui. Je reviens dans quelques minutes, lui dit rapidement Johan avec un petit sourire avant de disparaître.

— Voici la clé supplémentaire, lui dit la jeune femme en lui donnant la clé de la chambre de Mason.

Robin la glissa dans sa poche et alla dans la salle à manger.

Il aimait bien cette pièce et l'atmosphère allemande lourde à l'ancienne qu'elle dégageait, comme si elle était là depuis des centaines d'années. C'était peut-être même le cas, en fait. Souvent, les édifices comme celui-ci commençaient leur vie avec un but, ils étaient agrandis, rénovés, changés et arrivaient dans l'ère moderne en étant toute autre chose. Robin prit place à une des tables vides, laissant une chaise libre pour Johan. Son groupe était silencieux et semblait fatigué.

Quand la majorité de vacanciers eut trouvé une place, Robin se leva.

— Nous avons un nouveau dans notre groupe.

Il chercha Mason du regard, surpris de ne pas le voir dans la pièce. Il entra finalement en se secouant les mains et Robin comprit qu'il était allé se rafraîchir avant le dîner.

— Voici Mason.

Tout le monde lui souhaita la bienvenue et Billy et Kyle, qui étaient entrés juste derrière Mason, prirent place à la même table que Robin.

— Comment a été votre journée, les gars ?

— Assez chouette, dit Billy. Je ne suis pas un fan de tout ce qui est art et architecture, mais c'était vraiment bien et j'ai appris des tas de choses.

Kyle hocha la tête et se lança à son tour.

— J'avais suivi un cours en art à l'université et c'était vraiment super de voir en vrai une pièce dont nous avait parlé mon professeur. J'ai adoré simplement me promener dans la cathédrale, c'était tellement grand. Ma mère aurait vraiment aimé voir ça.

— Et ça a plus de huit cents ans, ajouta Mason en prenant la chaise aux côtés de Robin. Je suis Mason.

— Voici Kyle et Billy, lui présenta Robin.

Il regarda l'entrée de la salle de dîner et contint un grognement.

— Je crois que Robin gardait cette place pour quelqu'un, dit Kyle.

— Pour moi, j'en suis sûr. Robin et moi sommes… de vieux amis.

Mason lui offrit son sourire scintillant, mais Kyle n'avait pas l'air d'avaler son explication. Robin ne voulait pas gâcher le dîner, alors il se tut et regarda les serveurs apporter leurs plats.

Johan entra dans la pièce pour se joindre à une des autres tables et Robin ramena sa concentration sur son petit groupe, espérant pouvoir tirer le meilleur de cette situation.

— Je suis content que vous ayez passé un bon moment. Demain sera complètement différent. Baden-Baden est une ville magnifique avec des magasins haut de gamme.

— Que veut dire « Baden » ? demanda Kyle.

— C'est une ville de sources thermales depuis le temps des Romains. On va même pouvoir voir des ruines de ce temps-là. Mais notre premier arrêt va être à Friedrichsbad, ce sont les thermes où nous allons.

— Tu en es sûr ? demanda Mason en se tournant vers lui avec l'air condescendant qui donnait envie à Robin de le frapper. Ce sont les thermes les plus traditionnels.

Robin lança un regard d'avertissement à Mason, qui semblait décidé à l'ignorer.

— C'est ce qui est prévu au programme du voyage.

Robin ne changeait jamais rien de prévu dans la formule. Si certains participants du groupe ne voulaient pas y aller, c'était leur décision, mais il n'allait pas pénaliser des gens en les privant de ce pour quoi ils avaient payé.

— Ça va bien aller.

— Alors, tu y vas, lui dit Mason d'un ton de défi.

— Tu viens avec nous, n'est-ce pas ? demanda Kyle.

— Je vais avoir quelques petits trucs à faire et d'habitude je m'en occupe pendant que vous vous amusez dans les sources thermales. Comme ça, tout est prêt quand vous avez terminé.

Voilà. Ça semblait complètement raisonnable et ça ne montrait pas du tout qu'il était à moitié mort de peur à la simple idée qu'ils le voient complètement nu, ses cicatrices à la vue de tous.

Robin se concentra sur son assiette de *bratwurst*, de frites et de haricot vert. Ça sentait divinement bon et il espérait pouvoir trouver une manière de changer de sujet. Heureusement, Mason et Kyle commencèrent à parler de football. Robin essaya de trouver quelque chose à dire à Billy, mais il semblait occupé à fixer Kyle, un peu de la même manière que Robin se trouvait toujours à regarder Johan dès qu'il avait un moment de libre.

— Est-ce que tu m'écoutes ? demanda Mason en forçant Robin à reporter son attention sur lui. Je disais que certains des gars ici préféreraient peut-être aller aux Thermes de Caracalla à la place et...

Robin donna un coup de pied à Mason sous la table, le faisant sursauter.

— Tout le monde est invité à faire ce qui lui fait plaisir, mais l'itinéraire inclut ces thermes précisément et c'est déjà payé.

Ça devrait fermer le clapet à Mason. Il était vraiment un abruti, toujours en train de chercher à être le centre de l'attention.

— Après les sources thermales, qui sont vraiment super...

— Alors, tu y vas, insista Mason.

Robin grinça des dents et pensa pendant une seconde à le frapper encore une fois, mais ça n'allait rien apporter de bon. Le sourire suffisant de Mason lui disait tout ce qu'il avait besoin de savoir à ce sujet.

— Oui, je peux y aller.

Il était prêt à faire beaucoup de sacrifice pour garder la paix dans son groupe.

— Parfait, on pourra y aller ensemble, dit Mason avec un sourire satisfait alors que Robin essayait de comprendre à quoi il jouait.

— En fait, j'y vais, moi aussi, intervint Johan qui s'était glissé derrière lui. Robin et moi avions déjà décidé de passer la journée ensemble.

Johan envoya un clin d'œil à Robin quand il se retourna vers lui. Kyle et Billy ricanèrent et Mason en resta bouche bée.

— Tout va bien? murmura Robin et Johan ne fit que hausser les épaules.

Bon sang. Robin réalisa qu'il avait encore été sauvé. Johan s'était sûrement approché après avoir entendu ce qui se disait.

— Tout est sous contrôle. L'autobus va bien et nous serons prêts à y aller à la première heure demain. Quand veux-tu que tout le monde soit prêt?

— J'allais leur dire huit heures.

Robin sentit sa nervosité se calmer, il était en contrôle à nouveau.

— L'autobus sera prêt, affirma Johan avant de retourner à sa place.

Robin fit de son mieux pour ignorer Mason et finir son repas. Billy et Kyle parlaient avec son ex et Robin profita de la distraction pour manger rapidement et s'en aller aussitôt. Il sortit pour profiter du crépuscule, se dirigeant vers la rivière et le pont. Il voulait appeler Albert et lui faire comprendre à quel point il avait été stupide d'accepter un nouveau dans son groupe, mais en même temps, comment aurait-il pu le savoir?

Robin serra les poings et retourna vers l'hôtel. Mais pourquoi Mason avait-il décidé de venir ici? C'était vraiment stupide. Robin devait être gentil avec lui et le traiter comme n'importe quel autre touriste de son groupe. C'était tellement frustrant et injuste.

Il ferma les yeux en entendant quelqu'un approcher. Il sentit une main familière se poser sur son épaule et il se tendit.

— Qu'est-ce que tu veux, Mason?

— Hé. Je ne voulais pas m'imposer entre toi et le chauffeur.

Mason se tenait à côté de lui. Robin le sentait, mais il gardait les yeux fermés. Il ne voulait pas voir son ex, avec ses grands yeux bruns ou la manière dont il se donnait un air innocent et gentil. C'était du bluff. Robin le savait maintenant et il l'avait assez enduré pendant leur rupture.

— Johan… nous travaillons ensemble, c'est un bon gars.

Robin avait peut-être un peu fantasmé sur lui, surtout cet après-midi dans ce maillot de bain, mais savait bien qu'un homme comme Johan ne serait jamais intéressé par lui. Il avait appris cette leçon avec celui qui se tenait à ses côtés.

— Donc, tu ne sors pas avec lui? voulut clarifier Mason et Robin secoua la tête. Alors, ça ne te dérangerait pas si j'allais lui parler?

40

Robin ouvrit finalement les yeux et se tourna vers Mason. Il sourit et secoua la tête, comprenant enfin.

— Non, vas-y, pas de problèmes. Je ne peux pas croire que je t'aimais et que j'ai passé les six derniers mois à essayer de trouver ce que j'aurais pu faire pour te rendre heureux.

Il entra dans l'espace personnel de Mason.

— Tu ne voulais pas vraiment me soutenir dans ce que je vivais et je t'ai laissé faire. Maintenant, tu te pointes ici et tu essaies de faire comme si de rien n'était et que tout allait comme sur des roulettes. Nous sommes amis maintenant, mon pote.

Robin se sentait vibrer de colère et de douleur avec chaque mot qu'il prononçait.

— Eh bien, les amis ne traitent pas les gens comme tu m'as traité, et ils ne vont surtout pas essayer de me rabaisser devant mon groupe. Alors si tu veux faire le voyage avec nous, c'est super, mais si tu me causes des ennuis... Je vais t'arracher ces petites noix de Grenoble dont tu es si fier.

Il s'était approché encore plus durant sa tirade et Mason recula.

— Mais qu'est-ce qui t'est arrivé?

Il avait l'audace de paraître choqué.

— Oh, je n'en sais rien. Tu m'as seulement quitté deux jours avant Noël, chez mes parents. Devant toute ma famille. Et après tu es parti, oui tu t'es vraiment enfui! À Noël. Je voulais mourir de honte et je ne parlerai même pas des choses que tu m'as dites ce soir-là.

Il fusilla Mason du regard.

— Ça ne marchait pas entre nous. Tu le savais bien.

— Oh, arrête avec ces conneries. Tu as eu bien assez de temps pour savoir ce que tu voulais. Tu le savais et tu as décidé d'attendre jusqu'à ce qu'on ne soit pas d'accord sur quelque chose et tu es parti. Comment oses-tu revenir me voir en essayant de me faire avaler que nous sommes des amis? La ligne est mince entre l'amour et la haine et toi, chéri, tu as dépassé cette ligne à la minute où tu t'es assis à ma table, alors fais attention.

Robin fit volte-face. Il en avait terminé avec ça pour l'instant.

Il retourna à l'hôtel pour voir que la salle à manger était en train de se vider. Il se prit un verre d'eau et s'assit à une des rares tables où se trouvaient encore des gens.

— Allons-nous vraiment dans une source thermale où tout le monde est nu, demain? demanda Oliver.

41

— Oui, c'est très naturel là-bas. Il va y avoir des hommes et des femmes, des plus jeunes et des plus vieux. Vous n'allez même plus vous en rendre compte au bout de quelques minutes dans le sauna et dans les bains à vapeur tellement vous allez être détendu. Faites-moi confiance.

Robin releva la tête pour voir Javier caresser la main d'Oliver. C'était le plus beau geste de réconfort ou même d'affection qu'il les avait vus échanger.

— Vraiment? insista Oliver en rougissant fortement. Qui voudrait voir ce vieux corps rabougri de toute manière…

— Là-bas, on ne pense plus aux gens qui pourraient nous voir, on se concentre seulement sur notre relaxation et à être plus propre qu'on ne l'a jamais été. Il n'y a rien de vraiment sexy là-dedans. Laissez-vous aller et ne vous inquiétez pas, c'est ce que j'ai fait la dernière fois que j'y suis allé.

Ça avait été une des choses les plus difficiles que Robin avait eues à faire de sa vie. Il n'y était pas allé avec un groupe, alors il ne s'était pas soucié de qui le regardait. Le lendemain allait être différent pour ça, mais Mason l'avait déjà forcé à y aller et il n'allait pas se dégonfler.

— D'accord, répondit Oliver en finissant son café.

Il se leva ensuite, Javier fit de même et ils quittèrent la salle de dîner. Robin se dit qu'il pourrait bien les imiter et il se dirigea lui-même vers sa chambre. La plupart des membres de son groupe semblaient être allés dans des cafés pour prendre un dessert, mais il était épuisé et il allait devoir se lever tôt pour être prêt au départ. Il n'avait vraiment pas hâte de passer une autre nuit dans ce fichu petit lit, mais il ne lui en restait qu'une à endurer et, par la suite, il espérait être mieux installé.

ROBIN SE glissa gentiment dans son petit lit, sa chambre maintenant sombre. Il était terriblement épuisé, surtout après sa confrontation avec Mason qui l'avait fait passer par tous les stades de la colère et de la douleur. Johan irait probablement se coucher bientôt, mais Robin avait besoin de repos maintenant.

La soirée était chaude et, même avec la fenêtre ouverte, l'air stagnait dans la pièce. Robin essaya de se trouver une position confortable, sans succès. Il réussit quand même à s'endormir, mais seulement grâce à son manque criant d'énergie.

— Hé, chuchota Johan dans son oreille pour lui faire ouvrir les yeux. Tu n'arrêtes pas de bouger et de te retourner, cela fait du bruit à chacun de tes mouvements.

Il le tira hors du lit.

— Viens. Tu as besoin de te reposer et je dois dormir si je dois conduire l'autobus demain matin.

Johan le guida vers son lit double et ouvrit les couvertures. Robin était trop fatigué et son esprit trop embrouillé pour protester. Il se glissa entre les draps et referma les yeux, à peine capable de rester éveillé.

Au cours de la nuit, Robin avait dû bouger parce qu'il se réveilla au chaud, pressé contre Johan comme si sa vie en dépendait.

Celui-ci continuait de dormir, sa respiration régulière réconfortante dans l'oreille de Robin qui ne pensait pas pouvoir être aussi excité dans une telle situation. Et si Johan baissait un peu sa main, il serait rapidement conscient de l'état dans lequel il avait mis son compagnon. Lentement, Robin s'échappa des bras de Johan et sortit du lit pour silencieusement entrer dans la salle de bain et prendre ses médicaments pour le matin avant de se soulager. Il devait se mettre au travail. Un déjeuner léger serait disponible dans une trentaine de minutes et l'autobus partait à huit heures.

Johan était réveillé quand Robin retourna dans la chambre, assis sur le bord du lit encore vêtu d'un short de nuit et rien d'autre, une vision du paradis.

— Tu as bien dormi ?

— Jusqu'à ce que tu sortes du lit, répondit Johan en passant ses mains sur son visage.

— Il est bientôt sept heures. Je dois descendre pour me préparer pour la journée et tu dois t'assurer que l'autobus est prêt et…

Robin avait posé sa valise sur le lit et sortait ses vêtements pour la journée quand il sentit plus qu'il n'entendit Johan se glisser derrière lui pour poser sa grande main virile sur son épaule et lui caresser le bras, le faisant s'arrêter.

— Détends-toi. Tout va bien aller.

Robin s'immobilisa. Il ne voulait pas bouger et briser le contact, mais ça le rendait nerveux en même temps. Bon, d'accord, manifestement plus excité que nerveux.

Johan glissa ses mains sur le torse et le ventre de Robin, le serrant plus fort contre lui, et posa sa tête sur son épaule pour se tenir immobile dans l'air frais de ce matin tranquille.

— Mais je dois y aller, tenta Robin sans trop de conviction.

Il était trop bien pour vouloir réellement que ça s'arrête.

— Moi aussi, affirma Johan sans toutefois bouger. Détends-toi. Tout va bien se passer aujourd'hui.

Johan le tint encore plus fort avant de le laisser aller. Robin espéra que ses genoux allaient réussir à le retenir et qu'il n'allait pas s'écrouler à ses pieds. Si quelque chose d'aussi simple que de se trouver entre les bras de quelqu'un le rendait aussi faible, il allait avoir des problèmes.

Robin agrippa lentement ses vêtements et s'habilla dès que la virilité troublante de Johan fut en sécurité derrière la porte de la salle d'eau. C'était l'heure de démarrer sa journée, même si Robin ne pouvait s'empêcher de penser à sa nuit. Johan était encore en train de se laver quand Robin quitta la chambre avec sa valise. En bas, il rangea son bagage avec les autres et se dirigea vers la salle à manger.

Il était évident que quelques garçons de son groupe avaient eu une soirée un peu trop arrosée la veille. Kyle semblait en forme, mais Billy était assis à la table avec sa tête entre les mains en grognant doucement.

— Bois ça, lui dit Kyle en déposant un verre rempli de jus de tomate devant lui. Tu as besoin de quelque chose dans le ventre et ça va t'aider à chasser ton mal de tête. C'est comme un Bloody Mary, mais sans l'alcool.

Robin se demanda ce qu'il y avait vraiment dedans en s'asseyant.

Après quelques gorgées, Billy semblait revenir à la vie, éventant son visage.

— Mais qu'est-ce que tu as mis là-dedans ?

— De la sauce piquante, l'informa Kyle. Le remède aux lendemains de veille. Bois le reste, allez.

Billy posa son verre, but un grand verre d'eau, puis rajouta un peu plus de jus de tomate à sa boisson pour le diluer un peu. Au moins, il semblait penser plus clairement.

Robin mangea un petit pain avec un peu de beurre et du fromage, gardant son déjeuner léger pendant que les autres touristes entraient dans la pièce.

— J'espère que tout le monde s'est bien amusé hier soir, dit Robin en se levant. Johan va rapprocher l'autobus un peu avant huit heures. Amenez-lui vos sacs, il les chargera dans le compartiment à bagages et nous pourrons ensuite y aller. Le trajet jusqu'à Baden-Baden prendra environ trois heures. C'est une ville magnifique avec de grands édifices, une place majestueuse pour faire les boutiques et même des ruines romaines. Nous irons dans les sources thermales à onze heures et nous devons être à l'heure. Vous n'avez pas besoin d'amener autre chose avec vous que des vêtements propres pour vous changer quand vous aurez terminé.

Quelques mains se levèrent.

— Pourquoi ? demanda Grant. Je viens juste d'enfiler ça.

— Parce que quand vous ressortirez des thermes, vous allez vous sentir plus propres que vous ne l'avez jamais été et remettre les mêmes vêtements sera déplaisant, croyez-moi. Ils ont un protocole exhaustif à vous faire suivre qui prendra entre deux heures et deux heures trente qui passeront très vite.

Robin se rassit ensuite pour finir son petit-déjeuner. Johan le rejoignit avec une assiette qu'il attaqua gaiement.

— Comme c'est plaisant, dit Mason en s'asseyant à l'autre bout de la table.

Robin se retourna pour le foudroyer du regard, mais Mason semblait complètement absorbé par son assiette. Il avait quand même détecté la désapprobation dans son ton, comme s'il avait le droit d'avoir une option sur les personnes avec qui il mangeait.

— On va aller chercher nos affaires, lui dit Kyle plein d'énergie en traînant un Billy encore un peu affecté de la veille.

Johan finit son café en quelques gorgées.

— Je vais aller rapprocher le bus.

Il s'en alla et Robin se trouva encore une fois seul avec Mason.

Une partie de lui en était tout excitée, mais par réflexe plus qu'autre chose. Leur histoire avait été intéressante et excitante tout au début. Robin n'avait pas imaginé qu'un homme beau comme Mason serait intéressé par lui et on aurait dit que ses limites physiques ne le dérangeaient pas. Ils avaient attendu avant de faire l'amour et Robin avait été charmé par la patience de Mason et sa gentillesse à son égard.

— Tu as bien dormi ? demanda Robin pour essayer de faire baisser la tension et le malaise entre eux.

C'était difficile. Ils avaient été ensemble pendant cinq ans… ce genre de conversation légère semblait stupide avec quelqu'un qu'il connaissait si bien, ou avait cru connaître en fait.

— Oui, j'ai passé une belle soirée. Je suis sorti avec les autres et nous avons trouvé un endroit pour danser.

Mason le regarda ensuite directement dans les yeux pour ajouter :

— Je n'avais pas besoin de m'inquiéter de leur niveau de fatigue ou d'aller trop vite pour eux. Je pouvais danser autant que je le voulais, c'était vraiment bien.

Il arracha un morceau de son pain pour ensuite l'avaler.

— C'est vrai que tu n'as jamais aimé attendre qui que ce soit.

Robin avait toujours essayé de suivre Mason, même s'il avait son propre rythme.

— C'est bien, parfois, de ne pas avoir à le faire, ajouta Mason en prenant une autre bouchée. Et je n'avais pas besoin de rentrer à une heure particulière. Le club que nous avons trouvé fermait à deux heures, alors j'ai dansé autant que je voulais et j'ai rencontré des garçons. Ils étaient amusants et nous avons...

Robin secoua la tête, faisant comprendre à Mason qu'il ne voulait pas en savoir plus sur ses prouesses.

— Je suis content que tu aies passé un bon moment, dit-il en se levant de sa chaise. Je te reverrai dans le bus.

Il avait besoin de sortir d'ici avant que la douleur ne prenne le pas sur le reste. Robin avait parfaitement conscience que les commentaires de Mason étaient dirigés contre lui. Il pensait que Mason comprenait ses limites. Mais toute cette empathie s'était avérée être un leurre, comme bien des choses dans leur relation. Peut-être qu'il ne valait pas le coup et qu'il ferait mieux d'accepter d'être seul.

Robin sortit, se tenant devant l'hôtel pour prendre l'air. Johan gara l'autobus, en sortit en lui souriant et Robin oublia toutes ces conneries pendant quelques secondes.

— Est-ce qu'ils sont bientôt prêts ? demanda Johan en se rapprochant. Où sont-ils ?

— Ils ramassent leurs affaires, lui répondit Robin, le cœur battant la chamade dès que ses yeux plongèrent dans son regard sensuel.

— As-tu mieux dormi cette nuit ? murmura Johan et Robin hocha la tête.

Il s'apprêtait à lui répondre quand Oliver et Javier sortirent de l'hôtel, le dernier trimballant tous les bagages. Robin se recula pour prendre leurs clés et Johan s'occupa de leurs sacs.

— Prenez place, nous allons partir dès que tout le monde sera là.

Lily et Margaret sortirent ensuite, suivies de la majorité des autres couples. Grant traîna des pieds, toujours à moitié endormi en tendant ses clés puis ses bagages. Billy et Kyle apparurent à leur tour, Billy ayant l'air d'aller un peu mieux.

— Tu vas sûrement pouvoir dormir un peu dans l'autobus, si tu veux, offrit Robin comme encouragement à Billy qui lui sourit faiblement.

Couple par couple, ils montèrent dans le bus. Robin s'assura qu'il avait bien toutes les clés et les retourna à la réception, vérifiant en même temps que tout était bien réglé avant de partir et d'embarquer dans l'autobus. La plupart des gens étaient silencieux, sauf Oliver et Javier. Ils semblaient être au milieu d'une dispute, échangeant des regards furieux et chuchotant férocement.

— Nous sommes prêts, déclara Robin et Johan démarra le bus.

La majorité du trajet se fit en silence et Robin en était reconnaissant. Mason s'assit dans le fond du bus, tandis que Robin se tenait à l'avant, proche de Johan, occupé à se rejouer les évènements de la veille, bien enfoncé dans son siège. Ça avait été tellement merveilleux de se réveiller entre les bras de Johan, mais qu'est-ce qui allait se passer désormais ? Robin bougea dans son siège, son regard toujours sur Johan.

Robin se redressa quand Mason s'assit à côté de lui, l'arrachant à ses rêveries.

— Je te vois l'observer.

— Est-ce que c'est vraiment tes affaires ? demanda Robin dans un murmure. Tu m'as fait part de tes sentiments il y a des mois déjà et maintenant tu espères quoi ?

Mason se tourna, donnant l'air de vouloir retourner à son siège, mais ne faisant que hausser les épaules.

Tu connais les détails de ton état de santé aussi bien que moi. Tu as eu une greffe cardiaque il y a environ six ans et ça veut dire que…

Robin le foudroya du regard. Il était parfaitement au courant de ce que ça impliquait. Ceux qui recevaient des greffes cardiaques étaient chanceux s'ils vivaient encore dix ou douze ans après l'opération. Ce destin résonnait dans son esprit parfois, comme une horloge qui s'affaiblissait chaque seconde. Il avait déjà imaginé que son nouveau cœur ne pouvait battre pour lui que pendant un certain temps et quand ce temps serait écoulé…

Oui, et pour toi, ça veut dire que je ne devrais pas être heureux, lui lança Robin. Retourne à ton siège et laisse-moi tranquille.

Il se tourna vers la fenêtre, observant les routes de campagne qui défilaient. Et Mason retourna à son siège au bout d'un moment.

Robin avait toujours soupçonné que c'était une des raisons pour lesquelles Mason était parti. Chaque année qui passait le rapprochait du moment où son cœur le laisserait tomber. Il savait bien que cela serait difficile à avaler pour la personne partageant sa vie. Il avait gaspillé cinq de ces précieuses années avec Mason. C'était peut-être trop en demander que quelqu'un continue à s'intéresser à lui après avoir appris le peu de temps qui lui restait à vivre. Mais Robin était déterminé à tirer le meilleur de ce qu'il avait, même si l'amour, la fin heureuse et les moments dignes d'un conte de fées n'arrivaient sûrement jamais.

Baden-Baden était tout aussi joli et charmant que dans ses souvenirs, pensa Robin pendant que Johan garait l'autobus et qu'il allait chercher des casiers pour tout son groupe. Il hésitait toujours à y aller avec les autres, mais Johan lui sourit et donna leur billet à l'accueil avant de le tirer gentiment vers les vestiaires.

— Tu n'as pas à avoir peur, lui dit Johan sans réussir à calmer les nerfs de Robin. Tu as traversé beaucoup d'épreuves et si les gens ne peuvent voir le courage que tu as, ils ne te méritent pas.

Johan ouvrit son casier et commença à se déshabiller.

La pièce était majoritairement vide, les membres de son groupe étant déjà passés à la prochaine étape. C'était ce que pensait Robin en tout cas, jusqu'à ce qu'il voie Mason se diriger vers eux, son regard se posant sur lui, puis sur Johan. Il reluqua même ce dernier quand il enleva son chandail. Robin voulait le frapper, mais se retourna simplement pour se dévêtir à son tour.

À chaque vêtement qu'il enlevait, il se sentait un peu moins confiant. Il ferma les yeux et baissa son pantalon. Ce n'était pas à cause de Johan ou Mason, les deux l'avaient déjà vu auparavant. Il s'inquiétait des gens dans les saunas ou dans les bains à vapeurs. Finalement, il enleva son boxer, plaça ses vêtements sales dans son casier en plus de ses vêtements propres et de ses souliers, le verrouilla et se dirigea vers les douches sans regarder ses compagnons.

— Garde la tête haute, lui dit Johan en arrivant à ses côtés. Tu n'as pas à avoir honte.

Robin n'en était pas trop sûr, mais quand il se retourna, Johan l'observait. Ou plus précisément, il reluquait ses fesses sans aucune gêne. Cela lui provoqua une onde d'excitation qui cascada en lui jusqu'à ce qu'il ouvre les jets d'eau d'une douche au-dessus de lui, un déluge lui tombant dessus. On aurait plus dit une chute d'eau qu'une douche. Robin se lava et Johan fit de même.

Mason se joignit à eux au bout d'un moment et Robin fit de son mieux pour l'ignorer. Quand il eut terminé, il attrapa une serviette et se dirigea vers un sauna chaud, comme lui indiquait un employé.

La pièce, complètement faite en bois et regorgeant de chaises longues, était tranquille. Tous les garçons étaient couchés, leur serviette les couvrant partiellement. Robin en salua quelques-uns, même si la meilleure chose à faire dans ce type d'environnement semblait être de ne pas trop se mélanger. Dans ce genre de moment, il fallait garder ses yeux pour soi. Il s'étendit sur sa serviette, laissant une chaise disponible près de lui pour Johan qui s'y posa peu de temps après.

Pour une fois, Billy, Kyle, Grant, Oliver et Javier étaient silencieux. Il n'y avait aucune conversation, seulement du silence. Robin ferma les yeux et laissa ses pensées vagabonder un peu. Évidemment, cela le mena directement à l'homme juste à côté de lui. Jusqu'à ce que Mason entre dans la pièce et décide qu'il voulait absolument lui parler.

— Mason, dit Johan dès qu'il s'assit. C'est un temps pour le calme. Parle doucement si tu dois le faire, mais tu conserves le silence si possible.

Il se recoucha et Robin laissa échapper un petit rire en retournant sa tête pour regarder Johan. Il était vraiment aussi beau dans la vraie vie que dans ses fantasmes. Son torse était parfait, se gonflant à chacune de ses respirations, et ses jambes étaient longues et sans défaut. Robin se retourna et jeta un coup d'œil à son propre corps, fermant les paupières assez rapidement. Il devait se concentrer sur lui-même et pas sur les autres à côté de lui.

Après une dizaine de minutes, Robin se dirigea vers le sauna chaud pour s'asseoir et suer pendant quelques minutes avant de changer de place. La chaleur extrême fatiguait rapidement son corps, donc après une autre douche, il alla dans un bain chaud pour s'y relaxer, sauta ensuite l'étape de la vapeur chaude pour aller prendre une autre douche et se plonger dans un bain de minéraux.

Il se reposa dans un coin de la piscine avec les autres garçons qui parlaient doucement. Mason entra à son tour, suivi de Johan qui accrocha sa serviette et se glissa dans l'eau. Tous les autres hommes dans la piscine firent de leur mieux pour ne pas le regarder, mais échouèrent lamentablement. Chacun d'entre eux était ébloui par cette beauté virile. C'était impossible de ne pas le regarder.

— C'était un bon spectacle, le taquina doucement Robin quand Johan fut à ses côtés.

Il haussa les épaules sans regarder autour de lui, gardant toute son attention sur Robin. Il ne préoccupait vraiment pas de ce que les autres pensaient de lui.

Robin se baissa un peu plus pour que son cou et sa tête dépassent uniquement de l'eau, se laissant bercer dans cette chaleur lui rappelant celle d'une couverture lors d'une journée froide. Il ferma les yeux et se détendit, ignorant tout autour de lui. Les autres allaient et venaient, se dirigeant vers la piscine à bulles et, finalement, la piscine d'exercice ronde sous la coupole victorienne. Il les avait déjà vus et il était bien où il était, alors il y resta jusqu'à ce que ses mains se flétrissent. Il retourna ensuite au vestiaire, sauta le massage au savon et se doucha pour une dernière fois avant d'aller dans la salle de méditation où un employé l'aida à s'envelopper dans une serviette de bain. Il s'étendit sur un petit lit et y somnola pendant une trentaine de minutes. Il se rhabilla ensuite, sortit encore à moitié endormi des thermes pour s'asseoir sur un banc proche avec une bouteille, attendant l'arrivée des autres.

— Je me demandais ce qui t'était arrivé, dit Oliver quand lui et Javier sortirent des sources thermales un peu plus tard.

Robin ne savait pas trop comment prendre le commentaire, son esprit allant tout droit à ses cicatrices.

— Tu ne nous as pas suivis, continua Oliver en s'asseyant à ses côtés.

— Je vais aller me chercher une bière, dit Javier en pointant un parc non loin et en s'y dirigeant.

— Passez-vous toujours un beau voyage ? demanda Robin, heureux de ne pas avoir à parler de ses cicatrices.

— Oui, répondit Oliver un peu à contrecœur. Mais entre toi et moi, je me sens un peu stupide. Je pensais que ce voyage allait être amusant et qu'on allait se rapprocher, Javier et moi. Mais je… je suis beaucoup trop vieux pour lui et je le sais. J'essaie de m'habiller plus jeune et de faire les choses qu'il aime, mais…

Oliver s'était tourné vers Javier, toujours visible dans le parc, et l'observait.

— Tu n'arrives pas à suivre ?

— C'est ça, avoua-t-il en détournant le regard de son amant. Il a tellement d'énergie et moi j'ai plus de cinquante ans. Mon esprit veut rester jeune, mais mon corps me déteste, alors…

Il se retourna vers l'édifice imposant des thermes.

— Je suis censé twitter des choses intéressantes sur notre voyage afin que Javier et ses amis puissent se divertir et les partager. Je ne comprends pas l'engouement pour Twitter. Vraiment pas. La vie en deux cent quatre-vingts caractères ne m'intéresse pas. Peut-être que si j'étais plus jeune, je comprendrais, mais ce n'est pas le cas. Et je ne suis pas sûr de vraiment le vouloir. Que les jeunes le fassent s'ils veulent.

Il soupira et haussa les épaules avant d'ajouter :

— Je ne sais pas quoi faire.

Robin hésitait toujours à donner des conseils aux gens de son groupe, c'était une bonne façon de se faire blâmer pour tous les problèmes qui pourraient en découler. Il regarda quand même Oliver dans les yeux avant de se lancer :

— Qu'est-ce que tu veux faire ? Tu devrais commencer par trouver ce que tu veux vraiment, pas ce que tu penses qu'il veut, et parle-lui.

Voilà, c'était le plus près qu'il pouvait aller sans vraiment donner un conseil précis. Oui, c'étaient des platitudes, mais ça semblait raisonnable.

— Oh, et vas prendre une bière.

Il sourit et Oliver fit de même avant de se lever pour aller dans la même direction que Javier.

— Tu as l'air bien, lui dit Mason en s'approchant après le départ d'Oliver.

Robin grogna et ferma les yeux. Peut-être que s'il l'ignorait, Mason s'en irait et le laisserait tranquille pendant un moment.

— Je le suis.

Il s'étira ensuite pour rendre le banc aussi peu hospitalier qu'il le pouvait.

— Je me demandais si tu voulais aller manger un morceau, lui demanda Mason en s'asseyant de toute manière sur le bout du banc. C'était vraiment fabuleux, je me sens plus détendu et propre que jamais auparavant. Et cet édifice, c'est quelque chose. Le dôme au-dessus de la piscine était à couper le souffle, je me suis laissé flotter dans l'eau un long moment juste pour le regarder.

Robin se tourna vers lui.

— Mason, pour l'amour de Dieu, arrête de parler. Tu ne t'es jamais rendu compte que quand tu veux dire quelque chose, mais que tu n'en as pas le courage, tu parles sans arrêt de choses futiles. Arrête ton bavardage et dis-moi ce qui te trotte dans la tête ou vas te chercher une bière et quelque chose à manger.

Sa patience envers Mason n'était déjà pas énorme et le nuage sur lequel il flottait en sortant des thermes rapetissait trop rapidement.

— D'accord. Je vois bien pourquoi tu es attiré par Johan. Cet homme est superbe, aucun des gars ne pouvait le quitter des yeux. Dès qu'il est entré dans le bain de minéraux, la température a dû monter de dix degrés. Il est brûlant.

Heureusement que Mason parlait à voix basse, même s'il n'avait rien dit de faux jusqu'à présent.

— Et donc, où veux-tu en venir ?

— Je vois la manière dont tu le regardes et vous avez partagé une chambre. C'est tellement facile pour toi de croire qu'il y a quelque chose de plus que ce qu'il y a réellement. Un homme comme lui n'ira jamais vers quelqu'un comme toi... ou moi.

La dernière partie sonnait comme quelque chose de rajouté à la dernière seconde pour ne pas sonner trop méchamment, mais sans succès.

— Je te dis ça parce que je suis ton ami, ajouta Mason.

— Tu sais quoi ? Johan est mon chauffeur et il a été gentil avec moi, répliqua Robin en se tournant pour regarder Mason directement dans les yeux. Tu sais ce qu'il m'a dit en voyant mes cicatrices ? Il a dit que je devrais en être fier parce que ça montrait à quel point j'avais du courage, plus que n'importe qui qu'il connaissait. Et il a raison. Tu n'as jamais eu à subir ce que j'ai vécu et j'espère que tu n'auras jamais à le faire. J'ai traversé l'enfer et arrivé de l'autre côté, j'ai eu une nouvelle chance de vivre. Je te l'accorde, ce n'est qu'une accalmie. Le cœur qu'ils m'ont donné ne durera pas aussi longtemps qu'un cœur normal, mais avec les avancées en médecine ce sera peut-être plus que les dix ou douze ans auxquels ils s'attendent.

Robin prit une pause pour mieux rassembler ses pensées.

— Je ne dis pas qu'il y a quelque chose entre moi et Johan, mais...

Il aurait peut-être voulu que quelque chose se passe entre eux, mais il ne vivait pas non plus dans les nuages. Il serait plus qu'heureux de pouvoir seulement le compter parmi ses amis.

— Mais ce que je n'apprécie pas, c'est que j'ai passé la moitié des douze ans qu'ils me donnent avec quelqu'un comme toi. Je pensais que tu m'aimais, Mason. Je ne sais pas si ça a jamais été le cas. Peut-être que tu n'étais avec moi que par pitié.

Robin se leva et fit quelques pas vers la brasserie dans le parc.

— Mais si, je t'aimais, lui dit doucement Mason.

— Mais pas assez pour rester. Et maintenant que je suis heureux et que, oui, il y a la possibilité que j'aime bien quelqu'un d'autre... tu es jaloux. Eh bien, je suis passé à autre chose et tu le devrais toi aussi. Tu as pris ta décision et c'est tout.

Robin ne savait pas à quelle réaction s'attendre, mais sûrement pas à un éclat de rire.

— Je ne suis pas jaloux. Toi et moi avons eu de bons moments, mais tu n'étais pas fait pour moi. Comme je n'étais pas fait pour toi.

— Alors pourquoi as-tu fait tout ça ? Pourquoi t'es-tu inscrit dans mon groupe pour agir comme si tu étais mon grand frère... ? Comme si j'étais incapable de prendre mes propres décisions ?

Il durcit son expression et attendit la réponse qu'il était déterminé à avoir.

— Je me suis inscrit dans ce voyage organisé parce que je voulais voir l'Allemagne. Et je te connais, tu es un bon guide et j'ai pensé que ce serait amusant.

Mason leva ses mains en l'air.

— Écoute, je suis désolé pour la manière dont ça s'est terminé entre nous et pour bien d'autres choses. Mais je ne pouvais pas simplement passer par-dessus... certaines choses. Et tu avais besoin de passer à autre chose dans ta vie, tout comme moi. Mais ça ne veut pas dire que je te déteste ou que je te souhaite du mal. Tu es quelqu'un de bien qui mérite un homme qui le rendra heureux.

— Même s'il ne me reste que quelques années à vivre ? insista Robin qui leva le regard vers les thermes en voyant quelqu'un en sortir. Et si tu me laissais m'inquiéter pour ma propre vie et que tu t'occupais de la tienne ? Et cette amitié que tu veux m'offrir, pourquoi ne me laisserais-tu pas voir quel genre d'ami tu es, avant ? Maintenant, je te suggère d'aller te prendre quelque chose à boire et à manger, parce que moi j'ai du travail.

Ce n'était qu'une piètre excuse, mais il avait besoin de prendre du recul. Heureusement, Mason comprit le message et se leva pour se diriger vers le parc.

— Mesdames, comment ça a été ? demanda Robin en voyant les quatre de son groupe descendre les marches.

— Libérateur, dit Lily avec un vrai sourire pour une fois. Je n'aurais jamais osé faire ça avec mon mari et c'était merveilleux.

Elle enroula un bras autour des épaules de Margaret alors que toutes les autres hochaient la tête.

— Super. Certains de vos compagnons sont déjà dans le parc, dit Robin en leur pointant la bonne direction. Il y a aussi différents restaurants en ville. Mais prenez-vous quelque chose à boire. Est-ce que vous avez pris les eaux ?

Quand elles hochèrent toute la tête, il ajouta :

— D'accord, l'eau dans les thermes est un peu radioactive, alors j'espère que vous n'en avez pas trop bu, sinon vous n'aurez pas besoin d'une veilleuse cette nuit.

Heureusement, elles rirent toutes à sa petite blague.

— Nous allons en ville. J'ai lu à propos d'un restaurant dans un des guides de voyage et je voulais l'essayer, expliqua Margaret et les quatre femmes s'y dirigèrent.

— L'autobus part à quinze heures, leur rappela Robin et en se demandant où il pourrait lui-même manger.

Il aimait voir Lily marcher ainsi, avec une légèreté dans ses pas, après seulement quelques jours. Peut-être que ce voyage était vraiment ce dont chacun d'eux avait besoin.

Robin dirigea Billy, Kyle et Grant, qui sortaient des thermes et allaient vers le parc.

— Allons-nous pouvoir voir les ruines romaines ? demanda Grant avec enthousiasme pendant que ses deux compagnons levaient les yeux au ciel. Allez, les gars. Vous en voyez souvent vous des ruines qui datent de plus de deux mille ans ?

— Il a raison, on pourrait y aller après déjeuner, admit Billy qui semblait beaucoup mieux. On pourrait manger un peu, sans prendre de bière, et y aller ensuite.

Robin leur indiqua où tout se trouvait et ils le laissèrent pour aller vers le parc. Johan fut le dernier à sortir des thermes et il alla droit vers Robin.

— Pourquoi es-tu parti si rapidement ? demanda Johan en prenant le sac de vêtements de Robin.

— Le sauna chaud et les bains de vapeur me fatiguent trop et je devais faire attention parce que l'eau est radioactive. Je n'en ai pas bu et j'ai raccourci ma visite.

Il devait faire attention à beaucoup de choses comme ça, mais il y était habitué.

— Alors tu as besoin de quelque chose à boire et d'un bon déjeuner, dit Johan en lui prenant la main et en entrelaçant leurs doigts.

— Où allons-nous ? demanda Robin en regardant sa montre alors que Johan les éloignait du parc à chaque pas.

— Je connais un bon endroit, lui dit Johan avec un petit sourire.

Il les guida loin du centre-ville, descendant une petite rue résidentielle tranquille, avant de s'arrêter devant un restaurant de quartier. Ils y entrèrent et Johan fut chaleureusement accueilli par le barman, puis par les clients.

— C'est la maison, lui expliqua Johan en se glissant à sa suite sur une chaise à une table dans un coin.

Il commanda quelque chose en allemand et rapidement un *Schorle* et une bière étaient posés devant eux.

— Où est le menu ? s'enquit Robin à son tour en allemand.

Ça ne semblait vraiment pas être un lieu touristique, Robin était parmi les vrais habitants de Baden-Baden.

— Fritz nous concocte quelque chose de spécial, expliqua Johan en allemand et Robin hocha la tête.

À cause des voyages organisés qu'il guidait, il passait la plupart de son temps à parler en anglais, c'était un changement d'être en véritable immersion allemande pour une fois.

— C'est mon frère. C'est le restaurant de ma famille.

Un énorme homme musclé sortit de la cuisine avec son tablier de chef et Johan se leva pour saluer proprement son frère. Leur allemand était rapide et Robin avait de la difficulté à suivre ce qui se disait, mais il réussit à comprendre le sens général de leur conversation.

— Il est bon dans ce qu'il fait, dit Robin pour défendre Johan.

— Voici Robin, le présenta Johan avec un sourire.

Fritz l'observa avec, Robin en eu l'impression, une certaine incrédulité. Ils se serrèrent la main et Fritz se retourna vers Johan en leur indiquant de se rasseoir. Il retourna ensuite en cuisine, laissant Robin se demander ce qui avait bien pu se passer. Il eut sa réponse dix minutes plus tard en voyant trois femmes s'approcher d'eux et s'asseoir à leur table.

La conversation reprit rapidement dans le dialecte régional que Robin ne comprenait pas complètement. Les mots étaient familiers, mais l'usage était différent.

— Mère, Marta, Louisa, je vous présente Robin. Il est le guide du voyage organisé, expliqua Johan en souriant nerveusement. Il parle allemand, mais pas l'alémanique.

Johan lui présenta sa famille et Robin aurait bien voulu se lever pour mieux les saluer, mais il était déjà bombardé de questions.

— Pouvons-nous parler en anglais? demanda Marta. J'aimerais le pratiquer. J'espère être accepté dans une université américaine et je veux un meilleur anglais.

Elle avait une gentille voix douce avec un beau visage et des yeux lumineux.

— Bien sûr, lui dit Robin en souriant et elle fit de même. Alors, quelles histoires pouvez-vous me raconter à propos de Johan?

Les yeux de sa mère s'agrandirent, Louisa eut un petit rire discret et Marta s'esclaffa en bonne et due forme.

— Je l'aime bien. Je crois qu'il va pouvoir te tenir tête, dit Marta en se tournant vers son frère.

C'était une des choses dont Robin doutait. Comme Oliver, il n'allait pas être capable de suivre le rythme pour toujours.

— Je vais essayer.

Johan regarda sa montre quand sa mère se leva pour revenir avec des assiettes et Fritz qui la suivait avec des tonnes de nourriture qu'il plaça au centre de la table avant de s'y asseoir. Apparemment, c'était une réunion de famille impromptue et Robin y était invité.

— Depuis combien de temps connais-tu mon fils? demanda la mère de Johan.

— Nous travaillons ensemble une fois de temps en temps depuis quelques mois, répondit Robin. Il est très gentil avec moi.

— J'espère bien, je l'ai bien élevé.

Elle s'agita autour de Johan et lui remplit son assiette de saucisses, de *spätzle* et de légumes. Chaque plat sentait incroyablement bon et avant qu'il ne puisse dire quoi que ce soit, madame Krause avait rempli son assiette à lui aussi.

— C'est la première fois qu'il amène quelqu'un à la maison.

Elle semblait bien heureuse de ça, ce qui surprit Robin.

— Nous savons depuis un moment que Johan préfère les hommes, l'informa Louisa. Mais il ne nous avait jamais présenté qui que ce soit auparavant.

Ils avaient tous l'air tellement intéressés par lui.

— Où as-tu grandi? demanda Louisa avant qu'il ne puisse prendre une seule bouchée.

Son estomac grondait face aux effluves d'oignon, de bacon et d'épice qui s'échappaient de son plat.

— Ma famille vient de Milwaukee. Nous avons une taverne, là-bas, qui est aussi un restaurant, un peu comme ici. Maman sert du *bratwurst* et du *sauerkraut*, elle est célèbre dans le coin pour ça. Et de la bonne bière allemande. Papa sert aussi quelques bières américaines de style allemande, mais rien des productions de masse que tout le monde peut trouver n'importe où.

Robin réussit finalement à prendre une bouchée et se retint de gémir tellement c'était bon.

— Est-ce que ta mère fait du *spätzle*?

— Oui, mais moins bon que celui-ci, répondit Robin entre deux bouchées et deux questions.

En voyant le large sourire de madame Krause, Robin sut qu'il avait bien répondu. Il devait faire attention avec tout le beurre dans les plats riches devant lui, mais les légumes étaient divins, remplis de saveur, et les saucisses étaient épicées, mais étonnamment légères. Avant même qu'il ait fini son assiette, la doyenne de la table la remplissait déjà.

Johan dit quelque chose à sa mère à voix basse, Robin ne comprenant pas exactement de quoi il était question, et elle reposa sa cuiller. Robin en était reconnaissant, mais il redemanda des légumes malgré tout.

— Marta a dit qu'elle se préparait à aller à l'université, mais toi, Louisa, travailles-tu ici au restaurant? lui demanda Robin.

— Parfois, quand on a besoin de moi.

— Louisa est directrice d'une banque, déclara fièrement madame Krause.

Johan se tourna vers lui.

— Louisa est une étoile montante dans une banque d'ici. Elle a toujours été bonne avec les chiffres. Marta veut être un médecin, mais pour les animaux.

— Ah, une vétérinaire. C'est super. Veux-tu t'occuper de petits animaux ou des plus gros? demanda Robin. J'ai toujours pensé que s'occuper des chevaux devait être très intéressant.

— Je n'ai pas encore décidé, répondit-elle. J'aimerais m'occuper de tous les animaux pour travailler dans un jardin zoologique.

— Marta a toujours été fascinée par les lions ou les tigres, expliqua Johan.

Robin finit ses légumes, son ventre sur le point d'exploser. Il prit quelques gorgées de son *Schorle* en écoutant la conversation de la famille autour de lui.

— Du dessert ? proposa madame Krause.

Johan regarda sa montre avant de répondre.

— Robin et moi devons retourner en ville et aller rejoindre le reste du groupe.

Il se leva, embrassa sa mère sur la joue et étreignit ses sœurs et son frère. Robin se glissa hors de sa chaise à ton tour et serra les mains de tout le monde en les complimentant sur le merveilleux après-midi qu'il venait de passer.

— Merci pour tout. Le repas était délicieux et c'était un plaisir de tous vous rencontrer.

Robin attendit que Johan ait terminé de dire au revoir à sa famille et ils sortirent.

— Tu ne m'avais pas prévenu que nous allions rejoindre toute ta famille.

Il espérait ne pas avoir eu trop l'air stupide devant eux.

— Tu étais parfait, ils t'ont tous aimé.

Johan les guida jusqu'en ville et Robin était bien heureux de la petite marche que cela leur faisait. Il avait besoin de bouger après ce merveilleux repas.

La rue qu'ils remontaient était encadrée d'arbres ravissants et, rapidement, ils furent de retour au parc où une partie du groupe se trouvait encore. Robin les salua et ils allèrent tous ensemble vers leur point de rencontre, le McDonald, qui devait être le seul au monde avec une façade en marbre de Sienne. Le groupe fit la file pour les toilettes pendant que Johan allait chercher l'autobus. Robin s'assura que tout le monde était prêt à y aller et que personne n'oubliait son sac et ils embarquèrent dans l'autobus. Robin espérait seulement qu'ils n'auraient pas d'arrêts toilettes en chemin.

— Nous allons vers Fribourg, dans la région de la Forêt-Noire. C'est un de mes arrêts préférés. Le centre de la vile est unique et il y a des tonnes de choses à explorer, aussi bien dans la ville que dans la forêt aux alentours.

Robin vérifia que tout le monde était présent en parlant et fit signe à Johan qu'ils pouvaient y aller, recevant en retour un petit sourire rempli de promesse.

Après leur arrivée à Fribourg, ils avaient tous dîné ensemble et Robin s'était ensuite assuré que tout le monde avait bien la bonne chambre. Maintenant, il était épuisé.

Albert avait encore une fois réservé une seule chambre pour Johan et lui et quand Robin l'avait appelé à ce sujet, il lui avait sèchement répondu :

— Tu t'attendais à quoi ? Je n'ai pas beaucoup de marge de manœuvre et ça m'économise le coût d'une chambre.

— Qu'est-ce qui se passe avec toi ? lui demanda Robin.

Ce n'était pas le genre d'Albert d'être aussi impatient.

— Rien, soupira-t-il doucement. J'ai une autre visite que je vais peut-être devoir annuler parce qu'il n'y a pas assez de réservations. Il y a quelques personnes qui voudraient bien la faire et j'y travaille, mais le budget est serré en ce moment. Les gens sont moins intéressés par des voyages organisés gays maintenant. Tout devient tellement... normal. Ils ne pensent pas qu'il y a un besoin pour ça et ils ont peut-être raison.

Albert, aussi démotivé, c'était nouveau.

— Tout va bien aller. Tu réussis toujours à trouver une solution.

Malheureusement, il ne pouvait pas faire grand-chose à cette période de l'année. L'été était là et la plupart des gens avaient déjà fait leur réservation. Il aurait bien voulu faire comprendre à Albert qu'il voulait sa propre chambre, comme il l'avait toujours eu, mais ça ne servirait à rien.

— Je t'appelle s'il y a quelque chose, mais sinon la visite se passe bien.

Il termina son appel pour laisser Albert se concentrer sur le fait de trouver des solutions, puis s'écroula sur le lit étonnement confortable de sa chambre d'hôtel spartiate. Johan était sorti avec Oliver, Javier et Grant, mais Robin n'en avait pas eu l'énergie. Il grogna en se levant du lit pour aller se laver et y retourna prestement en fermant immédiatement les yeux.

Il avait dû s'endormir rapidement, parce que quand il se réveilla il était au chaud et un bras était posé sur lui, une main sur son ventre. Robin se tourna pour trouver Johan endormi à ses côtés, ou en parti endormi du moins. Une partie de lui était clairement réveillée, se pressant contre les fesses de Robin. Il sourit et bâilla, trop fatigué pour faire quoi que ce soit, et puis, qui ça dérangeait ? C'était le moment le plus intime qu'il vivait depuis des mois et il aimait que Johan le tienne contre lui, même si c'était dans son sommeil.

Robin avait demandé une chambre avec deux lits, mais c'était la seule qu'il restait. Il n'en avait pas fait tout un plat, pas après la nuit précédente. Pourtant, ce qui le surprenait, c'était l'aisance avec laquelle Johan semblait vouloir être à côté de lui et combien Robin dormait mieux quand il était dans ses bras. Dormir avec Mason avait toujours été compliqué, il ronflait assez fort pour réveiller un mort et n'arrêtait pas de gigoter. Robin n'avait jamais passé une bonne nuit de repos quand ils dormaient ensemble, mais c'était différent avec Johan.

— Rendors-toi, grommela Johan en allemand.

Robin n'était même pas certain qu'il était complètement réveillé.

— Je ne peux pas, dit Robin en se retournant pour regarder Johan qui avait les yeux entrouverts. Demain, nous allons au marché, ça veut dire rester debout en plein milieu de la ville pendant des heures et m'assurer que tout le monde trouve son compte. Ensuite, en soirée, je dois guider une randonnée en forêt au-dessus de la ville. Je l'ai déjà fait avant et chaque fois j'en reviens crevé.

— Alors, endors-toi et essaie de te reposer. Ils méritent le meilleur de ce que tu peux leur donner.

Johan caressa gentiment son bras et Robin referma les yeux.

— Et si je devenais trop faible pour continuer ? demanda tristement Robin.

Cette peur l'habitait depuis un certain temps déjà. Le cœur qu'on lui avait donné était le plus compatible pour lui, plus que ce qu'ils auraient pu espérer... d'après ce que le médecin lui avait dit. Mais, depuis peu, la fatigue prenait de plus en plus de place et il s'inquiétait que ce soit le début de la fin pour lui.

— Tu n'es pas trop faible. Je crois que ce truc avec Mason commence à t'affecter plus que tu ne le penses.

Son ton laissait bien entendre qu'il n'appréciait pas vraiment Mason. Robin se sentit mieux tout d'un coup. Il aurait détesté qu'ils s'entendent bien et qu'ils deviennent amis ou quelque chose comme ça. Juste à y penser, Robin frissonna tant c'était bizarre. Johan dut croire qu'il avait froid parce qu'il le serra encore plus fort dans ses bras.

— Penses-tu que c'est bizarre qu'on dorme ainsi ? demanda Robin. Nous ne sortons pas ensemble ou rien, mais...

Parfois, il se demandait pourquoi il devait toujours réfléchir ainsi. Il connaissait des gens, comme son frère Érik, qui ne se posaient jamais de question. Érik prenait les choses comme elles venaient et il était heureux grâce à ça. Robin aurait bien voulu être pareil, pour ne s'inquiéter de rien.

— Je ne sais pas. Peut-être que ça l'est, répondit Johan en haussant les épaules et en se rapprochant encore plus. Arrête de poser autant de questions, c'est le milieu de la nuit et tu dois dormir. J'ai besoin de dormir.

Johan bâilla et Robin ferma les yeux, reposant sa tête sur l'oreiller en essayant de penser à ce qu'il pourrait faire.

— On pourrait prendre l'autobus et le garer au bas de la montagne. On les laisserait monter et redescendre, mais pas aussi loin.

— Bonne idée.

Robin se détendit finalement et arrêta de s'inquiéter. Il avait une visite à guider, alors au lieu de se concentrer sur ce qui se passait dans sa tête, il se mit à écouter les sons tranquilles de la nuit sur la rue pavée juste de l'autre côté de la fenêtre de leur chambre.

— Merci, Johan.

III

— ROBIN.

Ce simple mot le fit revenir doucement à la conscience.

— Oui, murmura-t-il en ouvrant les yeux. Il fait encore noir.

Johan secoua gentiment son épaule.

— Nous avons un problème.

Un bruit à l'extérieur de la chambre finit de le réveiller et il sortit du lit en un bond, enfila son pantalon et courut jusque dans le corridor. La moitié du groupe y était et fixait furieusement la porte de la chambre de Billy et Kyle.

— Retournez vous coucher, leur dit Robin et ils obtempérèrent.

Robin tapa doucement à la porte et Kyle lui ouvrit en tenant un mouchoir sous son nez. Kyle se recula afin que Robin puisse entrer dans la chambre où des vêtements étaient éparpillés partout par terre et même suspendus aux lampes. Billy boudait sur le lit, regardant obstinément le sol, la tête entre les mains.

— Est-ce que l'un d'entre vous pourrait bien m'expliquer ce qu'il s'est passé ? Vous devriez être silencieux à cette heure, alors qu'est-ce qu'il y a ?

Robin devait gérer rapidement la situation pour éviter des plaintes de l'hôtel. Albert ne serait pas heureux s'il devait leur trouver un autre hôtel à Fribourg.

— Ce n'était rien, lui dit Kyle en enlevant le mouchoir de son nez.

— Vous réalisez bien que j'ai l'autorité de vous exclure du groupe si vous avez un mauvais comportement ? Ça veut dire que quand nous partirons, j'aurais absolument le droit de vous interdire l'accès à l'autobus et que vous devriez vous rendre par vous-même à Frankfort pour votre vol. Tout ce que vous avez payé, vous le perdriez et vous seriez tout seul.

Robin ne voulait pas en arriver là, mais s'ils ne se comportaient pas mieux que ça, il n'allait pas les laisser gâcher le voyage des autres.

— J'ai besoin de réponses.

— Billy a commencé à beaucoup trop boire, dit Kyle en fixant furieusement son ami. Et ça doit arrêter. Il est tout le temps saoul et un vrai connard dès qu'il prend une goutte d'alcool.

Kyle posa les mains sur ses hanches, fixant Billy qui se refermait sur lui-même.

— À qui sont ces vêtements?

— Ils sont à moi. Billy était fâché quand il est revenu de sa dernière tournée des bars sans que je l'attende.

Kyle semblait bouillonner malgré le calme de ses paroles.

— Ramasse-les et range-les, dit Robin à Billy. Je dois dire, c'est très enfantin de ta part et ça a des répercussions sur ton meilleur ami. Allez vous coucher tous les deux et dormez.

Robin se dirigea vers la porte.

— Billy, je veux te parler demain matin avant que nous allions où que ce soit. Et tu as intérêt à être sobre.

Robin sortit de la chambre, remarquant tous les yeux qui le suivaient peu subtilement derrière les portes entrebâillées. Il retourna directement dans sa chambre, referma la porte et s'assit sur le bord du lit.

Johan sortit de la salle de bain, puis éteignit la lumière et se mit au lit avant de tirer doucement Robin vers lui.

— Qu'est-ce que tu vas faire? lui demanda Johan quand ils furent installés.

Les bras de Johan étaient autour de lui et Robin ne bougea pas d'un centimètre, continuant à fixer le mur, même si sa peau était brûlante. C'était bien et tout, mais il était terrifié. Comment Johan allait-il réagir quand il apprendrait combien de temps il lui restait? Mason s'était enfui... alors comment Robin pouvait-il espérer que quelqu'un veuille rester à ses côtés? Il s'éloigna un peu et Johan se retourna aussi, la chaleur entre eux se dissipant.

— Je n'avais jamais réalisé qu'une partie de ce job allait impliquer d'être un conseiller ou même un arbitre. J'ai eu un couple, une fois, qui a décidé de divorcer. Ils ont fini par faire le voyage sans échanger un mot, c'était désastreux et cela a affecté tout le monde dans le groupe.

Ça avait été le deuxième voyage de la saison et il n'avait jamais été aussi heureux de dire au revoir à des vacanciers.

— Je vais leur parler à tous les deux demain matin.

Il ferma les yeux et essaya de se rendormir, mais il ne pouvait s'empêcher d'essayer d'entendre tout ce qui pourrait s'échapper du corridor. Il réussit finalement à dormir un peu.

Robin se réveilla, tendu et pratiquement aussi fatigué que lorsqu'il s'était mis au lit. Johan était déjà debout. Il sortit de la salle de bain, habillé et prêt à commencer la journée.

— J'étais silencieux pour que tu puisses dormir un peu plus. Je vais aller déjeuner.

Il sortit de la chambre et Robin repoussa les couvertures, regarda l'heure et se prépara à son tour.

Tout le monde était en train de déjeuner, y compris Kyle et Billy qui étaient assis à des tables différentes et échangeaient des regards torves. Robin leva les yeux au ciel et s'assit à côté de Johan, se préparant à ce qui allait probablement suivre. Évidemment, l'incident de la nuit était maintenant la source de plusieurs conversations et rumeurs avec beaucoup de suppositions et peu de faits.

— As-tu un peu dormi ? demanda Johan.

— Un peu, admit Robin.

— Le marché est à quelques coins de rue. Amène-les là-bas pour qu'ils visitent la cathédrale et explorent la ville un peu par eux-mêmes. Ainsi tu pourrais te reposer.

Robin acquiesça et prit un petit pain et du jus de fruits. Il y avait aussi un petit assortiment de viande froide et de fromage et il en prit un échantillon, qu'il mangea en réfléchissant. Qu'allait-il dire à Billy ? Comment devait-il gérer la situation ? Et que devrait-il dire à Johan ? Les choses étaient un peu bizarres entre eux. Johan l'avait tenu entre ses bras pendant la plus grande partie des deux dernières nuits, mais était-ce par pitié ou parce qu'il l'appréciait vraiment ? Peut-être que Johan partageait toujours son lit comme ça. Il devait lui en parler, mais il avait peur que Johan ne soit que gentil avec lui. Robin prit une bouchée de son petit pain et le mâcha lentement, ne réalisant même pas qu'il tenait encore l'autre moitié dans les airs.

— Tu dois vraiment être perdu profondément dans tes pensées, commenta Mason qui passait. Tu ne fais ce truc d'ignorer l'univers au complet que quand tu essaies vraiment de comprendre quelque chose.

Il continua son chemin avant que Robin puisse lui rétorquer quoi que ce soit.

— Parfois, je voudrais vraiment frapper ce type, murmura Johan.

Robin laissa tomber son pain dans son assiette et rit doucement pour lui-même avant de s'esclaffer, sans une autre raison que de laisser échapper de la tension et de la confusion. Il avait sûrement l'air un peu fou, mais ça lui faisait du bien de rire ainsi. Il se moquait bien que les autres le voient, évacuer tout ce stress était trop bon.

Robin se dit qu'il allait parler à Billy maintenant et qu'il attendrait à ce soir pour discuter avec Johan.

— J'ai quelques annonces à faire, dit-il en se levant après avoir terminé de manger. Vous avez la plus grande partie de la journée libre pour visiter la ville. Il y a de bons endroits pour faire les boutiques et le marché est autour de la cathédrale, qui est ouverte, alors, n'hésitez pas y entrer. Aussi, promenez-vous autour et observez les gouttières. Les sculpteurs médiévaux avaient certainement une belle imagination. Vous êtes indépendant pour le déjeuner, il y a des tonnes de beaux cafés et de délicieux sandwichs et pâtisseries ainsi que de la nourriture disponible directement au marché. Nous allons nous y rejoindre à dix-sept heures, où Johan nous accompagnera en autobus jusqu'en dehors de la ville et nous allons faire une randonnée en forêt. C'est assez incroyable de voir comme on passe vite de la ville à la nature. Ce qu'on veut aujourd'hui, c'est s'amuser.

Robin rencontra le regard de Billy qui rougit et hocha la tête.

Tranquillement, les autres se levèrent et quittèrent la salle du petit-déjeuner. Robin resta derrière et indiqua à Billy de venir le rejoindre.

— Veux-tu me dire ce qui se passe ?

Billy haussa les épaules et Robin croisa les bras sur son torse.

— Kyle est…

Robin attendit, bougeant son poids d'un pied à l'autre, en silence.

— Parfois, il me met tellement en colère.

— Pourquoi ? C'est ton meilleur ami, en tout cas c'est ce que vous m'avez dit le premier jour.

Billy se recula, comme pour se cacher, et Robin prit son mal en patience. Il connaissait bien ce jeu et était devenu très doué pour laisser les gens venir à lui.

— Il est tellement aveugle, finit par dire Billy en serrant les poings.

— Il est aveugle à quel sujet ?

— Je sais bien que tu peux deviner, même si lui en est incapable. Qu'est-ce que je dois faire afin que Kyle me voie réellement ? Je croyais que faire ce voyage et partager une chambre avec lui pendant plus d'une semaine allait… faire avancer les choses. À la place, il agit comme il l'a toujours fait et…

Robin se rapprocha.

— Tu es en train de me dire que tu as des sentiments pour lui ?

Billy se prit la tête entre les mains.

— Bon sang. J'en ai depuis un long moment et j'espérais qu'il me les rende, mais…

— Lui en as-tu parlé ou fait quelque chose pour qu'il voie ce que tu ressens ? Ou est-ce que tu bois pour noyer tes sentiments et tout ce que ça a fait, c'est empirer les choses ?

Robin comprenait mieux ce qui se passait tout à coup. Il soupira doucement en hochant la tête en arrivant à une décision.

— D'accord. Pour ce qui en est du reste du voyage, je te suggère d'arrêter de boire. Passe à autre chose, parce que je ne veux pas une répétition d'hier soir.

— C'est tout ? demanda Billy.

— Oui. Tu es un adulte, alors agit comme tel. En ce qui concerne Kyle, tu dois arranger les choses avec lui. Vous devez encore partager une chambre, tous les deux. Il n'y a pas de chambres supplémentaires disponibles, dans aucun de nos hôtels.

— Tu ne vas rien dire à propos de…

— À propos de quoi ? demanda Robin. Tant qu'hier soir ne se reproduit pas, j'ai déjà tout oublié.

Ils joignirent le reste du groupe et Robin les guida hors de l'hôtel et dans la rue pavée jusqu'au centre historique de la ville. Il leur indiqua où ils se trouvaient et leur donna des informations sur la région qu'ils visitaient. Ils semblaient enthousiastes à l'idée d'explorer et il ne les garda pas longtemps. Après s'être assuré qu'il n'y avait pas de questions, Robin retourna à sa chambre, enleva ses souliers et se coucha sur son lit. Il avait pris ses médicaments, il ne lui restait donc qu'à essayer de rattraper un peu de sommeil.

Il se réveilla quelques heures plus tard, se sentant un peu mieux et avec les idées plus claires. Johan n'était pas monté le retrouver, alors Robin se lava le visage et se brossa les dents pour se rafraîchir avant de quitter la chambre. Il descendit les rues pavées pour se rendre au centre historique de la ville, vers la cathédrale et le marché, souriant sous les rayons chauds du soleil en voyant les enfants joués dans le *Bächle*, les petits canaux d'eau fraîche parcourant les rues.

Friburg était unique, la ville abritant toujours ses conduits d'eau médiévaux. Dans ses jours glorieux, les canaux d'une trentaine de centimètres qui parcouraient les rues recevaient l'eau de la rivière. Aujourd'hui, l'eau gargouillait joyeusement sous les rayons du soleil et y poursuivait son propre chemin. Robin adorait que quelque chose d'aussi ingénieux ait pu être conservé dans la ville moderne et lui donne un charme fou. Et il n'avait qu'à suivre l'eau qui le guidait vers le centre de la ville et sa cathédrale où le marché palpitait de vie.

— Te sens-tu mieux ? lui demanda Johan en venant à sa rencontre. Je suis resté ici afin que tu puisses te reposer.

Son expression était sincère et gentille, emplie d'inquiétude.

— Je vais bien, ces quelques heures de sommeil m'ont beaucoup aidé, lui répondit Robin en regardant autour de lui, incertain de ce qu'il devait faire maintenant.

— Allez, viens. Il y a des fruits magnifiques de ce côté et ils ont des *wrust* frais et des frites. Tout plein de choses.

Robin acheta des fruits et un peu de fromage avec une miche de pain pendant que Johan allait leur chercher quelque chose à boire. Ils trouvèrent ensuite un banc à l'ombre de la cathédrale et y firent un pique-nique improvisé avec toutes leurs délicieuses trouvailles.

— Prends-toi un bout de pain, lui conseilla Johan en lui coupant des morceaux de fromage avant de sortir les fruits. J'ai remarqué que tu ne mangeais pas beaucoup de friture

Robin secoua la tête.

— C'est que... je dois surveiller mon alimentation pour ne pas endommager mon cœur, alors j'essaie de manger des aliments légers et beaucoup de fruits et de légumes. C'est plus difficile ici parce que la nourriture allemande est plus riche, mais je l'aime. Et les *pommes* sont tellement divines.

Il prit une bouchée de son pain et de son fromage, puis quelques gorgées du *Schorle* que Johan lui avait déniché.

— Une grande partie de ma vie tourne autour de ça.

Il ne pouvait échapper à certaines choses même s'il souhaitait que sa vie soit différente. Le fait qu'il vive un temps emprunté avec un cœur donné par quelqu'un d'autre était quelque chose qu'il ne pouvait fuir.

— À quoi ça ressemble de passer à travers tout ça ? lui demanda Johan.

Robin haussa les épaules, fixant son regard sur le toit de la cathédrale et ses tours.

— Je ne me souviens pas vraiment de l'intervention, seulement de l'attente et mes parents qui pleuraient et priaient. Je n'avais pas conscience de grand-chose et j'avais globalement accepté que j'allais mourir. Et puis ils ont trouvé un cœur… une victime d'accident, à ce qu'ils m'ont dit. Je ne sais rien d'autre sur lui, sauf qu'il avait à peu près mon âge. Quand je me suis réveillé, j'avais affreusement mal et j'ai dû me reposer longtemps.

Il promena son regard des lignes du toit jusqu'aux fenêtres gothiques du clocher qui semblait monter jusqu'au ciel.

— Les médecins avaient peur que mon corps le rejette, alors ils m'ont gardé en observation branché sur des machines, pendant un long moment. Mais j'ai commencé à reprendre des forces, mon nouveau cœur battait par lui-même, alors ils ont pu arrêter de me gaver de médicaments jusqu'à ce que je prenne seulement les pilules que j'ai aujourd'hui. Ça a pris beaucoup de temps et je sais que mes parents ont beaucoup prié pour moi.

Robin finit son pain et son fromage pour ensuite s'intéresser aux délicieuses mûres qu'il avait trouvées.

Johan lui déchira un autre morceau de pain et le lui tendit avec d'autres fromages.

— Qu'est-ce que ta famille pense du fait que tu es ici ? Elle doit s'inquiéter.

— Ma mère veut que je revienne à la maison, elle s'inquiète constamment. Mais je ne veux pas passer le restant de mes jours à travailler dans le restaurant familial, sans rien voir d'autre, protégé de tout. À quoi ça sert de se faire donner une autre vie si je n'en profite pas ? Alors j'ai pris ce job et je l'aime. Je peux passer l'été en Europe et être autonome. Ma mère est allemande et mon père américain, alors par un coup du sort j'ai la double citoyenneté. Je peux travailler ici pendant tout l'été et quand ce sera terminé, je vais devoir décider ce que je veux faire. Je peux rester ici grâce à ma citoyenneté ou retourner aux États-Unis. Je ne sais pas encore ce que je vais faire, finit Robin en haussant les épaules.

— Et pour ce qui est de Mason ?

— Nous nous sommes fréquentés pendant toutes nos années universitaires et après. C'est en partie à cause de lui que j'ai pris ce job et que je suis ici. Ma mère dit que je me suis enfui, mais je sentais plutôt le besoin de changer de décor à ce moment-là.

Robin finit son repas et refusa d'un geste que Johan lui en donne plus.

— Je voulais voir le monde un peu et je n'avais aucune idée que Mason allait me suivre jusqu'ici. Quoique j'aurais dû m'en douter. Je me suis déjà demandé, pendant un de ces moments irréalistes, si ma mère avait quelque chose à y voir. Ce serait son genre de vouloir me surveiller, ajouta-t-il en souriant puis en secouant la tête.

Il regarda autour de lui, finit un peu de ses fruits et but les dernières gouttes dans son verre en carton. Il commença à ramasser les déchets pour se donner une activité à faire.

— Penses-tu vraiment qu'elle ferait cela? demanda Johan, incrédule.

Robin secoua la tête.

— Non, elle ne l'enverrait jamais ici, mais elle est probablement au courant et elle lui a sûrement demandé de vérifier que j'allais bien.

— Comment est ta mère? Tu as rencontré la mienne après tout, se justifia Johan avec un grand sourire.

Robin réfléchit pendant une minute.

— Ma mère montre son affection avec la nourriture, c'est la meilleure manière de la décrire. Sinon, elle est petite, seulement un mètre cinquante, et tout en rondeur, je dirais. Elle a le sourire facile et un sens de l'humour plutôt tordu, mais seulement sur certaines choses.

Il essaya de se concentrer.

— Elle peut être forte. Je te jure, les médecins m'ont trouvé un cœur parce qu'ils ne voulaient pas affronter la terrible colère de ma mère. Quand c'est pour nous protéger, elle peut devenir une vraie lionne. Je parie que ma mère t'adorerait, finit-il avec un petit sourire.

Il tendit la main pour passer ses doigts dans la douce chevelure d'ébène de Johan sans y penser. Robin réalisa ce qu'il était en train de faire et arrêta aussitôt.

— Mais elle ne coupe pas facilement le cordon?

Robin secoua encore une fois la tête.

— Seulement avec moi. Elle est protectrice alors ça veut dire qu'elle veut me garder proche d'elle et me protéger du danger et tout, j'imagine. Elle s'inquiète, mais je dois pouvoir prendre mes propres décisions. C'est une mère, après tout. Elle doit ressembler beaucoup à la tienne d'une certaine façon.

— Oui, acquiesça Johan en souriant et en rassemblant le reste de leur détritus. C'était vraiment un... pique-nique sur un banc bien amusant.

Il ramassa les derniers papiers et les mit dans le sac qu'il alla porter dans une poubelle non loin. Il attendit ensuite que Robin le rejoigne.

— Qu'est-ce que tu veux faire? C'est une journée magnifique et le groupe se promène un peu partout.

— Peut-être un peu de shopping? offrit Robin. Il y a de fabuleuses boutiques d'antiquités par ici et je ne prends jamais le temps de me promener.

Il n'avait jamais vraiment eu personne avec qui y aller auparavant et Johan semblait aimer son idée. Robin regarda sa montre.

— J'ai environ une heure de libre et ensuite je dois retourner confirmer nos réservations pour les prochains arrêts.

Ils se baladèrent un peu, entrant dans certaines boutiques et profitant du soleil et de la chaleur, jusqu'à ce que Johan se raidisse en suivant du regard un groupe d'hommes imposants habillés en cuir foncé.

— Qu'est-ce qu'il y a?

— Tu ne les as pas entendus? Ils parlent d'un groupe de tapettes à tabasser. Ils ont dû entendre parler de notre groupe et ils cherchent à se battre.

Johan pointa du doigt dans la direction de l'hôtel avant d'ajouter :

— Tu y retournes et tu vas dire à l'hôtel ce qui se passe. Je vais rassembler le groupe et les sortir de là.

Johan jura sous son souffle, une tirade d'injure allemande qui aurait fait friser les oreilles de sa mère sans aucun doute.

— Allons-y ensemble.

— Robin, grogna Johan.

— Il s'agit de mon groupe et j'en suis responsable.

Robin se dirigea vers la place centrale et Johan le dépassa, le guidant loin de l'artère principale et vers les petites rues.

Le marché battait toujours son plein et il trouva les quatre dames à un stand de saucisses.

— Je vais aller leur dire.

Robin s'éloigna pour aller les rejoindre pendant que Johan continuait à fouiller le marché.

— Prenez votre nourriture et retournez à l'hôtel. Johan pense qu'un groupe d'hommes va causer du grabuge. Je dois trouver les autres.

Il prit une grande respiration pour calmer les battements rapides de son cœur.

— Vous trois vous y allez. Je vais aider Robin, déclara Margaret en prenant le bras de Robin. Comme ça, nous ressemblons à un couple normal, si tu vois ce que je veux dire.

Elle se tourna pour poursuivre son chemin vers la droite.

— Billy et Grant sont de ce côté, comme Oliver et Javier. Je vais aller les prévenir. Essaie de trouver les autres. Oh, et voilà Gerald et Harold. Je vais leur dire de revenir aussi.

— Je vais trouver Mason et Kyle.

70

Bon sang, Robin espérait qu'ils étaient ensemble.

Il ne les trouva pas dans le marché, il alla donc dans la cathédrale, y entrant rapidement pour voir s'ils s'y promenaient. Il ne les aperçut pas et retourna donc fouiller le marché. Les hommes se frayaient un chemin à travers la foule. Robin entendit leurs menaces et leurs fanfaronnades et fit de son mieux pour les éviter, retournant à la limite du marché où il avait laissé Johan.

Margaret l'y attendait.

— Les as-tu trouvés ? lui demanda-t-elle.

Robin secoua la tête.

— Je n'ai pas vu Johan non plus.

— Nous devrions retourner à l'hôtel, ils pourraient nous y attendre.

Robin acquiesça et ils marchèrent en direction de l'hôtel, descendant une petite rue latérale. Tout le monde était rassemblé à la réception, parlant les uns par-dessus les autres.

— Nous avons appelé la police, comme nous l'a demandé monsieur Krause. Je leur ai expliqué ce qui se passait et ils m'ont promis qu'ils allaient ajouter une patrouille au marché, lui dit le réceptionniste.

Il avait l'air assez nerveux et contrarié alors qu'il raccrochait le combiné d'une main tremblante.

— Ce genre de chose n'arrive jamais dans notre ville.

— Ce n'est pas de votre faute, lui dit Robin avant de se tourner vers son groupe. S'il vous plaît, calmez-vous. Est-ce que quelqu'un a vu Johan, Mason ou Kyle ?

— Mason et Kyle étaient ensemble la dernière fois que je les ai vus, dit Javier. Ça doit faire environ une heure. Je ne sais pas trop où ils sont allés ensuite.

— Vous pouvez utiliser la salle à déjeuner, si vous voulez, leur proposa le réceptionniste leur indiquant d'un geste de s'y déplacer et en ouvrant la porte.

Tout le monde y entra et s'y assit. Ce n'était pas vraiment un restaurant, mais le réceptionniste leur distribua des verres d'eau quand même et Robin lui en fut reconnaissant. Il en prit un et retourna à la réception pour appeler Johan depuis son portable.

— Où es-tu ? le pressa Robin dès qu'il décrocha. As-tu trouvé Mason et Kyle ? Ils ont été vus au marché il y a une heure.

— Le marché est en train de fermer et les hommes sont partis. Je suis sur le retour. Je ne les ai pas vus, mais as-tu leur numéro de portable dans tes papiers ? As-tu essayé de les appeler ?

— Je vais voir si je peux joindre Mason.

Robin raccrocha. Il ne se souvenait plus s'il avait le numéro de Mason dans son téléphone, mais il fouilla et le trouva. Il composa le numéro, sans réponse, et il se demanda si Mason avait changé son téléphone pour recevoir des appels européens. Il essaya plusieurs fois, sans succès, jusqu'à l'arrivée de Johan.

— J'aurais dû y penser plus tôt.

— As-tu quelque chose ? lui demanda Johan et Robin secoua la tête.

— J'ai essayé d'appeler Kyle, mais il n'a pas répondu non plus, ajouta Billy en s'approchant d'eux depuis la salle de déjeuner et en commençant à faire les cent pas. Je vais aller essayer de les trouver.

Il passa devant eux pour sortir dans la rue.

— Billy, s'il te plaît, reste ici.

Même en le disant, Robin se demandait comment il allait bien pouvoir faire pour garder son groupe à l'intérieur pour le reste de la journée.

— Le marché sera bientôt fermé et la place publique sera vide. Il n'y a que les restaurants, les cafés et ce genre de truc qui sont ouverts les samedis soir, rien d'autre ne sera ouvert.

— Je m'en moque, je dois les trouver.

Billy s'en alla sur ces mots et Johan se mit à sa suite.

— Il ne peut pas y aller seul, lui lança Johan avant de s'éclipser.

Robin grogna et retourna vers son groupe.

— Qu'est-ce qu'on fait maintenant ? demanda Lily. Je ne veux pas rester assise ici toute la journée.

— Dès que nous aurons retrouvé tout le monde, nous irons dans l'autobus pour monter en forêt. Pour l'instant, vous pouvez aller à vos chambres ou rester ici, comme vous voulez.

Robin alla se placer devant la porte d'entrée pour regarder dehors. Évidemment, personne ne revenait déjà et il dut se retenir à deux mains de ne pas commencer à faire les cent pas. À la place, il décida de confirmer leurs réservations pour la fin du voyage. Cela devait être fait de toute façon et cette activité l'occuperait. Robin monta à sa chambre, attrapa son document et s'installa à la réception pour passer ses appels tout en observant la porte.

Personne ne sortit ou n'entra. La conversation dans l'autre pièce s'était calmée, au point que Robin ne pouvait presque plus l'entendre.

Il avait fini de confirmer ses réservations et raccrochait son téléphone quand Kyle tituba dans la pièce.

— Bon sang.

Il laissa tomber son portable sur le fauteuil et accourut vers lui.

— Kyle.

Robin l'aida à se rendre jusqu'à l'autre pièce et l'assit sur la chaise la plus proche. La conversation autour d'eux vira rapidement au chaos.

— Donnez-moi des mouchoirs.

Il fit un geste vers une table et Grant se précipita pour lui en donner.

— Que s'est-il passé? Est-ce que ça va?

Kyle hocha la tête en tapotant du mouchoir son nez ensanglanté et sa lèvre fendue.

— Des gars m'ont trouvé. J'étais à l'extérieur d'une petite boutique derrière la cathédrale, je regardais seulement l'architecture autour. Ils me narguaient et j'ai essayé de m'échapper, mais un d'entre eux m'a frappé. J'ai donné un coup de genoux dans les bijoux de famille d'un et frappé l'autre pour réussir à m'échapper et à revenir ici.

— Nous devrions appeler la police, déclara Grant.

— Non, s'opposa Kyle en baissant le mouchoir de sa figure. Je n'ai qu'un nez qui saigne et je les ai plus amochés que ça.

Billy traversa le groupe qui entourait Kyle pour prendre son ami dans ses bras, le tenant fort contre lui.

— Tu m'as fait peur, dit-il en tremblant plus que Kyle. J'étais en train de te chercher quand je les ai vus.

Robin recula et fit signe aux autres membres du groupe de faire de même. Billy, lui, continuait à étreindre Kyle.

— Montons à la chambre pour te nettoyer. Mason est toujours dehors et Johan essaie de le retrouver.

Billy redressa Kyle sur ses pieds et le guida vers les escaliers. Robin se dit qu'il ferait mieux de les laisser seuls. Il leur parlerait plus tard.

Mason entra dans l'hôtel quelques instants, sifflotant joyeusement à lui-même.

— Où étais-tu? lui demanda Oliver dès qu'il le vit.

— J'étais en ville à régler certains trucs, expliqua Mason avec une expression un peu trop joyeuse.

Robin plissa les yeux. Ce sourire en particulier ne présageait rien de bon. C'était le même que Mason avait eu quelques fois au cours de leur relation.

— Des hommes étaient au marché et cherchaient des ennuis. Kyle a été abordé, mais il va bien. Nous avons rassemblé tout le monde, il ne manquait que toi. J'ai essayé de t'appeler.

— Tu t'inquiétais pour moi, comme c'est mignon, murmura-t-il.

Robin avait envie de balancer un coup de poing dans le sourire qui étirait les lèvres de Mason.

— Ne sois pas stupide, rétorqua Robin. Dès que Johan est de retour, tous ceux qui veulent faire une randonnée dans la Forêt Noire n'auront qu'à nous suivre. Nous avons pensé qu'un peu de temps dans la nature vous ferait du bien.

Robin se tourna vers la porte, espérant que Johan apparaîtrait. Ne pas le voir arriver ne fit qu'ajouter à sa tension. Il espérait que Mason allait vouloir rester en ville pour continuer à « régler certains trucs », peu importe ce que c'était.

Johan revint finalement et Robin se précipita vers lui pour l'étreindre tout en lui reprochant d'avoir pris autant de temps sans jamais répondre à ses messages.

— Je suis désolé, j'étais avec la police. Ils ont arrêté les hommes pour trouble sur la voie publique et pour avoir fait des menaces. C'est sûr maintenant.

Il caressa le dos de Robin pour le rassurer.

— Ils ont eu Kyle. Il n'a pas été grièvement blessé et il est revenu ici il y a quelques minutes. Lui et Billy sont dans leur chambre.

Robin frappa l'épaule de Johan avant de s'exclamer :

— Tu aurais dû rester ici.

— Et Mason ?

— Il est revenu ici par lui-même. Il ne savait même pas que quelque chose se tramait, répondit Robin en se reculant. Allons-y. Je crois que nous avons besoin de nous amuser un peu dans la nature pour oublier tout ça.

Johan acquiesça et Robin fit passer le message à tout le monde que l'autobus allait partir quinze minutes plus tard pour qui voulait se joindre à eux. Heureusement, Mason resta derrière. À la surprise de Robin, Billy et Kyle, eux, montèrent dans le bus. Ils s'assirent ensemble et ne dirent pas un mot, mais ils étaient là. Tous les autres les rejoignirent et ils se mirent en route.

IL N'Y avait rien de mieux que quelques heures de tranquillité en forêt. Le chemin était pavé, mais il était entouré d'une forêt dense, le sol recouvert de feuilles et l'air ambiant regorgeait du parfum des feuilles mortes, de la terre et des buissons de fleur tardifs à la limite des arbres.

— J'adore voir la lumière danser quand les feuilles bougent au vent, dit Robin à Johan en retournant vers l'autobus.

Il avait donné du temps aux autres pour explorer la forêt par eux-mêmes, mais Kyle et Billy étaient restés près d'eux et les suivaient sur le chemin de retour. Ils montèrent dans l'autobus et s'assirent dans le fond, parlant à voix basse entre eux.

— Penses-tu qu'il va s'en remettre ? demanda Robin.

Johan haussa les épaules.

— Je ne sais pas, mais je vais aller lui parler.

La lueur sombre qui habitait les yeux de Johan donna des frissons à Robin. Il se tourna pour lui donner de l'intimité pour penser.

— J'aime venir ici, dit Robin en regardant la vallée qui menait jusqu'à la ville plus basse dont la cathédrale dominait le ciel. Peux-tu t'imaginer ? La cathédrale a été bâtie il y a huit cents ans et c'est toujours aussi impressionnant.

Il essaya d'imaginer ce que pouvait ressentir quelqu'un n'ayant jamais vu un bâtiment plus haut qu'un étage ou deux et qui se retrouvait face à face avec quelque chose d'aussi imposant. Il en perdit le souffle.

Johan se leva de son siège de chauffeur et alla jusqu'au fond de l'autobus. Robin le suivit du regard alors que Johan observait quelque chose à travers la fenêtre. Après quelques secondes, Billy vint le rejoindre et s'assit à côté de lui.

— Il va s'en remettre, dit Robin pour essayer de rassurer Billy.

— Oui, je sais. Je pense que tout va se régler.

Billy se tourna pour les observer et Robin continua à regarder le paysage jusqu'à ce que Johan retourne à son siège. Billy se dépêcha de rejoindre Kyle en même temps que le reste du groupe montait dans l'autobus pour retourner en ville.

LE DÎNER se déroula dans une atmosphère maussade et le mot était faible. Robin avait appelé Albert un peu avant le repas pour lui faire part de ce qui s'était passé. Albert avait été furieux et avait dit qu'il y penserait à deux fois avant de refaire un arrêt à Fribourg la saison prochaine.

— Si ça devient dangereux, je ne veux amener personne d'autre.

Il était en colère, mais Robin réussit quand même à le calmer.

— Tout le monde va bien. Kyle n'a pas été gravement blessé et la police garde les hommes sous les verrous. Nous avons exploré la Forêt Noire et demain nous partons.

Il ne pouvait pas faire grand-chose de plus et il était simplement heureux de mettre cet arrêt bientôt derrière lui.

Personne ne sortit après le dîner. À la place, ils restèrent dans le restaurant à parler et à boire avant d'aller se coucher. Robin prit un verre, ce qui sortait de ses habitudes, mais il devait avoir une conversation avec Johan et il était nerveux.

— C'est une belle soirée, dit Johan quand ils retournèrent vers l'hôtel et Robin acquiesça en mettant ses mains dans ses poches. Tout va bien ?

— Nous devons parler, lui répondit Robin en s'arrêtant à un coin de rue calme et désert. Et je… les dernières nuits étaient très plaisantes. Je ne sais pas ce qui se passe ou ce que tu en penses, mais…

Robin essuya son front avant de se reculer quand Johan tendit la main vers lui.

— Est-ce que j'ai fait quelque chose de mal ? demanda Johan.

Robin secoua la tête.

— C'est juste que…

Il se remit en marche en direction de l'hôtel, chaque pas semblant plus pesant que le précédent.

— Tu ignores certaines choses.

— Alors, parle-moi.

Johan le rejoignit en quelques enjambées, marchant maintenant à ses côtés sur le pavé. Ils se tassèrent sur le bas-côté en entendant une voiture remonter la rue étroite, ses pneus rebondissant sur les pierres inégales.

Robin secoua la tête, ne voulant pas avoir ce genre de conversation dans la rue.

Ils arrivèrent à l'hôtel et montèrent à leur chambre. Robin ferma la porte derrière eux et s'assit sur le bord du lit.

— Écoute. Je dois t'expliquer quelque chose. Je t'ai dit que j'avais reçu un nouveau cœur… Eh bien, la plupart des gens sont chanceux s'ils survivent à la première année et ma greffe date d'il y a déjà six ans. Il me reste peut-être six ou huit années devant moi, avoua-t-il en déglutissant péniblement. Mason m'a dit que c'était une des raisons de notre rupture.

— Et tu penses que je ferais la même chose ? demanda Johan, incrédule.

— Non, c'est ça le problème. Tu es une meilleure personne que lui. Tu resterais avec moi parce que tu es ce genre d'hommes. Tu t'occuperais de moi et tu mettrais ta vie sur pause pour la mienne.

Robin devait garder la conversation la plus courte possible. Cela ne servait à rien de s'éterniser.

— Après Mason, j'ai compris que je devais profiter du temps qu'il me restait, mais je ne veux pas blesser quelqu'un d'autre, pas de la manière dont Mason m'a fait souffrir, affirma-t-il en levant son regard de ses chaussures. Tu dois te trouver quelqu'un qui va être réellement avec toi, qui va vieillir à tes côtés. Parce que ce ne sera pas moi, je ne vieillirai pas.

Ses jambes tremblaient, mais il savait qu'il disait la vérité.

— Est-ce que c'est Mason qui t'a dit toute cette *Scheiße*? demanda Johan. Cet homme est un *Schweinehund*.

En temps normal, Robin aurait souri en entendant les injures allemandes. Traiter quelqu'un de « cochon-chien » n'avait tout simplement pas le même cachet dans sa langue.

— Et s'il avait raison? Comment vas-tu te sentir si, dans quelques années, la personne que tu aimes disparaît?

Il ne voulait même pas s'imaginer dans ce rôle. Il devait prendre un peu de distance pour réussir à exprimer ce qu'il avait à dire.

— Je sais que nous n'avons rien commencé d'officiel. Tu es un homme gentil et tu mérites plus que ce que je peux te donner, lui dit-il avant de prendre une grande respiration. Peut-être que ce serait mieux que nous soyons amis et rien de plus.

Le simple fait de dire ces mots à voix haute était douloureux.

Johan le regardait, incrédule, avec la bouche légèrement entrouverte. Il fit un pas en arrière vers la porte.

— Est-ce que c'est vraiment ce que tu veux?

Robin grogna.

— En quoi est-ce important, ce que je veux? Je devrais sûrement retourner à Milwaukee et travailler dans le restaurant de mes parents. Cela les rendrait heureux.

Il se pencha en avant, la tête dans ses mains.

— Est-ce que c'est ce que tu veux? Pas ce que tu crois que tu devrais, mais ce que tu veux vraiment? demanda Johan en s'agenouillant devant Robin qui se redressa un peu, lui permettant de poser une main sur son torse. Ici. Juste ici?

— C'est exactement ça. Ce que je veux ou ce que mon cœur désire, ce n'est pas important. Il est emprunté de toute façon. J'en ai eu un nouveau de quelqu'un d'autre et il ne durera pas éternellement. Les chances d'en trouver un autre sont infimes et quand mon temps sera écoulé… ce sera fini. Je ne veux pas te blesser, toi ou quelqu'un d'autre termina Robin en plaçant sa main sur celle de Johan.

Johan ne bougea pas sa main.

— Tu es celui qui a été blessé, tu te rappelles ? Mason est la raison de toutes ces bêtises, dit Johan en enlevant sa main et toute la chaleur qu'elle avait créée en même temps. Tu n'as pas répondu à ma question. Est-ce que c'est ce que tu veux vraiment ?

Johan se leva, s'avança vers la porte et posa sa main sur la poignée.

— Johan, je…

Il ouvrit la porte de la chambre.

— Ce que je veux, moi, est-ce que ça compte ?

Robin cligna des yeux, espérant pouvoir retenir ses larmes. Johan parcourut les quelques pas qui les séparaient en une seconde et le prit dans ses bras. Il le tenait fermement contre lui et Robin haleta quand leurs regards se rencontrèrent. Avant de pouvoir se reculer, Johan l'embrassa, tellement fort et avec un désir si brûlant que Robin dut s'assurer que son cœur battait toujours. Quand le choc se dissipa, il se laissa aller et embrassa Johan en retour, enveloppant de ses bras le cou de son compagnon juste pour s'assurer que tout était vrai et qu'il n'allait pas s'écrouler sur le sol.

Merde, Johan embrassait comme un dieu et si c'était le dernier baiser qu'ils échangeaient, Robin savait qu'il mourrait heureux.

Quand Johan se dégagea, Robin chercha son souffle pendant une seconde, son regard dans celui de son compagnon.

— Pourquoi ne me laisserais-tu pas décider de ce que je veux ? D'accord ? Je peux décider ce que je veux, tout autant que toi, tu n'as pas besoin d'être chevaleresque pour moi.

Il caressa du bout des doigts la joue de Robin.

— Mais on ne se connaît que depuis quelques jours et nous partageons déjà notre lit, dit Robin en laissant échapper un petit rire.

— On se connaît depuis plus longtemps que ça, répondit Johan en lui donnant un petit coup de hanche. Pourquoi penses-tu que j'ai demandé à être ton chauffeur et que je me suis coupé les cheveux et tout ? Tu avais dit que je ressemblais au cousin Machin, peu importe qui c'est, et…

Robin rougit. Il ne pensait pas avoir déjà dit ça à voix haute. Mais il l'avait peut-être dit à Albert qui ne pouvait jamais garder quelque chose pour lui. Robin était un peu gêné qu'il lui ait fallu que Johan change son apparence pour qu'il le remarque. Il caressa les douces boucles noires de Johan.

— Tu es vraiment sexy et tous les autres hommes pensent la même chose, lui dit-il en lui lançant un clin d'œil.

— Je me moque de ce que les autres pensent. L'opinion d'un seul homme en particulier m'importe.

— Oui, mais tu pourrais avoir qui tu veux. Tout le monde, les hommes ou les femmes, ils pensent tous que tu es éblouissant. Partout où nous allons, tu fais tourner les têtes, tandis que moi j'essaie de disparaître dans les boiseries.

— Pourquoi penses-tu que je t'ai remarqué ? lui demandant Johan en haussant les sourcils. Tu courrais partout en arrière-plan, t'occupant de tout le monde et t'assurant qu'ils passaient un bon moment. Ensuite, tu t'asseyais à l'extérieur sur des bancs ou dans des cafés, attendant pendant que tout le monde s'amusait. J'ai pensé que tu devrais pouvoir t'amuser toi aussi, une fois de temps en temps.

Johan se rapprocha de Robin, le pressant contre le lit. Robin se tendit.

— Tu en es sûr ?

Johan passa un bras autour de la taille de Robin.

— Et si tu allais te préparer dans la salle de bain ? Je vais me déshabiller ici et t'attendre dans le lit, lui proposa Johan en le libérant et Robin recula d'un pas.

— Je sais que tu m'as déjà vu, mais…

— *Liebling*, nous n'avons pas à faire quoi que ce soit si tu n'es pas prêt. Il n'y a pas d'urgence.

Johan s'assit sur le bord du lit et Robin se glissa dans la salle de bains. Il se regarda dans le miroir au-dessus du lavabo.

—Allez, mon cœur, ne me lâche pas maintenant.

IV

ROBIN NE voulait pas se lever du lit. Tout était chaud, confortable et parfait. L'alarme sur son portable brisa ce beau moment en mille morceaux.

— Nous devons nous lever, grogna Johan derrière lui, toujours à moitié endormi.

À voir leur niveau d'énergie, Robin aurait cru qu'ils s'étaient couchés à une heure impossible, alors qu'ils avaient parlé jusqu'à seulement onze heures.

— Je sais, répondit Robin en bâillant et en se levant du lit.

Il se dépêcha de se rendre à la salle de bains et referma la porte derrière lui. C'était étrange après avoir été nu sous les couvertures toute la nuit. Quand même, il demeurait complexé.

On cogna à la porte qui s'entrouvrit juste après.

— Tu vas bien? demanda Johan en entrant dans la petite pièce et en glissant ses bras autour de sa taille.

Johan était nu lui aussi, Robin n'avait nulle part où se cacher. Il ferma les yeux. S'il ne pouvait pas se voir, alors peut-être que Johan non plus. Oui, il faisait un peu l'autruche, mais c'était ce dont il avait besoin pour calmer son anxiété.

— *Liebling*, ouvre les yeux. Je ne sais pas de quoi tu as peur. Je t'ai déjà vu.

Robin sentit Johan prendre une inspiration, attendant une réponse, et il ouvrit les yeux.

— Peut-être que tu devrais te regarder. C'est vrai, tu as des cicatrices. Elles ne sont pas laides. Elles sont juste là, dit-il en le serrant plus fort contre lui.

— Mason ne voulait jamais me voir. Je me déshabillais dans le noir et j'allais directement au lit.

Johan soupira.

— Est-ce que tu faisais ça pour lui ou pour toi? Peut-être qu'il ne faisait que faire ce qu'il pensait que tu voulais, lui dit Johan en rencontrant son regard dans le miroir.

Robin se crispa et il était sur le point de tout nier, mais il ne le pouvait pas. Il aurait bien voulu penser le pire de Mason, mais peut-être que... le blâmer pour l'échec de leur relation était facile, mais ils y étaient tous les deux pour quelque chose. Bon, Mason plus que lui, mais c'était quand même un peu de sa faute.

— Est-ce que celle-là vient de la greffe cardiaque? demanda Johan en traçant du doigt une cicatrice qui courrait le long de son torse.

— Oui, ils avaient déjà ouvert mon cœur pour essayer de le réparer et ils ont dû y retourner pour la greffe. La cicatrice était vraiment enflammée auparavant, mais avec les années elle est devenue plus rose et s'est estompée.

Robin tendit la main pour prendre sa trousse et en sortir ses pilules. Il en prit une et l'avala avec un peu d'eau avant de retourner tout contre Johan.

— Je dois les prendre deux fois par jour afin que mon cœur puisse continuer à fonctionner et que mon corps ne le rejette pas. J'en prends aussi une autre la nuit et j'ai des antibiotiques que je peux prendre si j'attrape une infection et qu'un médecin doit me soigner. Je ne les prends pas sans l'autorisation d'un médecin, mais je les ai parce que tous les autres pourraient me mettre en danger.

— Alors tu connais très bien ton cœur, lui dit Johan en se penchant vers lui pour suçoter sa nuque. J'aimerais apprendre à le connaître, moi aussi.

Robin frissonna, puis gloussa un peu avant d'arrêter en entendant à quel point il avait l'air stupide.

— Oui, je le connais. Je dois me reposer quand j'en ai besoin. Trop me fatiguer est dangereux pour moi.

La chaleur de Johan pressé contre son dos se répandit dans tout son corps.

— Est-ce que faire l'amour te fatigue trop? demanda Johan.

Robin grogna en sentant le sexe dur de Johan se presser contre ses fesses. Merde. Il l'avait vu aux thermes, mais pas comme ça et il était encore mieux proportionné que ce qu'il avait pu imaginer.

— Je peux faire la même chose que la plupart des gens. Sauf que je n'irais pas courir un marathon ou me présenter aux Jeux olympiques. Je dois respecter mes limites physiques.

Il ferma les yeux et laissa Johan jouer avec son corps comme s'il était un instrument de musique.

— Je n'arrive pas à croire que tu m'aimes bien... comme ça.

81

— Comme quoi ? murmura Johan. Tu dois arrêter de penser que tu n'es pas assez bien. Ça ne t'aide en rien.

Robin se tourna pour le regarder en face, essayant de ne pas laisser ses yeux descendre trop bas. S'il le faisait, il était plus que probable qu'ils finiraient au lit et tout le groupe le saurait parce qu'il attendrait devant l'hôtel… pendant un moment.

— C'est difficile à oublier.

— Tu entends toujours Mason, n'est-ce pas ? demanda Johan et Robin hocha la tête. Alors, ce soir, après la visite des veilleurs de nuit, toi et moi irons dans notre chambre et je te ferai oublier que cet imbécile a simplement existé.

Johan le pressa plus fort contre lui et Robin se tendit, son expression se crispant.

— Comment sais-tu que nous allons partager une chambre ?

Johan s'éclaircit la gorge et Robin sut qu'il l'avait. Il s'écarta, croisant ses bras sur son torse.

— Quand j'ai demandé à Albert d'être ton chauffeur, je lui ai dit qu'on pourrait partager nos chambres pour économiser de l'argent.

Il eut la décence de rougir.

— Je vois.

Robin aurait bien voulu être en colère, mais il n'y arrivait tout simplement pas.

— Je voulais apprendre à te connaître, mais tu avais l'air distant, alors j'ai poussé un peu, lui dit Johan en se tournant et ouvrant la porte. Je vais te laisser te préparer.

Il caressa gentiment les fesses de Robin, puis quitta la salle de bains en riant doucement.

Robin était tenté d'appeler Albert pour lui passer un savon. En plus d'avoir accepté ce plan douteux, il avait été assez radin pour le capitaliser. L'enfoiré. Ça semblait avoir bien marché, mais Robin n'était pas certain d'aimer s'être fait jouer ainsi. Mais bon, Johan l'avait quand même sauvé d'une seconde nuit sur cet affreux petit lit à Wurtzbourg…

Il entrouvrit la porte et y glissa la tête.

— Je ne sais pas si je dois te remercier ou te frapper.

Johan fit un petit sourire narquois et se tourna pour remuer son derrière.

— Tu pourrais faire les deux.

Il haussa les sourcils et Robin leva les yeux au ciel en fermant la porte. Il n'y avait aucune chance qu'il soit en colère après ça.

Il se rasa et se brossa les dents avant de se laver. Après s'être séché, il drapa une serviette autour de sa taille et quitta la salle de bains pour rejoindre Johan. Il le dépassa avec un petit sourire, essayant d'oublier son corps brûlant pendant que Johan prenait son tour à la salle de bain. Robin s'habilla et rangea ses affaires.

— Je te vois en bas, à la réception, lui dit-il de l'autre côté de la porte de la salle de bains avant de sortir de la chambre.

La majorité du groupe était dans la salle de déjeuner avec leurs bagages. Robin se prit quelque chose à manger rapidement, puis rassembla les clés en les comptant pour être certain qu'il les avait toutes. Mason et Grant n'étaient toujours pas là. Billy et Kyle lui tendirent leur clé en se tenant par la main et Robin espéra que tout s'était arrangé entre les deux. Peut-être que Billy avait eu le courage de dire à Kyle ce qu'il ressentait.

— Johan va bientôt descendre pour approcher l'autobus. Nous devons être à l'heure aujourd'hui. Rothenburg est toujours bondée, avec beaucoup de gens inondant la ville durant la journée. Je vous conseille de regarder un peu la ville et de faire les boutiques tant qu'elles sont encore ouvertes. Ce soir, nous avons la visite guidée des veilleurs de nuit et l'un d'entre eux nous fera visiter la ville. C'est une visite extraordinaire avec beaucoup d'explications et de l'histoire.

Il sortit son téléphone pour appeler Mason.

— Où es-tu ? demanda Robin dès qu'il décrocha.

— En ville. Je serai de retour avant neuf heures.

— Alors nous serons partis et tu trouveras comment te déplacer par toi-même. L'autobus part à huit heures. C'est écrit dans tous les documents de notre visite.

— Robin, allez.

Mason essayait de le cajoler en utilisant le ton qui avait toujours marché pour que Robin lui donne raison et le jeune homme se surprit à regarder sa montre, déjà en train de tenter de trouver quelque chose pour rattraper l'heure perdue.

— Tu sais quoi ? Non. Tu reviens ici dans une demi-heure ou tu seras laissé derrière.

Robin termina l'appel et fourra son téléphone dans sa poche, ignorant les appels de Mason et ses messages. Les autres membres du groupe n'avaient pas à pâtir de l'égoïsme de Mason.

83

Grant descendit les escaliers, ressemblant à quelque chose de mort qui aurait été avalé, puis recraché. Il se posa sur une chaise après s'être pris deux tasses de café.

— Qu'est-ce qui t'est arrivé ? demanda Billy.

— Je suis sorti avec Mason et…

Ce qu'il s'apprêtait à dire, peu importe ce que c'était, se transforma en grognement.

— As-tu descendu tes sacs avec toi ? demanda Robin.

— J'irai les chercher dès que je me sentirai plus vivant.

Grant grogna encore et but un peu de son café. Pas que ça allait lui faire beaucoup de bien.

— Grant, dit Robin en se rapprochant pour lui parler en privé tout en plissant le nez. Tu ferais sûrement mieux de prendre une douche et de préparer tes sacs. Dans ton état, personne ne va vouloir s'asseoir à côté de toi dans l'autobus.

Il puait l'alcool, les vieilles cigarettes et Dieu savait quoi d'autre.

Robin retint son souffle en l'aidant à se relever et en le poussant vers les escaliers. Apparemment, leur petit monsieur je-sais-tout s'était laissé aller et avait rattrapé le temps perdu à faire la fête. Au début du voyage, Robin aurait parié avoir des problèmes de matin avec Billy et Kyle, mais les voilà qui étaient sobres et avaient l'œil vif.

— Finissez de manger et ensuite nous embarquerons dans l'autobus.

Oliver se leva et regarda autour de lui.

— Où est Mason ? Tout le monde est ici, sauf lui. Il avait la chambre à côté de la nôtre et nous l'avons entendu ce matin.

— Mason est en ville, apparemment, leur dit Robin en se rasseyant.

Johan s'assit à côté de lui avec une tasse de café et un petit-déjeuner léger, pour lui en tout cas. Son assiette débordait et il la mangea avec un bon appétit.

— Je vais avoir besoin de toute mon énergie pour ce soir, lui murmura Johan pour qu'il soit le seul à l'entendre.

Robin rougit et baissa le regard sur la nappe, finissant son jus de fruits.

Quand il eut terminé, il prit ses affaires et Johan alla chercher l'autobus. Robin le rejoint à l'extérieur et il rangea ses affaires pendant que Johan s'occupait des sacs. Robin cocha sur sa liste toutes les personnes qui entraient dans l'autobus. Grant avait toujours l'air mort, mais il n'était plus aussi débraillé et ne sentait plus l'eau d'égout, heureusement.

Oliver et Javier s'approchèrent, la tension palpable entre eux.

— Allez, dit Javier en tendant son sac à Johan et en tapant ensuite du pied pendant qu'Oliver le rejoignait.

Il secoua la tête, puis monta dans l'autobus. Robin fit semblant de ne rien voir.

— Bonjour, Oliver, lui dit-il d'un ton aussi normal que possible.

Oliver lui tapota l'épaule, comme pour le remercier de ne rien dire et monta dans l'autobus.

Les autres suivirent à leur tour, parlant doucement. Comme il s'y attendait, Mason était le seul absent. Robin alla porter toutes les clés à la réception et expliqua que Mason avait la sienne et qu'il n'était toujours pas là. Il regarda l'heure, déjà cinq minutes de retard. Il retourna dans l'autobus.

— Je lui donne cinq minutes de plus et puis nous y allons.

Ils bloquaient déjà une bonne partie de l'étroite rue, ils ne pouvaient pas y rester bien plus longtemps.

— Allons-nous vraiment le laisser derrière ? demanda Lily quand Robin entra dans l'autobus et que Johan ferma la soute à bagages.

— Bien sûr que non, je ne laisse jamais personne derrière, dit Robin en se tournant vers le groupe. Mais, parfois, des gens décident qu'ils ne veulent pas prendre l'autobus et préfèrent se rendre par eux-mêmes au prochain arrêt. Je ne peux rien faire pour ça.

Johan monta à bord et relâcha les freins au moment où Mason tournait au coin de la rue en courant, un sac sur son dos bondissant à chaque pas. Johan soupira et ouvrit la porte afin que Robin puisse sortir de l'autobus.

— Va chercher tes affaires.

Mason hocha la tête en passant devant le bus, la colère reconnaissable sur les traits de son visage, mais Robin fit comme s'il ne l'avait pas remarquée.

Il attendit quelques minutes, puis monta à la chambre de Mason.

— Tu as deux minutes, dit-il de l'autre côté de la porte avant de se tourner pour partir.

— Tu aurais pu attendre, se fâcha Mason en ouvrant la porte furieusement.

— Pourquoi tout le monde devrait-il t'attendre ? lui lança Robin à la figure. Tu n'es qu'un égoïste, tu le sais, ça ? Et tu dois apprendre que tu n'auras pas de traitement spécial de ma part. Je t'avais bien dit l'heure de départ et c'était écrit sur l'itinéraire. Maintenant, dépêche-toi.

Il tendit la main et Mason la fixa.

— Ta clé.

Mason la lui donna et Robin descendit pour la donner à l'homme à la réception.

— Merci pour tout.

Johan attendait à l'extérieur de l'autobus que Mason lui donne son sac. Robin monta et ignora Mason quand il fit de même. Johan ferma tout encore une fois et ils partirent enfin.

— La première fois que je suis passé ici, dit Robin à son groupe pendant la route, j'ai rêvé à quoi ressemblerait ma vie si j'habitais dans une de ces fermes.

Il se tourna pour observer à travers une des fenêtres. Un paysage interminable de collines parsemées d'arbres, de vallées et de terre agricole les entourait depuis une bonne heure. Quelques-uns des touristes dormaient et les autres regardaient par les fenêtres.

— Puis nous sommes passés dans une vallée comme celle-ci et je voulais y vivre, faire partie d'une communauté qui n'avait pas bougé depuis des milliers d'années, peut-être plus.

— Tu n'en aurais jamais été capable, ricana Mason depuis son siège, quelques rangées plus loin.

Robin l'ignora. *Laisse-le bouder.* En plus, Robin n'avait rien à dire. Les regards mauvais de Lily et Margaret lui prouvaient bien que Mason n'irait nulle part avec ça.

— C'était seulement un rêve, évidemment, mais ça aurait pu être intéressant.

Robin se rassit et regarda par la fenêtre encore un peu, laissant l'autobus retomber dans le silence jusqu'à ce qu'ils soient à dix minutes de la ville environ.

— Johan va pouvoir nous laisser proches de notre hôtel. Prenez vos affaires rapidement et nous pourrons les rentrer tout de suite. Ils vont les garder pour nous. Johan ne peut se garer là que dix minutes, donc nous devons nous dépêcher. Ensuite, il garera l'autobus à l'extérieur de la ville. Ne laissez rien ici, pas cette fois.

Robin attendit qu'il y ait des questions, puis observa quand ils entrèrent dans la ville fortifiée la mieux préservée d'Allemagne. C'était une ville fantastique et donc un haut lieu touristique.

La plupart des autobus de touristes n'étaient pas encore arrivés, c'était pour cette raison que Robin avait voulu qu'ils partent aussi tôt. Johan faufila l'autobus dans la ville, tournant précautionneusement jusqu'à ce qu'ils arrivent à l'Hôtel Maria Louise, un magnifique bâtiment médiéval avec des murs un peu penchés et un toit de tuiles qui avait l'air d'origine, mais qui ne l'était sûrement pas. Peint en vert, avec des boîtes à fleurs rouges à chaque fenêtre débordante de géranium, l'hôtel représentait bien le charme typique allemand.

Robin descendit de l'autobus et entra. Il enregistra son groupe auprès du propriétaire qui leur donna une petite pièce où ils pourraient mettre leurs bagages. Johan était assez gentil pour coordonner la sortie des bagages pendant que Robin s'occupait des autres détails. Puis, il retourna à son groupe qui frétillait d'excitation.

— J'ai une carte pour chacun d'entre vous, dit Robin en la leur tendant. Amusez-vous. Mais j'ai quelques petites choses à vous dire avant de vous laisser partir. Il y a beaucoup de choses ici conçues pour vous soutirer de l'argent, des musées médiévaux aux pickpockets. Soyez prudents. Vous êtes libres pour le déjeuner et il y a de fabuleux restaurants et de belles boutiques. Aussi, si je peux vous faire une suggestion, il y a un passage dans les fortifications et vous pouvez même monter dans une des tours. C'est une vue magnifique.

— Il y a un magasin de Noël, dit Lily avec un sourire enthousiaste.

— Oui, le *Käthe Wohlfahrt's* est le magasin de Noël allemand original et ils ont commencé la tradition ici. Amusez-vous et soyez de retour pour dix-sept heures au plus tard. Nous pouvons nous enregistrer à quinze heures et je serai là avec vos clés de chambre à partir de ce moment.

Ils partirent tous pour aller explorer et Robin soupira, essayant de décider ce qu'il allait faire de sa journée.

Dans ses premiers séjours, Robin avait fait une visite guidée de la ville à ses groupes, leur montrant les plus beaux points d'attraction, comme l'hôtel de ville, le *Glockenspiel* et ce que les différents sceaux et armoiries représentaient sur les édifices, mais ses groupes lui avaient fait comprendre qu'ils préféraient visiter par eux-mêmes, faire les boutiques, alors c'était ce qu'il faisait maintenant. Il laissait les veilleurs de nuit leur faire visiter la ville et ils étaient beaucoup plus intéressants que lui.

Johan était déjà parti avec l'autobus et Robin soupira de nouveau. Il était trop tôt pour qu'il appelle sa mère et il n'avait aucune raison d'appeler Albert. En plus, il avait déjà confirmé la suite des étapes. Il adorait Rothenburg, alors il décida de s'y promener après s'être un peu reposé. Il était plus fatigué dans ce voyage organisé qu'il l'avait été lors des précédents, il se dit donc que quelques minutes de pause étaient une bonne idée.

— J'espérais que tu m'attendrais, dit Johan en entrant et en s'asseyant aux côtés de Robin. Le bus est garé et verrouillé dans le parking. J'ai donné un pourboire au préposé et Karl va bien s'en occuper. Qu'est-ce que tu as à faire ?

— Rien, lui répondit Robin. Seulement appeler ma mère un peu plus tard pour qu'elle ne s'inquiète pas.

— Alors, viens, dit Johan en prenant sa main et en se levant.

— Où allons-nous ?

— Chez *Käthe*. Tu pourras trouver quelque chose pour ta mère et l'expédier directement. Elle pensera que tu es le meilleur fils au monde.

Johan sourit et le guida vers la rue principale, puis dans un paradis de Noël. Des ornements, casse-noisettes, encensoirs et autres décorations débordaient de partout, des lumières scintillantes à la musique de Noël, tout était vraiment conçu afin de vous transporter dans un autre monde. On y sentait même le parfum léger des biscuits en train de cuire et de la cannelle.

— Je ne suis pas venu ici depuis un bon moment.

Pas depuis sa première visite, qui remontait à avant même le début de la saison.

— Ils ont des choses fabuleuses, dit Johan en se promenant d'un présentoir à l'autre, d'ornements en bois ou en cristal. Ta mère aime quoi comme genre de chose ?

— Maman cuisine, mais sa vraie passion c'est la pâtisserie.

Robin s'arrêta devant un présentoir d'encensoir, montrant entre autres une pâtissière. La plupart des modèles étaient assez traditionnels, alors c'était particulier d'en voir un comme celui-ci. Robin l'aimait bien, alors il amena son étiquette à la caisse. Quand ils le lui amenèrent, il le paya et le fit tout de suite expédier. Ce n'était pas quelque chose qu'il faisait souvent, mais *Käthe* avait une bonne réputation et il serait bien envoyé.

Ils quittèrent la boutique et se baladèrent à travers la ville.

— Veux-tu qu'on s'arrête pour déjeuner quelque part, pour manger dehors ? offrit Johan.

— J'aimerais quelque chose de frais et léger. Rien de frit ou de trop gras, je t'en prie.

Robin se tapota le ventre, comme pour s'en servir d'excuse. Il était bien partant pour une bonne salade.

88

Je dois garder un régime léger. Trop de gras et de cholestérols sont mauvais pour moi. Mieux je mange, mieux je me porte.

Il espérait que Johan allait le comprendre.

Il n'y a pas de problème.

Johan les guida jusqu'à un hôtel et échangea quelques mots avec l'hôte qui y travaillait. Ils furent menés à une table à l'extérieur, sous un arbre probablement centenaire.

— J'aime bien, ici. C'est très touristique, mais la nourriture y est délicieuse. Tu me fais confiance ? ajouta-t-il en se penchant vers Robin en voyant le serveur arriver.

Il commanda une grande salade avec la vinaigrette maison, un peu de pain, un plateau de fromage et de charcuterie et un *Schorle* à la pomme pour Robin, ainsi qu'un verre de vin blanc pour lui-même.

— C'est parfait, merci, dit Robin.

Il sirota son verre dès que le serveur le lui apporta. Johan hocha la tête et sourit. Quand il se tourna pour regarder les gens sur la place publique, Robin saisit l'occasion de l'observer. Sa mâchoire était recouverte d'une barbe de trois jours et ses joues brillaient au soleil, tout comme ses cheveux noir de jais. Robin se dit qu'il était le plus bel homme qu'il avait jamais vu. Johan se retourna vers lui, ses yeux scintillants dans les rayons du soleil qui perçaient à travers les arbres.

— Robin, dit Billy en se faufilant rapidement entre les tables pour le rejoindre.

Kyle le suivait plus lentement, derrière.

— Mon argent a disparu. J'étais dans la boutique de Noël, expliqua-t-il en pointant du doigt l'autre côté de la rue. J'allais acheter un petit quelque chose pour ma sœur et je me suis rendu compte qu'il n'était plus là.

Robin se poussa un peu pour qu'il puisse tirer une chaise.

— Es-tu certain que tu l'avais avec toi quand nous sommes partis ce matin ?

Billy hocha la tête.

— Je dois aller en chercher. J'en ai caché un peu dans mes valises, à l'hôtel.

— D'accord.

Robin restait calme en espérant que cela aiderait Billy à ne pas paniquer. Kyle se trouva une chaise et s'assit à côté de Billy, lui prenant la main.

— Est-ce qu'il te manque quelque chose d'autre ? Des cartes de crédit, des cartes d'identité ?

Bon sang, il espérait qu'il n'avait pas perdu son passeport, ce serait compliqué à remplacer.

— Non, dit Billy en les sortant de sa poche avant.

— C'est bon. Combien te manque-t-il ?

— Une centaine d'euros.

Billy avait vraiment l'air accablé, et Robin compris que cette somme représentait beaucoup dans son budget.

— Tu peux retourner à l'hôtel et demander au réceptionniste de te laisser accéder à tes bagages, ou tu peux te trouver un distributeur de billets. Il va te donner des euros et ta banque fera la conversion monétaire. C'est comme tu veux. Je suis vraiment désolé pour tout ça.

Robin aurait vraiment voulu que ce genre de chose ne survienne pas.

Billy hocha la tête et se redressa.

— Merci, Robin.

Lui et Kyle retournèrent à l'hôtel ensemble. Robin secoua doucement la tête.

— Merde, dit-il sous son souffle quand le serveur apporta leur repas. Je déteste quand ce genre de chose arrive.

Il n'avait soudainement plus très faim et aurait voulu faire quelque chose pour aider.

— Mange. Tu ne pourras aider personne si tu ne reprends pas des forces.

Johan poussa la salade vers lui et Robin en prit quelques bouchées jusqu'à ce que son appétit se réveille et qu'il mange avec plus d'enthousiasme. Johan lui donna un peu de pain, de viande et de fromage que Robin engouffra également.

— Après notre repas, je veux m'assurer qu'il ait trouvé ce dont il avait besoin.

Robin avait maintenant le numéro de tout le monde dans son téléphone, afin que ne se reproduise pas l'épisode de Fribourg. Il envoya donc un message et Billy lui répondit tout de suite. Kyle avait en effet trouvé un distributeur et l'avait aidé. Cela lui réchauffa quelque peu le cœur, il était heureux que les deux hommes semblent s'être rapprochés.

Une voix familière se fit entendre, culminant par-dessus les nombreuses autres.

— Va-t'en !

Oliver et Javier se tenaient à quelques pas l'un de l'autre à se fusiller du regard.

— C'est un couple désastreux, commenta Johan. Ils ne cessent jamais de se disputer.

Robin aurait bien aimé pouvoir le détromper.

Javier s'éloigna furieusement en suivant la rue de pavés blanchis et Oliver le suivit, les épaules voûtées. Robin se demanda combien de temps ils allaient encore pouvoir être ensemble.

— Penses-tu que c'est un escort ? demanda Johan en suivant Javier du regard. Il en donne l'impression, en tout cas. Peut-être qu'Oliver l'a engagé pour venir en voyage avec lui, parce qu'il ne voulait pas se sentir trop seul.

Robin haussa les épaules.

— Oliver est attirant. Bien sûr, il est un peu plus mature, mais le gris sur ses tempes est charmant et il est assez gentil. Si c'est vraiment le cas, je suis sûr qu'il avait de bonnes raisons.

Robin ne voyait pas pourquoi quelqu'un ferait ça, mais il y avait un petit quelque chose entre les deux qu'il ne parvenait toujours pas à saisir.

— Peut-être que c'est un jeu de pouvoir. C'est Oliver qui le détient parce qu'il a de l'argent, mais Javier a une trop forte tête pour le laisser le dominer comme ça. Alors il devient impatient et il se rebelle. Ça, je le comprends, mais ce que je ne saisis pas, c'est pourquoi ils acceptent cela.

Johan dégustait tranquillement son vin en l'écoutant.

— C'est parce que tu es un homme gentil qui... eh bien, commença Johan en posant sa coupe. Je crois que tu as une perspective différente de tout le monde. Tu as conscience de ta propre mortalité et que notre temps est limité.

Il regarda autour d'eux.

— Les gens se promènent comme s'ils étaient chez eux et qu'ils avaient tout le temps du monde. Tu es mieux que ça. C'est pour ça que tu es ici. En tout cas, c'est que je t'ai entendu dire. Peut-être que tu connais ça un peu trop bien, conclut-il en prenant la main de Robin dans la sienne, la caressant de son pouce.

Robin ne savait pas quoi répondre. Peut-être que Johan avait raison et il avait laissé cela trop empiéter sur sa vie.

— C'est possible ?

— Si ça t'empêche d'être heureux, je crois bien que oui, dit Johan en hochant la tête.

91

Il continua de lui tenir la main quelques secondes et Robin ferma les yeux pour apprécier la connexion entre eux. Il n'avait jamais autant été sur la même longueur avec Mason, pas avant des mois de relation. Et, en y repensant, cette étincelle avait disparu bien des mois avant leur rupture.

Une chaise à leur table bougea et Robin sursauta. Mason s'était assis sur la chaise avant que Robin ne puisse réagir.

— Je vois ce qui se passe ici, railla Mason et Robin essaie de retirer sa main, mais Johan l'en empêcha.

— Ce n'est pas tes affaires. Tu es l'ex de Robin et, de ce que j'ai vu, tu essaies seulement de le rendre malheureux. Arrête un peu.

Le grognement qui échappa à Johan était plus qu'attirant.

— Qu'est-ce que tu veux? demanda Robin quand Johan lâcha sa main et qu'ils retournèrent à leur assiette.

— Je t'ai vu assis ici et je me suis dit que, puisque tu es notre guide, tu pourrais avoir des idées pour passer la journée.

Mason haussa les épaules.

— Tu as la journée libre, promène-toi. Va visiter les contreforts et découvrir la tour.

Robin ne releva pas le regard de son assiette, espérant que Mason comprendrait le message. Il ne le comprit pas.

— Il y a des musées et des boutiques, balade-toi un peu.

Il devenait évident que Mason cherchait un compagnon pour des activités et Robin supposa que le reste du groupe l'avait laissé tomber.

— Tu es notre guide, dit Mason en penchant la tête sur le côté. Je pensais que tu pourrais me faire faire le tour.

Robin jeta un regard vers Johan qui avait l'air résigné et il contint un grognement.

— C'est bon. Quand nous aurons terminé notre déjeuner, je t'amènerai à la visite de la muraille. Nous pourrons nous y promener et tu iras au sommet de la tour. Qu'est-ce que tu en dis?

Robin n'avait aucunement l'intention de monter toutes ces marches et il n'allait certainement pas passer toute la journée avec son ex.

— Super, dit Mason avec un sourire avant de se tourner vers Johan. Tu n'as pas besoin d'aller inspecter le bus ou quelque chose?

— Mason, s'écria Robin. Tu ne seras pas impoli avec quiconque et, si tu veux que je te montre les murailles, Johan est le bienvenu pour se joindre à nous.

Il espérait que Johan allait comprendre qu'il ne voulait pas se retrouver seul avec Mason. Son ex se plaça plus confortablement sur sa chaise et Robin soupira.

— Laisse-nous terminer notre repas et nous irons ensuite.

Il le fusilla du regard et Mason comprit enfin le message. Il se leva et partit d'une démarche découragée. Robin regarda Johan.

— Je suis désolé, ce n'est pas comme ça que je voulais passer ma journée.

— Mason est un enfoiré et tu es beaucoup trop gentil, répondit Johan avec un grand sourire. Mais je ne peux pas t'en vouloir pour ça. Je vais être ton chien de garde, cependant, et je ne vais pas le laisser t'épuiser.

Il prit un morceau de pain et l'avala rapidement.

Robin finit sa salade et prit une dernière bouchée de pain et de fromage. Il but son verre et Johan paya l'addition avant qu'il ne puisse dire quoi que ce soit. Mason les rejoignit à leur sortie du restaurant et Robin les guida vers les contreforts.

— C'est la muraille médiévale de la ville. Une partie a été endommagée par la guerre et a été restaurée. Tu vas voir des pierres commémoratives pour les personnes et les groupes ayant parrainé les réparations. Cela a été rénové afin que les touristes puissent y marcher, évidemment. C'est vraiment impressionnant.

Robin faisait attention où il mettait les pieds, le chemin de pierre pouvant être irrégulier.

— Les tours et les portes sont d'origine, même si elles ont été restaurées, continua-t-il avant de s'apercevoir que Mason ne l'écoutait pas. Tu voulais que je te montre la ville.

Mason lui lança son air penaud qu'il affichait quand il n'obtenait pas ce qu'il voulait.

— Je voulais te parler en privé, confessa-t-il.

Robin fronça les sourcils.

— Est-ce que tu as déjà pensé que je ne voulais pas te parler? C'est moi qui suis revenu à la maison pour te trouver au lit avec un autre, juste avant notre visite chez mes parents. Et puis tu as eu le culot de me quitter.

Robin serra les poings, il avait essayé tellement fort de faire comme si tout était normal avant Noël.

— Je pensais me cacher dans un trou et mourir après cela. Mais je me suis relevé et je me suis trouvé un boulot ici pendant que je m'occupais de mon cœur brisé, pensant que je ne méritais personne d'autre.

Il haussa les épaules et tendit sa main que Johan attrapa.

— Maintenant que je pourrais avoir trouvé quelqu'un d'autre, tu as décidé de t'en mêler.

— Pourquoi ne continuerais-tu pas tout seul en te divertissant par toi-même ? suggéra Johan en faisant un geste vers les escaliers les plus proches.

Robin avait déjà commencé à marcher dans cette direction quand Mason lui adressa la parole.

— Penses-tu vraiment que je ne vais pas appeler ton patron pour me plaindre ? Je me demande bien ce qu'il dira en apprenant que vous y allez comme des lapins.

Robin s'arrêta avant de se tourner vers lui.

— Premièrement, je l'ai déjà informé de ta présence dans mon groupe et il n'en était pas plus heureux que moi. Et quant à la relation entre Johan et moi… des trois guides et des chauffeurs en ce moment sur le terrain, deux d'entre eux sont mariés. Alors je ne pense pas que mon patron, ou n'importe qui d'autre, va se soucier avec qui je couche. De plus, je le soupçonne d'avoir tout manigancé pour que nous soyons ensemble, ajouta-t-il avec un petit rire.

Robin leva les yeux en l'air et descendit les premières marches.

— Amuse-toi bien aujourd'hui, Mason. Je te reverrai à l'hôtel.

Robin descendit le reste des marches et attendit Johan qui le suivit quelques minutes plus tard.

— Qu'as-tu dit à Mason ? demanda Robin alors qu'ils se dirigeaient vers le centre de la ville.

Johan secoua la tête.

— Rien de bien important. Seulement qu'il devait apprendre à se mêler de ses affaires. J'ai beaucoup d'amis et certains d'entre eux savent comment faire disparaître des choses, ou de gens, dit-il en souriant. Maintenant, viens. Du plaisir nous attend pendant que nous pouvons être seuls. Et je connais un endroit avec les meilleures sucreries. Pense à une pâte à biscuit, du nougat et des noisettes, le tout recouvert de chocolat noir.

Le ventre de Robin gargouilla bruyamment, assez pour que Johan l'entende.

— Oups.

— C'est bien ce que je pensais. Allez. Tu es beaucoup trop mince.

Il guida Robin à travers les rues de la ville. Les touristes se faisaient de plus en plus rares tandis qu'ils s'enfonçaient dans les étroites ruelles tranquilles encadrées de maisons et de boutiques médiévales.

94

— C'est comme ça que la ville devrait toujours être, dit Johan.

— Mais elle a besoin d'argent pour survivre.

— Oui, mais peux-tu imaginer être un des artistes qui a découvert cet endroit à la fin du 19e siècle? Traverser ces portes directement dans un autre monde. Ça devait être à couper le souffle... et tellement tranquille, la ville endormie et intouchée pendant plus de deux cents ans.

Robin ferma les yeux. C'était assez facile à imaginer, mais il n'y avait jamais pensé auparavant.

— Je n'avais aucune idée que tu avais l'âme d'un poète ou même d'un philosophe.

Il s'appuya contre Johan, laissant sa force tranquille l'envahir.

Ils continuèrent leur marche jusqu'à revenir à la place principale. Johan disparut un instant pour revenir avec un sac blanc et il lui tendit une confection chocolatée en forme d'anneau.

— Mangeons en nous dirigeant vers l'hôtel. C'est l'heure de travailler un peu.

Johan prit les devants pendant que Robin mangeait bouchée après bouchée de cette pure perfection de chocolat et de noisettes.

ROBIN ÉTAIT assis à la réception de l'hôtel à attendre son groupe. Il avait enregistré toutes les chambres et les avait toutes assignées, il ne lui restait donc qu'à patienter.

— J'imagine que je vais monter à ma chambre, rouspéta Mason en arrivant.

Robin donna sa clé à son ex, qui attrapa son sac et le monta difficilement dans l'escalier. Il avait l'air excessivement lourd et Robin se demanda pendant une seconde quelle sorte de souvenir amassait Mason pendant son voyage. Si le sac pesait autant qu'il en avait l'air, il n'allait pas pouvoir tout ramener à la maison.

— C'était super, dit Billy quand lui et Kyle arrivèrent, enlacés.

Kyle attrapa leurs valises et Robin fit un signe à Billy.

— Lui as-tu dit?

Billy sourit et hocha la tête.

— Tout ce qui est arrivé m'a donné du courage, tu vois? Je me suis dit que je pourrais le perdre si je ne lui parlais pas. Nous sommes en train de régler certains trucs.

Il rougit et Robin eut une bonne idée de ce qu'ils faisaient pour régler leurs affaires.

— C'est bon.

Robin se tourna vers Grant quand il entra. Il lui tendit sa clé et Grant attrapa ses bagages et monta tout de suite. Kyle le suivit dans les escaliers.

— Pauvre Grant, dit Billy avec un léger claquement de langue. Il avait un faible pour Mason, mais ce gars est un véritable abruti. Quand ils sont sortis, Mason a saoulé Grant pour ensuite l'abandonner pour aller rejoindre un autre homme dans un club. Grant a dû finir par retrouver son chemin tout seul, il ne sait même pas où Mason a bien pu aller.

— Alors Mason n'est pas revenu de la nuit, hier? demanda Robin plus pour lui-même. Peut-être qu'il a trouvé un autre homme de son goût, c'est son genre.

— Je me disais bien que tu le saurais. Les rumeurs disent que vous avez été ensemble pendant un bon moment, dit Billy avant de secouer la tête. Comment pouvais-tu tolérer ça? C'est un véritable enfoiré.

Kyle descendit les escaliers pour les rejoindre et Billy se tourna vers lui.

— Nous sommes bien installés?

— Oui, chéri, dit Kyle gentiment en se plaçant à ses côtés. Nous pourrions aller prendre un café et une collation quelque part? Nous devons être de retour pour cinq heures, mais nous avons encore du temps et je ne veux pas perdre une minute.

Il prit la main de Billy et ils se dirigèrent vers la sortie, Billy lui faisant au revoir de la main.

Robin s'assit et appela Albert.

— Mais à quoi pensais-tu?

— À quoi je pensais? demanda Albert.

— Le participant que tu as ajouté, Mason, mon ex, cause beaucoup de problèmes, lui répondit Robin en espérant avoir son support. C'est un vrai crétin qui pense pouvoir utiliser notre passé pour avoir ce qu'il veut. Il était en retard pour l'autobus ce matin, alors j'ai failli partir sans lui et les autres ne l'aiment pas non plus.

Ça lui faisait du bien de savoir qu'il n'était pas le seul à ne pas l'apprécier.

— Il a payé pour cette visite, commença Albert en soupirant. Donc, à moins qu'il ne fasse quelque chose de vraiment impardonnable pour que tu le mettes dehors…

— Oui, je sais.

Robin ne voulait pas arriver là, sauf s'il n'avait plus le choix.

— Je voulais seulement te mettre au courant. Il m'a menacé de déposer une plainte contre moi parce que je ne lui ai pas fait une visite guidée privée et parce que Johan et moi nous nous rapprochons.

Il leva les yeux en l'air en entendant Albert pousser un petit cri aigu de l'autre côté de la ligne.

— Il m'avait dit qu'il était intéressé, dit Albert de son ton évasif.

— Oui, eh bien, je ne suis pas encore certain de savoir si je suis fâché après toi.

Albert laissa échapper un petit rire.

— Tu l'as bien regardé ? Et il était intéressé. Je me suis dit que je te faisais une faveur. Alors, profites-en et amuse-toi. J'ai un appel sur une autre ligne. Tiens-moi au courant pour Mason, s'il cause vraiment des problèmes, je m'en occuperai.

— Merci.

Tout ce qu'il voulait, c'était qu'Albert soit de son côté si jamais il se passait quelque chose.

Robin distribua le reste des clés et s'assura que tout le monde était bien installé. Johan alla vérifier l'autobus et quand il fut de retour, il transporta gentiment leurs sacs dans leurs chambres.

Le temps que tout le monde soit à l'hôtel avec sa clé, Robin était en retard.

— Parfait, nous allons pouvoir nous diriger vers le restaurant.

Il regarda sa montre et guida son groupe à travers une rue étroite jusqu'à un petit restaurant où des tables les attendaient déjà. Robin s'assura que tout son groupe était assis avant de s'écrouler sur sa propre chaise. Il était tellement épuisé. Il avait espéré pouvoir participer à la visite guidée de ce soir avec les autres, mais les activités de la journée le rattrapaient rapidement. Peut-être qu'une sieste d'une demi-heure après le dîner l'aiderait.

— Nous devons être là à vingt heures pour la visite, c'est bien ça ? demanda Kyle depuis la table voisine.

— Oui, répondit Robin en leur tendant leurs billets. Le point de rencontre est devant l'hôtel de ville. Le veilleur de nuit prendra vos billets. Cette visite est en anglais, il y a un nombre de places limité et nous avons réussi à avoir la plupart d'entre elles ce soir. Alors, soyez à l'heure s'il vous plaît. Si vous êtes en retard, vous n'aurez pas une deuxième chance.

Robin se tourna vers Mason qui eut la décence de paraître coupable.

— Viens-tu avec nous ? demanda Grant.

— Peut-être, dit Robin avant de se tourner vers Johan. À moins que tu veuilles y aller ? Il y a seulement un billet supplémentaire et j'ai déjà fait la visite.

Robin voulait que Johan puisse participer s'il le voulait.

— C'est quelque chose que je n'ai jamais fait, répondit Johan.

Robin lui tendit le billet. Une occasion de se reposer ne serait sûrement pas une mauvaise idée.

— Alors, amuse-toi. Tu vas trouver ça génial.

La pensée de se reposer lui faisait beaucoup de bien. Il espérait ne pas couver quelque chose.

Les serveurs leur amenèrent leur salade et les conversations dans la pièce se firent plus rares pendant qu'ils mangeaient. Les mains de Robin commencèrent à le faire souffrir à la moitié du repas et il comprit que rester tranquille après le dîner était la plus sage décision. Il mangea légèrement et s'assura que Johan allait prendre soin de son groupe avant de retourner à sa chambre.

Les rideaux blancs devant la fenêtre ouverte dansaient sous la légère brise. La chambre était étonnement bien décoré, avec ses meubles au bois clair, tout en restant confortable et charmante. Le lit l'appelait. Robin enleva ses chaussures et se coucha, fermant ses yeux. Au début, il n'eut même pas besoin de couverture, mais l'air devint frisquet et il se cacha sous la courtepointe en tremblotant.

— Merde.

Il avait probablement de la fièvre ; il se réchauffa et s'endormit.

La chambre était obscurcie, mais pas complètement plongée dans le noir quand il se réveilla. Robin se sentait mieux, même si ses vêtements lui collaient à la peau tellement il était en sueur. Il se leva, ouvrit son sac et prit des vêtements de rechange qu'il apporta dans la petite salle de bains.

— Robin, l'appela Johan de l'autre côté de la chambre.

— Je sors dans un instant.

Robin enleva ses vêtements humides et les accrocha pour qu'ils sèchent avant de pouvoir les mettre dans son sac de linge sale. Il se sécha, se changea et sortit.

— Es-tu sur le point d'y aller ?

— Mason a décidé de ne pas venir et il m'a rendu son billet. Je venais voir si tu voulais venir finalement, mais tu as l'air très pâle et tes yeux…

Johan s'arrêta et s'assit sur le bord du lit.

— Je vais vérifier qu'il se rend à la visite et je reviens ensuite. As-tu des médicaments que tu peux prendre?

Robin hocha la tête et Johan lui donna sa trousse qui était encore dans sa valise.

— Je vais prendre quelque chose pour mon mal de tête et je vais m'asseoir un peu. Tu n'as pas besoin de rester avec moi.

Robin trouva ce qu'il cherchait et prit ses médicaments. Puis il s'assit sur le lit, sa tête et son corps redressé par les oreillers, et alluma la télévision.

— S'il te plaît, va t'amuser un peu.

Il détestait l'idée d'empêcher Johan de sortir.

— Est-ce que ton ventre te fait encore mal? demanda Johan en se penchant et en pressant une main contre son front.

— Non, mais ma gorge oui, un peu.

Robin s'éclaircit la gorge et Johan lui tint la main pendant une minute.

— Vas-y, je vais m'en sortir.

Il se couvrit de sa courtepointe et lança un film d'action doublé en allemand tandis que Johan sortait de la chambre. Installé pour le restant de la soirée, il ne s'attendait certainement pas à ce que son compagnon revienne moins d'une heure plus tard avec deux bouteilles de jus de fruits et autant de gobelets en plastiques.

— Je t'ai apporté un peu de glace pour calmer ta gorge.

Robin soupira de soulagement. Il adorait l'Allemagne et son séjour ici, mais une des choses qui lui manquait le plus était la glace. Les boissons étaient toujours fraîches, mais jamais glacées et même s'il était maintenant habitué, c'était une superbe surprise.

Après avoir enlevé le couvercle, Johan lui tendit le premier gobelet et y versa du jus de pomme. Robin en avala quelques gorgées et le liquide froid soulagea sa gorge en feu.

— Tu devais faire la visite.

— Je sais, mais je me serais inquiété toute la soirée.

Johan enleva ses souliers et monta dans le lit à ses côtés. Robin se rapprocha de lui et le jeune homme passa un bras autour de ses épaules. Robin aurait sûrement dû commencer à travailler sur sa prochaine visite, mais il n'en avait vraiment pas envie. Il attrapa son portable pour envoyer un message à Albert disant qu'il ne se sentait pas très bien et qu'il lui dirait si ça empirait. Puis, il se recoucha, enveloppé de la chaleur de Johan.

— Je suis désolé, dit doucement Robin en se tournant vers son compagnon. Ce soir devait être spécial et j'ai tout gâché.

Il cligna des yeux et soupira. Bon sang. Une partie de lui aurait aimé avoir plus d'énergie pour ne pas décevoir Johan.

— Ce n'est pas grave, dit Johan en le serrant plus fort contre lui. Le sexe, c'est bien, mais ce n'est pas non plus capital.

Robin se rapprocha encore plus, sentant son cœur s'ouvrir à Johan un peu plus à chaque moment passé en sa compagnie.

— Je ne veux pas te décevoir.

Il ferma les yeux. Il était tellement bien à cet instant. Il était en sécurité, ou, en tout cas c'était comme ça qu'il se sentait. Il but un peu plus de jus et se détendit pendant que Johan regardait le film qui semblait devenir de plus en plus silencieux à mesure que ses paupières se fermaient doucement.

— Tu ne me déçois pas. J'aime être avec toi comme ça.

Robin renifla et essaie de cacher ses émotions en s'éclaircissant la gorge. Il n'était pas certain d'avoir réussi.

— Je ne comprends pas pourquoi, je ne suis pas si intéressant.

Johan laissa échapper un petit rire.

— Tu as des expériences que personne d'autre n'a. Ce que tu as vécu te rend complètement unique et tu ne le vois pas.

Il bougea un peu et éteignit la télévision.

— Comment étais-tu avant l'opération ?

— Oh, mon Dieu, dit Robin en réfléchissant. Je me rappelle que j'étais toujours fatigué et que ma mère m'a fait l'école à la maison pendant des années parce qu'elle et mon père avaient peur que, si j'allais à l'école avec les autres enfants, je ramène des virus à la maison qui pourraient me rendre malade. Je ne pouvais pas courir ou jouer avec les autres enfants, même si j'essayais dès que j'avais l'occasion. J'adorais être dehors et explorer et ça effrayait mes parents. Je me souviens de ma grand-mère disant à ma mère qu'elle et mon père devraient arrêter de me protéger ainsi, et que je devais vivre ce que je pouvais. Maman lui a crié après, sans savoir que je les écoutais.

Il leva les yeux pour attraper le regard de Johan.

— Je passais tellement de temps à l'intérieur. Je me rappelle avoir regardé *Le chat chapeauté* en dessin animé et comprendre ce que ressentait ces enfants bloqués à l'intérieur par une journée pluvieuse. Sauf que tous les jours étaient pluvieux pour moi.

— Waouh. Je ne crois pas être capable de m'imaginer incapable de sortir et jouer avec mes amis. Mes parents avaient un grand cercle social à cause du restaurant et nous y avions des rassemblements constamment. Nous étions fermés une journée par semaine et nous passions cette journée-là avec des amis, la plupart du temps.

Johan se tourna vers lui et Robin sut qu'il allait l'embrasser, mais il se recula.

— N'attrape pas ce que j'ai, d'accord? Je ne veux pas que tu sois malade toi aussi.

Robin ne s'attendait pas à ce qu'il éclate de rire.

— Je dors à tes côtés depuis des jours et les deux derniers soirs tu étais tellement collé contre moi que c'était comme si tu voulais t'imprégner de ma chaleur. Si je devais attraper quelque chose, c'est déjà fait.

Johan embrassa son front.

— Détends-toi et ne t'inquiète de rien. Tu as déjà l'air un peu mieux et tu n'es plus aussi chaud. Une bonne nuit de sommeil te fera le plus grand bien.

Johan descendit du lit et enfila ses chaussures.

— Je vais descendre et m'assurer que tout le monde est bien rentré. Repose-toi, je serai bientôt de retour.

Johan le laissa seul et Robin en profita pour se préparer pour la nuit avant de se recoucher sous les couvertures et d'éteindre les lumières. Il s'endormit aussitôt et ne bougea presque pas quand Johan le rejoignit.

Pendant la nuit, il se réveilla au doux ronflement de Johan. Sa tête était moins lourde et les douleurs dans son corps étaient parties. Robin en était reconnaissant et il resta éveillé un moment, se demandant comment il avait été assez chanceux pour rencontrer quelqu'un comme Johan. Il était peut-être cinglé de tomber sous son charme si rapidement et peut-être que dormir à ses côtés était une mauvaise idée et... oh, au diable tout ça. Il n'allait pas toujours avoir la chance d'être avec quelqu'un d'aussi merveilleux que Johan. Il n'allait pas laisser cette occasion lui glisser entre les doigts. Robin se rapprocha et ferma les yeux en s'endormant instantanément.

V

JOHAN RANGEA leurs sacs pendant que Robin suivait Mason dans l'autobus. Il voulait voir si l'argent perdu ne pouvait pas s'y trouver, il descendit donc l'allée centrale. Il vit Mason se pencher devant un des sièges et se dirigea vers lui.

— Tu as retrouvé l'argent de Billy ? dit Robin à Mason qui se figea avant de se redresser lentement et de lui tendre les billets.

Cent euros, exactement ce que Billy avait perdu.

— Merci, il va être vraiment heureux.

Robin sortit de l'autobus et retourna à l'hôtel. Ce n'est qu'à la réception qu'il se demanda si Mason allait dire quelque chose ou simplement garder l'argent. Bon, c'était vrai qu'il n'aimait pas trop son ex en ce moment, mais Robin pensait vraiment que Mason était une meilleure personne que cela. Quoique, il l'avait bien trompé, alors, pourquoi ne pas voler aussi ?

— Billy, dit Robin avec un sourire en venant vers lui. Regarde ce que Mason a trouvé dans l'autobus. C'était sur ton siège. Il était le premier à monter dans l'autobus et nous l'avons trouvé là.

Il lui tendit l'argent et Billy eut un grand sourire.

— C'est super, dit Billy avant de mettre une main sur son cœur. Je...

— C'est bon, je sais ce que ça représentait pour toi, lui répondit Robin en lui tapotant l'épaule. Allez, va te préparer. Nous devons être partis pour huit heures pour notre trajet jusqu'à Munich. J'ai de super activités prévues pour vous là-bas, dont un voyage d'un jour à Füssen pour le voir le château des contes de fées.

Il était enthousiaste à l'idée et en bien meilleure forme.

— Allons-nous à l'Oktoberfest ?

— C'est seulement de fin septembre jusqu'en octobre, mais, si vous voulez, nous pourrons aller sur le site. Ils devraient être en train de monter les tavernes.

Robin alla à l'extérieur pour rejoindre le reste du groupe déjà en ligne pour monter dans l'autobus.

— Avez-vous tous passé un bon moment ?

— J'ai adoré comme la ville devient tranquille la nuit. C'était un endroit complètement différent, dit Grant en grimpant dans l'autobus.

— C'est pour ça que nous dormons ici. C'est le meilleur moment pour voir la ville sous son vrai jour et voir tout ça avec les lumières du soir, c'est magique.

Robin compta tous ses passagers et monta en dernier dans l'autobus, vérifiant tout une dernière fois avant de dire à Johan qu'ils pouvaient partir.

— Combien de temps dure le trajet ? demanda Lily.

— Environ quatre heures. Asseyez-vous bien et détendez-vous. Nous allons voir des tonnes de beaux paysages sur la route. Nous allons traverser la Bavière et Munich en est la capitale. Une grande partie de ce que nous, Américains, imaginons de l'Allemagne vient de la Bavière, comme l'Oktoberfest ou l'arbre de mai. Le royaume de Bavière avait sa propre lignée royale et son gouvernement jusqu'à l'unification. Après cela, le roi est resté, mais il n'a plus détenu aucun pouvoir gouvernemental. La famille Wittelsbach est toujours présente. Elle est souvent évoquée comme la royauté officieuse et elle a toujours un bon nombre de résidences royales, dont celle que nous irons voir à Füssen. La famille possède et gère toujours le château de Hohenschwangau. Vous le verrez bien sur la colline quand nous irons demain.

— Seront-ils là ? demanda Billy. J'ai toujours voulu rencontrer de la royauté.

Kyle laissa échapper un petit rire.

— Tu es déjà assez royalement dramatique pour tout le château, pas besoin de rajouter la famille royale.

Billy leva les yeux en l'air et sourit.

— La plus grande partie de la Bavière est catholique, continua Robin. Pas comme Rothenburg qui était majoritairement protestante, les églises y étaient donc beaucoup moins ornementées à l'intérieur. Les protestants gardaient les choses simples, tandis que les catholiques étaient plus ostentatoires.

— La guerre a-t-elle affecté la ville ? demanda Grant.

Robin hocha la tête.

— Malheureusement, vous allez surtout voir de nouvelles constructions. Une bonne partie de la ville a été détruite pendant la guerre, vous allez même pouvoir observer des photos d'avant-d'après et d'en ce moment. Ils ont fait un magnifique travail de restauration et vous allez avoir du mal à voir que ce qu'il y aura autour de vous n'est pas vieux de centaines d'années. Je vous conseille de vous concentrer sur les belles choses que vous allez voir et de ne pas vous casser la tête à savoir si c'est nouveau ou pas.

Robin réfléchit pendant une seconde.

— Munich a un fantastique système de métro et vous pouvez facilement vous rendre partout où vous voulez. Si vous voulez l'utiliser, faites-moi signe et cela me fera plaisir de vous expliquer son fonctionnement. C'est très allemand comme méthode.

Il sourit et s'aperçut que bon nombre de gens commençaient à s'assoupir, il se rassit donc et laissa l'autobus plonger tranquillement dans le calme.

Le trajet fut plaisant. Billy et Kyle s'assirent à la rangée juste derrière lui pour lui poser des tonnes de questions à propos de Munich et parler de leur voyage jusqu'à présent.

— Merci encore d'avoir retrouvé mon argent, le remercia à nouveau Billy avant de se tourner vers Mason sans une trace d'humour. Je ne pense pas qu'il me l'aurait rendu, sinon.

Robin fronça les sourcils et tourna son regard vers Mason qui regardait par la fenêtre les dents serrées, puis revint à Billy.

— Pourquoi dis-tu cela?

Billy regarda Kyle en se mordillant la lèvre. Kyle hocha la tête et lui donna un petit coup d'épaule.

— Vas-y, tu dois lui dire ce que tu penses avoir vu.

Billy déglutit.

— Nous étions dans une de ces boutiques plus chics. Ils avaient des pièces en argent dans une vitrine, elles étaient superbes et très chères. La vitrine était en plein milieu de la boutique alors nous pouvions bien voir les pièces de tous les côtés. Kyle et moi cherchions un cadeau pour ma mère, c'est à ce moment-là que je me suis rendu compte que j'avais perdu mon argent. Ma mère collectionne les breloques et je voulais lui en trouver une. L'employé nous en montrait une quand nous avons vu Mason se tenir devant la vitrine à la regarder fixement. Quand nous sommes partis, Mason avait disparu et j'ai remarqué qu'un des objets de la vitrine manquait. C'était un petit truc en forme de carriole…

— C'était un porte-serviette en forme de carriole. Je l'ai remarqué parce que ma mère l'aurait adoré, vu qu'elle aime recevoir chez elle, dit Kyle en soupirant. Aucun de nous deux n'a vu Mason le prendre, mais il était proche de la vitrine et…

Kyle et Bille déglutirent tous les deux péniblement.

— Nous ne savons pas comment il aurait pu l'ouvrir ou même s'il l'a fait, mais la pièce était là une minute et avait disparu la suivante, continua Kyle avant de se tourner pour jeter un regard derrière et se rapprocher encore plus. C'est la vérité. Nous y avons pensé toute la nuit. Billy et moi sommes retournés acheter la breloque pour sa mère et il y avait des tas de gens dans la boutique. Ils observaient la vitrine et tout. Billy et moi avons payé la breloque et nous sommes partis. C'était assez évident que la carriole avait disparu.

— Est-ce qu'ils vous ont posé des questions ? demanda Robin.

Billy hocha la tête.

— Une employée nous a demandé si nous avions vu quelqu'un pendant que nous étions dans la boutique et nous avons répondu que nous n'étions sûrs de rien, que quelqu'un aurait pu entrer. Nous ne voulions pas incriminer Mason s'il n'avait rien fait.

— Mais plus nous y pensons, plus nous nous disons que nous avons eu tort.

Kyle se cala dans son siège, ses bras croisés sur sa poitrine et son regard fixé sur l'avant de l'autobus.

— Qu'allons-nous faire s'ils découvrent que c'est Mason qui a fait le coup et qu'ils croient que nous étions ses complices ? demanda Billy. Ce genre de boutique a des caméras, non ?

— C'est ce qu'on pourrait penser, mais elles ne fonctionnaient peut-être pas. La personne qui a fait ça devait être talentueuse et elle aurait sûrement vérifié ce genre de chose.

Robin réfléchit un peu concernant Mason, mais sans le regarder.

— Gardez l'œil ouvert et je vais faire de même. S'il vole, nous allons devoir le prendre sur le fait. N'en parlez à personne, surtout pas à Mason. J'en parlerai à Johan pour qu'il soit vigilant lui aussi.

Les deux amis hochèrent la tête et se rassirent confortablement dans leur siège. Billy prit la main de Kyle et se colla contre lui, plus à l'aise maintenant qu'il avait partagé son secret. Robin se retourna dans son siège et envoya un message à Albert. Il lui résuma ce qu'il venait d'entendre et l'informa de son plan d'action.

Albert lui répondit d'être prudent, mais vigilant. *Si tu vois quoi que ce soit, appelle la police. Ne gère pas cela tout seul.*

Robin acquiesça et ferma son téléphone.

— Nous allons bientôt entrer dans la ville. La silhouette de Munich est assez impressionnante à voir, mais ce que vous ne pouvez pas manquer ce sont les deux tours jumelles avec leur dôme de la cathédrale Notre-Dame. C'est le symbole de Munich et c'est assez unique.

Robin s'éclaircit la gorge et souhaita avoir encore un peu de jus de fruits avec de la glace.

— Johan nous conduira dans la ville pour nous déposer proche de la *Marienplatz*. C'est le centre de la ville, mangez-y et puis vous pourrez visiter les alentours. Le *Glockenspiel* sonnera à quinze heures. Notre hôtel est à la limite de la portion ancienne de la ville, à distance de marche de la plupart des attractions. Johan ira directement à l'hôtel et nous y irons ensemble à pied. Est-ce que quelqu'un ne se sent pas capable de faire cela?

Robin fit de son mieux pour ne pas regarder directement Oliver, mais il le garda dans sa vision périphérique au cas où il se sentirait mal à l'aise. Personne ne dit un mot, ce qui était super.

Johan se glissa dans le trafic de la ville et ils se rendirent à un des plus importants carrefours giratoires à l'extrémité du centre de la ville. Les voitures passaient autour d'eux pendant que Johan ouvrait la porte de l'autobus pour les laisser sortir en un seul groupe. Johan sortit à son tour, ouvrit la petite soute à bagages et en sortit une boîte pour lui.

Robin l'ouvrit et distribua les chapeaux arc-en-ciel avec les logos de l'entreprise qu'elle contenait.

— J'ai pensé qu'ils pourraient nous aider à ne pas nous perdre de vue. Il y aura beaucoup de gens, alors restez groupé.

Il mit son propre chapeau avant de continuer.

— Cependant, si nous sommes séparés, le point de rencontre est au nouvel hôtel de ville. Nous y serons tous pour le *Glockenspiel*.

Johan rangea la boîte et retourna dans l'autobus. Robin aurait bien voulu que Johan les accompagne, mais ils avaient chacun un travail à faire.

— Parfait, suivez-moi.

ROBIN GUIDA le groupe le long d'une rue remplie de boutiques jusqu'à la place centrale.

— La *Marienplatz* est le centre historique de la ville. L'ancien hôtel de ville est au bout et voici le nouveau, annonça-t-il en se tournant vers l'édifice au style gothique avec la tour au centre.

— Est-ce que c'est le *Glockenspiel*? demanda Billy.

106

— Oui, répondit Grant avant que Robin ne puisse placer un mot. Cela représente une fameuse bataille bavaroise et sa victoire. J'ai entendu dire que c'était un peu décevant, ajouta-t-il en se retournant.

Robin ne pouvait qu'être d'accord, à tout le moins selon les standards modernes.

— Pensez-y-bien. C'est une pièce d'horlogerie extraordinaire qui est vieille de centaines d'années. Chaque mouvement est fait grâce à des engrenages et des leviers. Il n'y a rien d'électronique ou fait par ordinateurs, si vous y pensez de cette manière, ce que vous allez voir est assez impressionnant.

Il passa un peu plus de temps à expliquer ce qu'était l'édifice, son âge et le moment de sa reconstruction.

— Si vous êtes ici pour la semaine de la fierté, la place publique est remplie à craquer et la parade passe par ici.

— Allons-nous avoir du temps pour nous promener un peu ? demanda Margaret.

— Bien sûr, dit Robin en consultant sa montre. Allez-y et mangez en même temps. Nous allons nous retrouver en face du *Glockenspiel* un peu avant quinze heures pour l'observer bouger et nous irons ensuite à l'hôtel.

Tout le monde se dispersa et Robin se trouva une table à un café non loin, où il décida de prendre un repas léger. Étonnamment, il se sentait seul. Robin avait déjà été ici à plusieurs reprises et il se retrouvait toujours à manger et à passer quelques heures seul. Cela ne l'avait jamais dérangé auparavant, profitant du temps pour calmer ses pensées et préparer le reste du voyage et même le suivant. Mais aujourd'hui, il était déconcentré et ne cessait de regarder autour de lui, espérant que Johan apparaîtrait par magie. Cela n'allait pas arriver, évidemment, mais il espérait quand même voir son compagnon.

Robin se commanda un peu de nourriture et un verre, puis se rassit en regardant le café se remplir de plus en plus. Il aurait sûrement dû apporter un livre ou quelque chose pour passer le temps. Quoique cela lui donnait du temps pour…

Robin grogna en voyant Mason tirer une chaise en face de lui.

— Qu'est-ce que tu veux ? demanda Robin en laissant paraître son mécontentement.

— Tous les autres sont partis et je t'ai vu seul ici.

Mason leva la main pour attirer l'attention d'un serveur. Il lui donna ensuite sa commande et Robin se demanda s'il avait toujours été aussi désagréable. Il avait peut-être seulement été aveugle devant ce genre de comportement.

— Tu es la seule personne que je connais vraiment dans le groupe.

— Alors pourquoi es-tu déterminé à te comporter comme un imbécile?

Robin en avait assez d'être toujours poli et professionnel en laissant Mason faire ce qu'il voulait.

— Qu'est-ce qui t'est arrivé? demanda Mason en se penchant vers lui. Tu étais gentil avant.

— Entre temps, j'ai appris que celui qui avait été mon petit ami pendant cinq années était un énorme abruti.

Mason cilla.

— Tu m'as fait beaucoup de mal, Mason, et maintenant tu t'attends à ce que je t'ouvre grand les bras, prêt à t'accueillir de nouveau dans ma vie comme si rien ne s'était passé.

— Nous devrions être capables d'être amis, contrecarra Mason tout en remerciant le serveur qui venait de lui apporter son verre.

— Et pourquoi cela? Parce que le gars avec qui tu m'as trompé est parti et que tu te sens seul?

Robin arrêta de parler quand le serveur vint lui donner son repas.

— Et si je ne voulais pas être ton ami, Mason? Et si je voulais que tu me laisses tranquille? Es-tu prêt à respecter cela? Parce que si tu veux que nous soyons amis, alors tu dois agir en conséquence et respecter mes choix.

Il soupira profondément en prenant sa fourchette.

— Tu as toujours pensé que ce que tu voulais était le meilleur pour moi et si ce n'était pas le cas ou si je ne voulais pas, tu me poussais jusqu'à ce que je laisse tomber. Il faudrait que tu apprennes à laisser vivre les autres. Pourquoi ne pas commencer maintenant ? termina-t-il en prenant une bouchée de ses pommes de terre.

Mason se tourna vers les tables autour d'eux.

— Devrais-je m'en aller?

— Non, le café est plein à craquer, alors mange ton repas. Mais laisse-moi un peu d'espace.

Il mangea lentement, se sentant mieux que jamais parce qu'il avait enfin pu dire ce qu'il pensait à Mason.

— Ne penses-tu pas que ça me blesse de te voir avec lui? demanda Mason en regardant fixement son verre de bière.

— Tout n'est pas à propos de toi, lui répondit Robin. Pas pour moi, plus maintenant. J'ai appris certaines choses ces derniers mois, qui sont devenues claires ces dernières semaines. Parfois, les choses ne sont pas à propos de toi, mais à propos des autres autour de toi. J'aime passer du temps avec Johan.

— Il va te faire du mal, commenta Mason. Il devra retourner chez lui après la saison, tout comme toi. Penses-tu vraiment qu'il va t'amener chez lui rencontrer sa famille ?

Robin secoua la tête.

— Il l'a déjà fait. Sa mère est merveilleuse et sa famille a beaucoup de choses en commun avec la mienne. Je ne sais pas ce qui va se passer entre nous deux après la saison ou même après ce voyage, mais un ami verrait le positif et nous souhaiterait le meilleur au lieu de me lancer du venin et de la jalousie.

Robin retourna à son déjeuner, refusant de se dépêcher de manger, car Mason penserait qu'il l'affectait.

— Nous savons tous que vous dormez dans le même lit chaque nuit. Les chambres que vous partagez ont toujours seulement un lit. C'est connu dans tout le groupe.

Robin l'ignora. Mason voulait une réponse de sa part, mais il n'allait pas le laisser gagner.

Il finit son repas et fit signe au serveur, à qui il demanda la note en allemand. Quand il la reçut, il paya en espèces, le remercia et se leva.

— Profite bien de ton déjeuner, dit-il joyeusement à Mason en s'en allant.

Bon sang, cela faisait du bien. Il n'y avait aucune raison d'être en colère. Le simple fait de l'ignorer en disait bien plus long.

Il vit Billy et Kyle se promener dans la place publique. Il leur fit un signe de la main et les rejoignit.

— Je n'ai rien acheté au magasin de Noël, dit Billy en pointant une autre boutique sur le même thème.

— N'y va pas. Si nous pouvons nous dépêcher demain matin, alors après la visite des châteaux, nous pourrons nous arrêter à *Oberammergau*. C'est là qu'ils tiennent le Jeu de la Passion tous les dix ans. La ville est magnifique et ils ont quelques jolies boutiques qui sont bien moins chères qu'ici à Munich.

Cela lui rappela qu'il devait envoyer un message à Albert et il sortit son téléphone. Il devait s'assurer qu'ils avaient des billets réservés et pour quelle heure. Albert lui répondit qu'ils étaient prévus pour onze heures et qu'il pourrait les récupérer à l'endroit habituel. Ce qui voulait dire qu'ils devraient se mettre en route à huit heures pour avoir assez de temps pour naviguer dans la ville et que tout le monde monte la colline.

— Nous aurons le temps pour un arrêt au retour.

— Super, dit Kyle avant d'aller retrouver Grant, Oliver et Javier avec Billy.

Un peu avant quinze heures, Robin rassembla tout le monde au milieu de la place publique.

— Où est Mason ? demanda Billy en regardant autour d'eux.

Robin haussa les épaules et secoua la tête. Il n'allait pas essayer de le tenir à l'œil.

Le *Glockenspiel* débuta : le chevalier tua son opposant, puis le roi décerna ses lauriers. La petite scène dura moins d'une minute et quand cela fut terminé, l'horloge sonna l'heure.

— Et voilà.

Tout le groupe se tourna vers lui et Robin vit Mason rejoindre le groupe en restant en arrière, comme s'il ne voulait pas se faire remarquer.

— Allons par là pour quitter cette section de la ville. Assurez-vous que vous avez tout avec vous.

Ils s'éloignèrent de la zone plus touristique et Robin les guida vers des rues plus tranquilles.

— J'adore Munich. C'est une ville véritablement charmante si on sait où regarder. Nous sommes dans une partie de la ville plus aisée. La plupart des maisons ont été converties en appartement ou, comme là où nous séjournons, en hôtel.

Il les rassembla tous sur un trottoir et pointa dans une direction.

— Juste par là, à un pâté de maisons environ, se trouve l'endroit où se tient *l'Oktoberfest*. Vous pouvez aller vous y promener si vous voulez jeter un coup d'œil.

Robin les guida jusqu'à l'hôtel où Johan avait garé l'autobus. Ils déchargèrent tous les bagages et Robin leur donna leur chambre.

— Le dîner sera dans la salle à manger de l'hôtel à dix-huit heures trente.

Robin monta les marches avec son sac, s'écroula sur un fauteuil dans sa chambre et retira ses souliers et chaussettes pour remuer ses orteils. Il s'installa confortablement et ferma les yeux, puis sursauta légèrement quand Johan posa une main sur lui. Il se détendit instantanément quand Johan commença à masser délicatement un pied, puis l'autre.

— En as-tu trop fait aujourd'hui ?

— Non, je me suis bien contrôlé. Et je me suis expliqué avec Mason.

Robin grogna quand Johan massa toutes les tensions de la journée en quelques minutes.

— Billy et Kyle pensent que Mason est un voleur.

— Il volerait des gens du groupe ?

— Je pense qu'il allait garder l'argent de Billy. Il l'a trouvé sur son siège et je l'ai attrapé sur le fait, mais je lui ai laissé penser que je n'avais pas réalisé ce qu'il faisait. Pendant le voyage jusqu'ici, ils m'ont raconté avoir peut-être vu Mason voler dans une des boutiques.

Il lui confia ce qu'ils lui avaient dit.

— Et aujourd'hui, il s'est faufilé dans le groupe au moment où nous allions partir. Je ne sais pas s'il manigance quelque chose, mais il devait rencontrer des gens à Fribourg. Tout cela est très suspect.

Johan continua à masser ses pieds et Robin en soupira d'aise.

— Ce sont de graves accusations. Tu étais avec lui pendant cinq ans. Pensais-tu qu'il était un voleur à ce moment-là ?

— Non. Il voyageait pour le travail plusieurs fois chaque année. Mais il l'a toujours fait. Il travaille pour une entreprise de logiciels et il doit rencontrer différentes équipes de développement pendant l'année.

Quoique Robin commençait à se demander si ces voyages ne camouflaient pas des activités illégales.

— As-tu déjà été avec lui ? s'informa Johan.

— Non, c'étaient des voyages d'affaires. Nous sommes partis en voyage ensemble quelques fois, environ une fois par an, comme la plupart des gens. Il m'a amené à New York et Los Angeles. Une année nous sommes allés en Belgique et à Amsterdam, c'était bien. Mais je ne me rappelle pas avoir trouvé son comportement louche. Mais je doute de lui en ce moment et je n'aime pas cela.

Robin reposa ses pieds sur le sol froid.

— Qu'est-ce que ça dit de moi, s'il est coupable ? Que j'étais un idiot pendant les cinq ans que nous étions ensemble ?

— Non, le rassura Johan en posant sa main sur son genou et en le pressant délicatement. Cela signifie seulement qu'il est doué pour cacher des choses.

— Albert m'a dit de le garder à l'œil et d'appeler la police si nous voyons quoi que ce soit. Alors c'est ce que je vais faire.

Robin avait bien l'intention de le surveiller autant que possible sans que Mason se sente observé.

111

— J'ai dit à Albert que tu m'aiderais à le surveiller.

— Bien sûr.

Johan se redressa et souleva Robin de sa chaise pour l'étendre sur le lit. Robin aurait bien protesté, mais Johan commença à masser ses épaules et ses bras et ce que Robin s'apprêtait à dire mourut sur ses lèvres pour se transformer en grognement.

— Détends-toi pour un petit moment, oublie ton ex potentiellement criminel et tout le reste. Nous avons encore une heure trente avant d'être demandés en bas.

Sauf si quelqu'un avait besoin de quelque chose et décidait de cogner à leur porte. À part cela, Robin allait pouvoir se détendre et il entendait profiter au maximum de ce moment de tranquillité. Cela n'allait sûrement pas durer éternellement.

Johan fit travailler ses doigts sur le torse de Robin, se penchant sur lui. Leurs regards se rencontrèrent et Robin ne parvint pas à détourner le sien. Il humecta ses lèvres et éclaircit sa gorge sèche.

— Je…

Le stress monta en lui quand les mains de Johan arrêtèrent doucement leur travail pour que Johan puisse se rapprocher et, finalement, poser ses lèvres sur les siennes. La chaleur entre eux se transforma en brasier et Robin enroula ses bras autour du cou de Johan, l'embrassant passionnément et réduisant la distance entre eux pendant que son corps s'embrasait.

Le corps de Robin s'inclina contre celui de Johan, il avait besoin de se sentir proche de l'autre homme. Johan avait un léger goût de menthe et de chaleur, tout en masculinité. Robin tira sur la lèvre de Johan, l'impatience prenant le pas plus tôt qu'il l'aurait cru.

— Tu m'allumes depuis des jours, murmura-t-il quand il se recula pour reprendre son souffle.

— Moi ? Tu presses tes jolies petites fesses contre moi à longueur de nuit, tu me rends fou. Je te désire tellement.

Johan sourit et l'embrassa à nouveau.

— Eh bien, tu conduis l'autobus et je t'observe tout le temps, dit Robin en passant ses doigts dans les cheveux de Johan. C'est aussi doux que ce que j'avais imaginé.

— Tu aurais pu me toucher quand tu voulais, murmura Johan en se glissant plus près.

Robin secoua la tête.

— Partager un lit est une chose, mais échanger des caresses et être ensemble en est une autre. Je sais que ça doit te paraître stupide, mais je ne pensais pas que j'avais le droit, je pense.

Il tira doucement sur les mèches soyeuses prisonnières de ses doigts.

— Je te veux tellement, Johan, tu dois bien le savoir, mais si tu ne me désires pas de la même manière, je comprendrais.

Ce serait douloureux, certes. Robin le savait bien, mais… il préférait avoir le cœur brisé maintenant, une bonne fois pour toutes, que d'attendre.

Johan se recula et se redressa, laissant imaginer à Robin que c'était sa réponse sur le sujet. Mais Johan ne fit que sortir son chandail de son pantalon pour l'enlever, son corps s'étirant dans toute sa gloire. Une étendue de peau dorée s'étira devant les yeux de Robin. Il haleta quand Johan se rassit de son côté du lit pour tirer sur son chandail, jusqu'à ce qu'il réussisse à lui enlever.

— Tu dis les choses les plus stupides, parfois.

Johan l'entoura de ses bras et le tint contre son torse, laissant leurs lèvres se rencontrer encore une fois.

Robin n'allait certainement pas se plaindre. Il était au paradis avec ce contact peau contre peau, chaleur contre flamme, et ces baisers qui lui faisaient perdre la tête. Les visites, son groupe, il oublia tout, entouré ainsi de Johan.

— Johan, je ne voulais seulement pas que tu… tu sais.

Johan traça du bout des doigts le contour de sa mâchoire.

— Je sais que tu ne m'obliges pas à faire quoi que ce soit. Mais je veux… je te veux, toi.

Il poussa Robin contre le lit, bougeant jusqu'à ce qu'il soit couché à ses côtés. Il attirait Robin comme jamais personne auparavant et le jeune homme n'allait certainement pas reculer. Son corps entier bouillait d'excitation, son sang courant dans ses veines et pendant une fraction de seconde, il se demanda si l'excitation et l'anticipation allaient être trop pour lui. Johan se recula, adoucissant ses baisers et faisant courir ses mains doucement sur le torse de Robin.

Robin se figea pendant une seconde. Que quelqu'un touche ses cicatrices lui faisait toujours ressentir quelque chose de bizarre. Il attendit que cela se produise encore une fois, mais en vain. Tout ce qu'il sentait était le contact de Johan et la chaleur irradiant de lui à chacun de ses mouvements. Il tira Johan de nouveau vers lui et l'embrassa langoureusement, se donnant tout entier.

Les doigts de Johan ouvrirent sa ceinture, puis les boutons de son pantalon. Robin retint son souffle, rentrant son ventre pendant que la pression autour de sa taille s'affaiblissait et que son pantalon s'ouvrait.

— Johan, souffla Robin, et il arrêta.

— J'adore la façon dont tu prononces mon nom. Redis-le, s'il te plaît.

Johan glissa sa main dans son caleçon et Robin souffla à nouveau son nom quand Johan le prit dans sa main, caressant le bout de son sexe. Un flot de pur plaisir l'envahit et il grogna doucement.

Johan tira sur son pantalon et ses sous-vêtements et Robin releva les jambes jusqu'à ce qu'il en soit débarrassé. Il était nu, complètement offert au regard de Johan. Il savait que celui-ci l'avait vu dans le sauna, mais être complètement nu devant lui était tout autant stressant qu'excitant.

— Tu es magnifique, murmura Johan, son souffle caressant ses lèvres.

Robin secoua la tête sur son oreiller.

— Vous, les Américains, n'avez pas une expression qui dit que la beauté est dans les yeux de celui qui regarde ?

Johan cligna des yeux, son regard brun foncé scintillant dans la lumière qui traversait la fenêtre.

— Si.

— Alors, ne me contredis pas. Je sais ce que je vois et ce que je veux, dit-il en l'embrassant encore. Je veux que tu restes ici avec moi. Que tu guides plus de groupes que je pourrais conduire pendant le jour, pour pouvoir t'aimer pendant la nuit.

Il embrassa Robin avant qu'il ne puisse réagir et le jeune homme lui rendit allégrement son baiser. Il n'était pas certain que ce soit possible, mais ce n'était pas le moment de briser le rêve de Johan avec de la logique et des détails pratiques. Parfois, c'était agréable de seulement être demandé, peu importe la réponse.

Robin ouvrit la ceinture de Johan à tâtons dans sa hâte. Il avait besoin de le sentir contre lui. Johan soupira doucement et se leva du lit encore une fois, mais pour se déshabiller.

Il se tint nu de son côté du lit dans toute sa gloire masculine et Robin le dévora du regard. Il se tenait droit, son sexe pointant vers le plafond, et Robin gémit en se rapprochant lentement pour caresser sa longueur. Johan s'avança, sa chaleur se pressant contre celle de Robin qui avait désespérément besoin de tout ce qu'il pourrait attraper.

Johan monta lentement sur le lit et prit Robin dans ses bras, l'air brûlant entre eux se transformant en désir brut en quelques secondes.

— Je ne veux pas t'écraser, murmura Johan et Robin l'attira encore plus vers lui, se délectant sous le poids et la solidité de Johan.

— Je ne suis pas en verre, répondit Robin sur le même ton.

Il étouffa les protestations de Johan d'un baiser, enfonçant sa langue entre ses lèvres pulpeuses. Il grogna tandis que l'intensité augmentait, le sexe de Johan glissant contre le sien, les baisers s'approfondissant en même temps que le désir qui étouffait la pièce.

Johan glissa ses lèvres dans le cou de Robin qui grogna et s'étira afin que Johan ait un meilleur accès. Il continua à descendre, suçant délicatement les mamelons de Robin pour ensuite utiliser ses lèvres et sa langue pour tracer un chemin brûlant le long de son ventre. Les muscles de Robin se contractèrent devant une telle promesse de plaisir. Il ferma encore une fois les yeux, glissant ses doigts dans les cheveux de Johan qui tombèrent sur sa peau le chatouillant et l'allumant en même temps. Il espérait que Johan allait continuer, mordillant sa lèvre inférieure pour s'empêcher de crier ce qu'il voulait. Lorsque Johan souffla de l'air chaud sur sa longueur, Robin se tendit et s'écria bruyamment quand son compagnon referma finalement les lèvres sur lui.

Il lui fallut toute sa concentration pour ne pas s'enfoncer dans la gorge de Johan. Il le voulait plus que tout, mais il se contint et laissa Johan choisir son rythme. Et c'était tout un rythme. Il grogna encore plus fort dès que Johan avala plus profondément son sexe dans sa chaleur humide. Robin ouvrit les yeux, il avait besoin de voir ce qui se passait, et leva la tête, proche de jouir à la seule vision de sa queue disparaissant dans la bouche talentueuse de Johan.

Johan se retira, leur regard se rencontrant, puis il l'embrassa passionnément. Robin se goûta sur la langue de Johan, l'aspirant dans sa bouche alors que Johan l'entourait de ses bras. Il voulait lui retourner la faveur, mais Johan le tenait trop serré contre lui, l'embrassait trop langoureusement pendant que son bassin se frottait au sien. Le sexe de Robin glissait contre le ventre de Johan, la pression montant au point qu'il n'avait plus aucun contrôle sur son corps. Le besoin de Robin prit le dessus, son instinct le guidant jusqu'à ce qu'une chaleur les éclabousse, le propulsant dans le plaisir.

Il arrêta de bouger, haletant pendant que des vagues de plaisir l'envahissaient. Bon sang, il aimait ce sentiment de flotter sur un nuage. Johan ne bougea pas non plus, le tenant contre lui jusqu'à ce que ses yeux se ferment. Puis, le poids de Johan se souleva. Il sortit de la pièce et revint avec une serviette. Robin aurait bien voulu protester, dire qu'il pouvait lui-même se nettoyer, mais Johan était si gentil et si doux qu'il garda les yeux fermés et attendit que le jeune homme revienne à ses côtés. Sans trop d'effort, Robin s'assoupit en tenant Johan dans ses bras.

— On arrive dans combien de temps ? demanda Javier le matin suivant, alors qu'ils roulaient vers Neuschwanstein.

Robin était certain que l'homme était plus agaçant qu'un enfant de six ans.

— Une demi-heure environ, répondit Oliver.

Javier se tourna pour observer à travers la fenêtre. Oliver leva les yeux au ciel et se rassit confortablement, regardant Javier.

Ils étaient un peu en avance sur le planning et, quand ils entrèrent dans Füssen, Johan gara l'autobus et tout le monde se leva.

— S'il vous plaît, restez assis pendant encore quelques minutes, leur demanda Robin. Je dois aller chercher nos tickets.

Il se dépêcha de sortir de l'autobus et se dirigea à la fenêtre de la billetterie où il donna le nom de l'entreprise et il reçut les billets réservés avec leur heure de visite. La ville était déjà bondée et une file se formait devant la billetterie, en plus d'un flot constant de personnes montant la colline. Heureusement, Albert avait été assez intelligent pour ne pas lui réserver de billet. Robin avait fait le voyage une fois et ça l'avait complètement épuisé, le chemin étant une pente constamment ascendante. Des wagons pouvaient vous faire monter une partie de la colline, mais c'était tout.

Robin retourna à l'autobus.

— Parfait, s'il vous plaît descendez et je vous donnerai votre billet. Comme vous pouvez le voir, il y a une heure indiquée et vous avez un peu moins d'une heure pour monter la colline. N'attendez pas en bas, je vous suggère de partir tout de suite. Il y a des files pour l'heure de votre visite et un tableau vous indiquant où aller.

Tout le monde sembla suivre son conseil et commença son ascension, ce qui voulait dire qu'il avait quelques heures à tuer.

— Tu peux y aller si tu veux, offrit Robin à Johan en souriant.

— Non, je suis bien ici. Il y a tellement de monde que je dois rester proche de l'autobus, parfois ils me demandent de le bouger. Ne veux-tu pas y aller ?

116

Il restait dans son siège, légèrement penché sur le volant pour l'observer.

— Plus maintenant, répondit Robin en regardant au loin d'un air penaud. Je n'ai pas eu assez de sommeil cette nuit de toute façon.

Un sourire se forma sur son visage sans qu'il s'en rende compte.

— Dois-tu rester dans l'autobus ou…?

— Non, je vais laisser mon numéro sur la porte et ils m'appelleront s'il y a quelque chose. Pourquoi?

— Nous pourrions aller prendre un café ou quelque chose, offrit Robin. Quand ils seront de retour, nous pourrons laisser le groupe déjeuner ici et nous arrêter pour faire les boutiques. Nous aurons amplement le temps.

— Super.

Johan verrouilla l'autobus et mit son numéro là où il serait bien à la vue. Ils se dirigèrent ensuite vers un restaurant et prirent une table d'où ils pouvaient observer la foule de passants.

— Je suis allé visiter le château un peu plus tôt cette année et j'ai été déçu. Ils faisaient des visites personnalisées avant, maintenant tout est électronique.

— Oui et je ne suis pas content de dire cela, mais l'endroit à l'air de plus en plus en mauvais état. J'imagine qu'accueillir des millions de personnes pendant des dizaines d'années donne ce genre de résultat. Mais si nous ne venions pas ici, tous les groupes demanderaient pourquoi, alors Albert continue de l'inclure dans le voyage.

Ils se commandèrent un verre et des pâtisseries légères pour observer la horde de gens descendant vers la petite ville.

— Tu m'as posé une question hier soir, dit Robin. Je crois que je te dois une réponse.

— Oui, acquiesça Johan. Mais tu ne me dois pas une réponse. Pas maintenant. Je sais ce que je veux, mais je dois te donner une chance de vouloir ce que je veux.

Il sourit et Robin prit un moment pour comprendre de quoi il parlait.

— C'est nouveau pour toi et…

Robin soupira doucement.

— Pourquoi est-ce que tu dois toujours être aussi parfait constamment? demanda-t-il avec une exaspération comique. Je suis un mélange de restes de colère de crise d'adolescence et tu sembles savoir exactement ce dont j'ai besoin. Tu es beaucoup trop parfait.

Il prit une gorgée de son jus de fruits et se tourna pour observer la foule grandissante de personnes en route vers la colline. C'était un flot constant en un sens unique qui allait bientôt devenir un trafic en va et viens.

Johan se pencha au-dessus de la table.

— Je ne suis pas parfait, tu n'as qu'à demander à ma mère. Elle te dira que je suis têtu et que la plupart du temps, je ne sais pas quand arrêter. Je sais ce que je veux et je suis prêt à être patient. Ma mère te dirait aussi que je perds mon temps… si elle te connaissait mieux, en tout cas.

Johan se détourna.

— Je suis allé à l'université, commença-t-il en frissonnant. En Allemagne, nous passons des examens et ceux qui ont de bons résultats vont à l'université. Ceux qui ont de moins bons résultats vont dans d'autres écoles. C'est ce que c'est. Le système ne nous laisse pas beaucoup de choix, nous le savons tous depuis que nous sommes jeunes.

Robin connaissait le système, il aurait bien aimé pouvoir profiter d'une éducation gratuite. À la place, il avait dû travailler pour cela. Surtout après avoir été éduqué à la maison. Sa mère… Robin sortit de ses pensées pour retourner au moment présent.

— Qu'y avait-il de si mal ?

— Ma mère et mon père étaient si fiers. Ils voulaient que j'aille étudier les affaires pour les aider avec le restaurant. Je voulais…

Il grogna.

— Je voulais travailler avec mes mains. Je fais des choses, dit-il en attrapant son téléphone et en allant chercher ses photos. Je fais ça.

Il y avait des photos de jouets en bois qui ressemblaient un peu à ceux dans les boutiques pour touriste, mais plus détaillés et plus fins. Il y avait ensuite des tables qui avaient l'air splendides, dans le style centenaire et traditionnel de la Forêt Noire, vraiment exceptionnelle.

— J'ai fait ce qu'ils voulaient et puis j'ai arrêté. Mes parents n'étaient pas heureux. Ils voulaient mieux pour moi et ils ont eu honte pendant longtemps que je conduise un autobus, commenta-t-il en haussant les épaules. Je voulais simplement être heureux.

Il baissa le ton de sa voix avant de continuer.

— Ma maman m'avait convaincu de démissionner. Elle me disait que je devais faire mieux de ma vie et c'est ce que je m'apprêtais à faire.

Johan hocha la tête et sourit.

— Puis j'ai été ton chauffeur. Je t'ai trouvé vraiment mignon et drôle parfois avec les groupes. Ils t'aiment. Mais tu ne me voyais pas. Seulement mes cheveux.

Il fit une grimace et Robin ferma les yeux, souhaitant pouvoir effacer ce qui s'était passé auparavant. Ça n'avait pas été juste de sa part. Il n'avait même pas donné une chance à Johan, il avait laissé les apparences guider son opinion.

— Pourquoi as-tu fait ça ? J'étais assez méchant avec toi et tu as demandé à être mon chauffeur de nouveau ? Bon sang. Tu as prévu beaucoup de choses pour ce voyage. Je ne comprends pas pourquoi.

— Parce que tu étais tellement gentil avec tout le monde et je me suis dit que je t'avais sûrement fait peur, lui répondit-il en hochant la tête et en grognant doucement. Ma mère détestait ma barbe et mes cheveux longs. Elle m'a dit que si je voulais que les gens me voient réellement, alors je devais leur donner quelque chose de joli à regarder.

Johan sourit.

— Mama est pragmatique et drôle parfois. J'ai coupé ma barbe et taillé mes cheveux. Mama les voulait plus courts.

— Non, s'écria Robin. J'aime tes cheveux. La façon dont ils cascadent jusqu'à tes épaules est magnifique.

Son esprit le ramena à la nuit précédente et comment il avait passé sa main dans ses cheveux encore et encore. Peut-être qu'il était en train de développer un fétiche pour les cheveux… pour ceux de Johan à tout le moins.

— Je me suis senti mieux après avoir perdu ma barbe et mama était contente aussi. Je trouvais que ça m'allait mieux et quand je t'ai revu après, je savais que tu m'avais remarqué, dit-il avec un petit rire. Tu as rougi quand je t'ai regardé. Je t'ai vu devenir rouge et j'ai su que tu m'avais vu.

— Oui, mais j'aurais dû te voir avant. J'étais… intimidé, je crois.

Robin ne savait pas trop comment il allait pouvoir expliquer tout ça.

— Ma mère avait un beau-frère. Il est décédé maintenant, Dieu merci. J'espère qu'il pourrira en enfer pour toujours.

Robin aurait aimé pouvoir boire en ce moment parce qu'il aurait bien eu besoin d'un verre.

— J'étais faible une partie du temps, je te l'ai déjà raconté. Après ma deuxième opération cardiaque, je me suis senti mieux pendant des années et je pouvais sortir et être beaucoup plus normal. Ma tante et mon oncle vivaient en Floride, à moins d'une heure de Disney. Ma tante Gladys est la sœur de ma mère et elle m'avait invité à passer une semaine chez eux, un automne. J'avais quatorze ans quand maman m'a mis dans un avion et Tante Gladys était là pour m'accueillir. Je pensais que ça allait être amusant et que nous allions faire des tonnes de trucs.

Robin secoua la tête.

— Oncle Frank était bâti comme un ours et il avait une immense barbe comme un homme des montagnes à la télévision. Lui et tante Gladys se sont disputés pendant tout mon séjour, parce qu'il ne voulait pas que je sois là, même si elle m'avait invité. Il refusait de dépenser un seul sou pour m'amener quelque part. Je me suis retrouvé à regarder la télévision pendant une semaine avant de retourner chez moi. Et quand j'ai demandé si nous pouvions aller à Disney, comme n'importe quel enfant l'aurait fait, il m'a crié dessus et a dit que j'étais trop faible pour en profiter de toute façon. Il m'a même insulté devant tante Gladys. Je le détestais vraiment. Tante Gladys l'a quitté quelque temps après et il est mort du cancer. En tout cas, c'est ce que maman m'a dit. Tout ce que je peux dire, c'est que j'espère que c'était douloureux.

Robin commença à s'agiter et serra les poings à cette simple idée.

— L'as-tu revu avant sa mort ? demanda Johan.

— Une fois. Il est venu à Milwaukee pour Noël, j'imagine que c'était juste avant que tante Gladys le laisse tomber. Ils nous ont rendu visite tous les deux et maman m'a demandé de monter dans ma chambre. Elle lui a fait comprendre… ma mère est généralement calme, mais cette fois-là elle n'a pas mâché ses mots. Je pense qu'elle l'a frappé, puis l'a mis à la porte en lui disant que sa sœur était toujours la bienvenue, mais qu'il pouvait aller s'asseoir avec les ordures dans la rue.

Robin sourit un peu.

— L'année suivante, je suis retombé malade. Maman m'avait dit qu'elle m'amènerait à Disney, mais ce n'est jamais arrivé.

Il haussa les épaules, puis grogna doucement en ramenant son esprit vers la conversation originale.

— Je sais que ce n'est pas une excuse, mais je me suis peut-être concentré sur ce fond de sentiment pour mon oncle et je les ai appliqués sur toi. Je ne sais pas trop.

Il se détourna pour observer encore une fois les gens autour, le restaurant se remplissant derrière lui et devenant plus bruyant.

— C'est Mason, dit Johan en pointant de l'autre côté de la rue.

— Qu'est-ce qu'il fait déjà de retour ? demanda Robin en regardant l'heure.

Le groupe était censé être dans le château pour leur visite. Il n'avait aucune raison d'être déjà de retour au bas de la colline. Il se tenait dans l'ombre d'un lampadaire, son sac sur son dos, regardant d'un côté puis de l'autre. Maintenant qu'il y pensait, Mason avait amené son sac avec lui, ce qui était étrange parce qu'ils ne l'auraient certainement pas laissé entrer avec cela. Robin s'excusa en disant à Johan qu'il revenait vite et quitta le restaurant.

Dès qu'il posa le pied sur le trottoir, un homme approcha Mason. Il s'arrêta, parla brièvement à Mason et ils marchèrent ensemble vers l'endroit où était garé l'autobus. Robin essaya de les suivre, mais il ne les voyait déjà plus. Il regarda autour de lui avant de rebrousser chemin et de retourner dans le restaurant.

— Je ne comprends pas ce qui se trame.

La curiosité de Robin était bel et bien piquée et il allait découvrir ce qui se passait dans son groupe. Toute la confiance qu'il aurait pu avoir envers Mason avait disparu.

Dix minutes plus tard, Mason revenait en vue.

— Regarde, son sac est vide. Il était plein avant et maintenant il pend à plat dans son dos.

Robin se rapprocha de la fenêtre.

— Mais qu'est-ce qu'il fiche, bon sang ?

Quand Mason les aperçut, il se retourna et porta son verre à sa bouche, espérant masquer le fait qu'il l'espionnait.

— Ça ne me dit rien de bon, commenta Johan.

Robin acquiesça, mais il n'avait rien de plus que des suspicions et des doutes à ce point.

— Mais je ne sais pas quoi faire.

— Il n'y a rien à faire. Si c'est un voleur, le confronter ne ferait que te mettre en danger.

Robin hocha la tête. Ce que disait Johan semblait logique et il valait sûrement mieux qu'il reste à l'écart. Il finit son verre et mangea ce qu'il restait des pâtisseries, essayant de sortir Mason de son esprit.

Quelques minutes plus tard, Javier, accompagné d'un Oliver très pâle avec un bras drapé contre son torse, arriva au bas de la colline.

— Nous devons y aller.

121

Robin sortit son portefeuille et donna un peu d'argent au serveur, puis tira pratiquement Johan à sa suite. Il courut jusqu'à l'endroit à côté du chemin où Oliver était assis dans l'herbe, toujours aussi pâle et haletant.

— Qu'est-il arrivé ?

— Je vais bien, répondit Oliver avec la respiration sifflante.

Robin n'en était pas convaincu et il tira son portable de sa poche pour appeler les secours. Oliver secoua la tête en attrapant la main de Robin.

— J'en ai trop fait, c'est tout.

Il leva son regard et Javier s'assit à ses côtés, prenant la main d'Oliver et plaçant un bras autour de ses épaules.

— Veux-tu un peu d'eau ? s'enquit Javier et avant que son compagnon ne puisse répondre, Johan était parti en chercher.

— J'aurais dû monter dans le wagon pour m'éviter une partie de la marche.

Oliver se pencha un peu plus sur Javier, qui le prit dans ses bas.

— Alors pourquoi ne l'as-tu pas fait ? demanda Javier avec une étonnante douceur.

— Je ne voulais pas te décevoir, dit simplement Oliver.

Javier fit un claquement de langue et serra l'autre homme encore plus fort contre lui.

— Je vieillis, je le sais bien et...

Oliver ferma ses yeux, sa respiration revenant à la normale.

— Je dois trouver un moyen de te suivre si je ne veux pas que tu me laisses derrière.

Johan les rejoignit et tendit à Oliver une bouteille d'eau. Il la but rapidement, ce qui sembla lui faire du bien.

Robin prit le bras de Johan et ils laissèrent les deux hommes seuls. Robin irait vérifier plus tard qu'Oliver se portait mieux, mais lui et Javier avaient besoin d'un moment de solitude.

— Wow, dit Johan quand ils trouvèrent un banc libre. Je pensais qu'ils...

Robin comprit immédiatement.

— Je sais. Avec toutes les querelles et l'impatience de Javier, je ne pensais pas qu'il s'intéressait vraiment à Oliver.

Javier tenait toujours Oliver contre lui en l'aidant à se relever. Robin leur fit signe de les rejoindre et leur laissa de la place sur le banc.

— Je suis désolé, s'excusa encore Oliver. J'en ai tout simplement trop fait.

Il s'assit en soupirant.

— Quand nous serons de retour à la maison, tu iras voir un médecin et il te fera passer un examen complet. Tu n'y as pas été depuis des lustres et tu dois faire plus attention à toi.

L'inquiétude de Javier était réelle et était agréable à entendre.

— Peut-être que nous pourrons te trouver un entraîneur qui pourra t'aider à te rendre plus endurant, si c'est ce que tu veux. Nous pourrions y aller ensemble, lui dit Javier qui semblait vraiment secoué par les évènements. Peu importe ce dont tu as besoin, nous le trouverons ensemble.

Javier s'assit à son tour en prenant encore une fois Oliver dans ses bras.

— La nourriture est bonne dans ce restaurant. Vous pourriez vous mettre à l'abri du soleil et prendre une bouchée. Oliver pourra se détendre jusqu'à ce que nous devions y aller.

Robin les guida à l'intérieur et alla ensuite accueillir les autres au bas de la colline pour leur dire d'aller manger et qu'ils partiraient à treize heures trente comme prévu.

— Es-tu déjà monté jusqu'à celui-ci? demanda Billy en pointant le château jaune au haut de la colline.

— C'est le *Hohenschwangau* et non, je n'y suis jamais allé. Il n'y a jamais assez de temps. Un jour, peut-être. C'est un des châteaux qui appartient toujours à la famille. Il n'est pas aussi élégant que l'autre, même si c'est là où Ludwig a passé la plus grande partie de son enfance. Il y a des livres à ce sujet avec des photos dans la boutique souvenir, j'en suis certain.

Robin se rappelait en avoir vu la dernière fois qu'il y était allé.

— Nous devrions manger, dit Kyle gentiment en tirant Billy à l'intérieur.

— Avez-vous passé un bon moment? demanda Robin à Lily et Margaret quand elles finirent de descendre la colline.

— Ce n'était pas exactement ce que je m'imaginais. C'est du faux, comme sur un plateau de tournage, commenta Lily.

Les deux femmes souriaient et Lily semblait heureuse et bien moins tendue qu'au début du voyage.

— Ça, c'est bien vrai. Mais plus tard dans l'itinéraire, quand nous irons à Trèves, nous irons visiter un château qui est tout le contraire. Il est très vivant et il appartient à la même famille depuis plus de neuf cents ans. C'est un des plus beaux arrêts du voyage, selon moi.

Lily se pencha vers lui comme pour lui confier un secret.

— Il y avait un homme dans la même visite que nous qui n'arrêtait pas de me regarder.

— Et elle était une vraie traînée à flirter avec lui en retour, la taquina Margaret avant que les deux s'esclaffent doucement.

— C'est agréable de savoir que je plais toujours, même si je suis un peu rouillée.

Lily fit signe à Grant qui les suivit à l'intérieur pour déjeuner.

— Ce voyage semble avoir aidé beaucoup d'entre eux, dit Johan en taquinant Robin du coude.

— Les vacances font du bien à la plupart des gens.

Johan soupira.

— Tu ne le vois pas. Tu as écouté Lily et tu l'as aidé. Tu as fait la même pour Billy et tu as retrouvé son argent. Il a trouvé le courage de parler à Kyle et ils sont heureux. Tu as aidé Oliver et regarde-le maintenant avec Javier. Ils sont de véritables tourtereaux maintenant. Les autres sont aussi heureux et passent un bon moment. Seul Mason est de mauvaise humeur et les autres l'ignorent. Tu fais du bon travail et tu mérites d'être heureux toi aussi.

Johan semblait content de son petit discours.

— Je n'ai fait que mon travail, protesta Robin. Et ils voulaient être heureux, ils avaient seulement besoin d'une pause sans le stress de la vie de tous les jours pour le voir.

— Même Grant est plus heureux, dit Johan en se tournant.

Robin suivit son regard pour voir Grant assis avec les dames à rire et à sourire gaiement.

— C'est grâce à toi. Et ce n'est pas seulement avec ce groupe. Tu as fait la même chose au premier voyage où je travaillais avec toi. Te souviens-tu de Jerry et Martin ? Ils se sont plaints de tout pendant trois jours. J'ai pensé les enfermer en dehors du bus tellement ils m'agaçaient. Et puis, tout d'un coup, ils se faisaient les yeux doux pour le restant du voyage.

Robin ne put s'empêcher de rire.

— Tu as fait quelque chose, l'accusa gentiment Johan.

— Ce soir-là, au dîner, je leur ai demandé comment ils s'étaient rencontrés et ils m'ont raconté leur histoire qui remontait à des années. Jerry avait été dans les Marines et Martin était tailleur pour hommes. Jerry était fiancé et sa future femme voulait qu'il possède des vêtements plus à la mode, elle lui a donc recommandé d'aller voir Martin. Apparemment, Martin a tout de suite compris que Jerry allait lui appartenir et a bien exprimé ses intentions. Ils se sont tournés autour pendant des semaines jusqu'à ce que Martin accule Jerry dans la cabine d'essayage et l'embrasse jusqu'à ce qu'il en perde le souffle. Les mots de Jerry, pas les miens. Les fiançailles n'ont pas duré longtemps après ça.

Robin sourit.

— Ils me racontaient leur histoire en parlant en même temps, finissant les phrases de l'autre et, après, ils étaient…

— Ils se sont souvenus de l'amour qu'il y avait entre eux, finit Johan.

— C'est ce que je crois. Ils étaient beaucoup plus heureux et ils ont eu beaucoup de plaisir, continua Robin en soupirant. J'ai reçu une carte de Martin la semaine dernière. Elle m'attendait à mon arrivée de mon dernier voyage. Ils avaient passé un magnifique moment et ils étaient tous les deux reconnaissants pour la discussion que nous avions eue.

Il se força à sourire, mais échoua lamentablement.

— Il y avait aussi une coupure de journal dans l'enveloppe.

Robin cligna des yeux, se tournant vers Johan pour enfouir son visage dans le creux de son épaule.

— C'était l'avis de décès de Jerry. D'après la date, il est décédé la semaine suivant leur retour à la maison.

Il essaya de se contenir, mais n'y parvint pas.

— Il y avait un mot dans la marge : « Merci. Il est décédé heureux et nos derniers souvenirs ensemble étaient fabuleux. »

Johan passa un bras autour de son épaule et demeura silencieux, le tenant contre lui en s'asseyant sur un banc, le reste du monde touristique semblant défiler devant eux, mais Robin se sentait en sécurité dans la bulle que Johan avait créée autour d'eux.

— J'ai peur de mourir, admit Robin à travers sa gorge serrée. Je me suis toujours demandé ce que ça ferait, mais je ne veux plus y réfléchir. Parfois, je me réveille la nuit et j'ai l'impression que la Faucheuse est au pied de mon lit à m'attendre. Et… je veux partir comme Jerry. Je veux être heureux. Mais ensuite, je me demande comment Martin se sent de rester seul. Lui et Jerry étaient ensemble depuis plus de trente ans et puis il est parti.

— Mais ils ont eu tout ce temps ensemble.

Robin s'essuya les yeux et renifla en s'éloignant un peu.

— Oui et je n'aurai jamais cela. Je ne laisserai jamais personne entrer dans ma vie.

Il prit une grande respiration.

— Je vis déjà sur du temps emprunté à quelqu'un qui est mort trop jeune et que va-t-il se passer quand ce temps sera écoulé?

Robin détestait en revenir à cela, mais les faits demeuraient les faits et il ne pouvait rien faire pour les changer.

Johan secoua la tête.

— Penses-tu à la mort constamment et à ce qui va se passer?

— Parfois, répondit Robin en déglutissant. J'ai déjà rencontré la mort en face et survécu. Je suis sûr que tu as vu *Rencontre avec Joe Black,* quand la mort décide de voir ce que c'est qu'être humain? Je l'ai rencontré aussi. Il m'a fait une visite et je peux te dire qu'il ne ressemble en rien à Brad Pitt. Et il est furieux parce qu'il pensait m'avoir attrapé.

Robin sourit pour essayer de rendre plus léger ce qu'il disait.

— De toute façon, je sais que je n'aurai pas une seconde chance avec l'amour.

Johan se leva et Robin se dit qu'il lui avait finalement assez fait peur. Peut-être qu'au plus profond de lui, c'était ce qu'il voulait depuis le début. Il n'en était pas trop sûr.

— Tu es un vrai casse-pied et tu regardes beaucoup trop de films, dit Johan en tirant Robin sur ses pieds. La mort ne te suit pas, parce qu'elle n'en a pas besoin. Elle finit toujours par attraper tout le monde, elle est patiente. Et je crois que, si tu as regardé ce film de Brad Pitt, tu as bien pu voir que la mort veut s'amuser de temps en temps, alors pourquoi ne pourrions-nous pas en faire autant?

— Où allons-nous? demanda Robin.

— Eh bien, toi et moi allons déjeuner avec les autres, puis je te conduis jusqu'à un arrêt shopping et à partir de là nous allons encore nous amuser. Ce sont leurs vacances et, si tu veux mon avis, tu devrais plus t'occuper de la vie que la mort.

Robin ne lui avait pas demandé, mais Johan avait raison. C'était en partie pourquoi il était venu ici en premier lieu.

Johan le guida à travers la rue jusqu'à une fenêtre de service pour revenir avec deux petites boîtes en carton.

— *Currywurst*, annonça-t-il en les posant sur une table. La réponse de l'Allemagne au hot-dog.

Il sourit et ils mangèrent.

— Tu t'es souvenu à quel point j'aime cela, dit Robin en prenant une bouchée, le curry de ketchup chatouillant sa langue.

— Qui n'aime pas ça?

Robin aperçut Mason à quelques mètres, se tenant seul, et lui fit un signe de tête pour qu'il les rejoigne, grognant contre lui-même. Mason était un connard et il le serait toujours, mais s'accrocher à la colère et à la rancœur n'allait pas aider Robin. Et d'ici moins d'une semaine, il ne le reverrait plus. En plus, le garder proche lui permettait de le surveiller de plus près.

VI

— Bonjour tout le monde, dit Robin, alors qu'ils étaient sur la route deux jours plus tard. J'espère vraiment que vous avez passé un bon moment à Munich et que vous avez vu tout ce que vous vouliez voir.

Ce n'était pas sur le planning officiel, mais lors de leur dernière journée libre, Robin avait guidé un petit groupe au musée d'art *Alte Pinakothek*. Ils s'y étaient rendus en métro, ce qui avait été une expérience pour chacun d'entre eux.

— Nous allons être dans l'autobus pour un bon moment ce matin, c'est pour cela que nous sommes partis un peu plus tôt. Nous allons sortir de la Bavière pour nous diriger vers la région de la Moselle. C'est une des plus importantes vallées viticoles d'Allemagne et une grande partie des bons raisins de la région ont été amenés par les Romains il y a deux mille ans.

— Allons-nous voir des ruines romaines ? demanda Oliver.

— Oui. La Porte Noire est très importante pour Trèves, là où nous nous dirigeons, répondit Grant en se retournant et en rougissant en voyant Lily et Margaret lui décocher des regards sournois de l'autre côté de l'allée.

— Oui, la Porta Nigra ou Porte Noire, est un monument romain de Trèves. Il y a également des ruines d'une arène, de thermes et beaucoup d'autres choses. Trèves a été bâti par les Romains et on voit encore leur héritage partout dans la ville. Nous y serons pour deux nuits. Aujourd'hui, Johan et moi vous ferons visiter la ville en autobus et vous pourrez explorer les ruines. Demain après-midi, nous irons au hameau de Moselkern afin que vous puissiez visiter le Burg Eltz. Vous aurez du temps pour vous promener par vous-mêmes, alors installez-vous confortablement, détendez-vous et fermez les yeux si vous le désirez. Si vous avez des questions, ne vous gênez pas, je serai heureux d'y répondre.

Robin attendit un peu, mais même Grant avait l'air fatigué et ne tarda pas à fermer les yeux. Ils visitaient depuis plus d'une semaine et tout le monde se donnait à fond, marchant beaucoup, faisant du shopping et allant voir les attractions, alors quelques heures dans l'autobus n'étaient pas nécessairement une mauvaise chose.

Johan lui fit un signe de la tête avant que Robin ne retourne à son siège. Il se pencha pour qu'ils puissent parler discrètement.

— As-tu vu le sac de Mason quand il est monté dans l'autobus ? Il était plein à nouveau... et lourd.

— Je sais, répondit Robin en hochant la tête. Je vais devoir le garder à l'œil et voir où il va.

— Ou tu pourrais le garder occupé, suggéra Johan.

Robin n'était pas certain d'apprécier cette option. Après les deux derniers jours plaisants, et les nuits de plaisir intime avec Johan, la seule pensée de passer du temps avec Mason, de quelque façon, lui déplaisait.

— Je veux dire, je connais Trèves comme le fond de ma poche. Je peux ajouter des arrêts à la visite et avec la pause déjeuner, ça devrait tous les garder occupés pour une grande partie de la journée.

— C'est une bonne idée, mais ça va bousculer un peu le planning, dit Robin.

Mais c'était peut-être une bonne chose, en fait. Si Mason manigançait bel et bien quelque chose, un peu de spontanéité pourrait entraver ses échanges.

Robin se rassit, observant à moitié Johan qui conduisait paisiblement, et composa un e-mail pour sa mère. Il se dit que ce serait la meilleure façon de lui parler de Johan. Pas que Robin savait exactement ce qu'il se passait entre eux, mais sa mère pourrait peut-être l'aider à y voir plus clair. En tout cas, il l'espérait.

Il mit son téléphone de côté, laissant le message dans ses brouillons. Peut-être qu'il devrait l'appeler et lui parler directement. Parfois, le décalage horaire de sept heures laissait à désirer, parce qu'il aurait bien eu besoin de ses conseils en ce moment. Lui et Albert parlaient une fois de temps en temps de leur vie personnelle, mais son histoire avec Johan était un peu trop pour leur relation. Ils riaient ensemble, mais les sujets sérieux n'étaient pas trop leur genre.

Robin s'installa confortablement et ferma les yeux, soupirant doucement, ses pensées allant dans tous les sens. Oui, il voulait voir où les choses pouvaient aller avec Johan. Il lui restait encore quatre voyages avant la fin de la saison, alors il prévoyait de rester en Allemagne pour encore au moins deux mois. Mais est-ce que c'était juste de continuer ce qui bourgeonnait entre lui et Johan alors qu'il allait un jour retourner à la maison ? Et voulait-il y retourner tout court ? Robin grimaça en pensant à la réaction de sa mère qui paniquerait. Sa mère accepterait ce qu'il choisirait

en fin de compte, mais le processus d'acceptation pouvait être difficile...
autant pour elle que pour lui, surtout s'il arrivait soudainement avec quelque
chose du genre. Pas que Robin la blâmerait. Sa mère s'inquiétait et se battait
pour lui depuis sa naissance. Elle ne pouvait pas oublier son instinct juste
comme ça. Il devait aussi entre autres lui parler à ce sujet.

Robin se reposa, les yeux rivés sur la nuque de Johan et le bout de ses
cheveux noirs qui frôlaient son siège. Bon sang, il aurait voulu y toucher,
glisser ses doigts dans les mèches soyeuses. C'était facile de s'imaginer de
retour dans la chambre d'hôtel avec Johan à ses côtés, Robin les yeux fermés
et les doigts de Johan se promenant sur sa peau enflammée. Il inspirerait
l'odeur de Johan à chaque respiration jusqu'à être sur le point d'exploser.
Il pourrait vivre comme ça indéfiniment et mourir heureux. Robin en avait
parfaitement conscience. Et Johan ne lui ferait jamais de mal, quelque chose
de profondément enfoui dans son âme lui assurait que le jeune homme le
chérirait. Mais que pourrait lui offrir Robin en retour ?

Quelqu'un s'assit sur le siège à côté de lui et sortit Robin de ses
pensées.

— Je n'ai jamais eu l'occasion de te remercier à proprement parler
pour ton aide l'autre jour, lui dit doucement Oliver. Parfois, je crois encore
que je suis bien plus jeune que je ne le suis réellement. Ou j'espère sûrement
pouvoir inverser le cours du temps.

Il se tourna sur son siège et Robin suivit son regard qui s'était posé
sur Javier.

— Je n'aurais jamais pensé qu'il voudrait être avec moi, dit Oliver en
se retournant vers lui. Je pensais qu'il n'en avait qu'après mon argent, alors
je prenais les choses tranquillement. Puis il a commencé à se chamailler et
même à se disputer avec moi.

Oliver secoua la tête.

— S'il avait seulement voulu mon argent, il ne se serait jamais opposé
à ce que je disais et il aurait tout fait pour me rendre heureux. Il ne l'a pas
fait. Il a seulement été lui-même. Ce casse-pied, ajouta Oliver en souriant.
Parfois, vous, les jeunes ne reconnaissez pas une bonne chose avant qu'elle
ne soit partie ou que vous ayez épuisé tout le plaisir que vous pouviez en
tirer.

Robin ne savait pas du tout comment prendre cette remarque.

— Oliver, je...

Oliver continua sur sa lancée

— Je t'ai vu aux thermes, alors je sais que tu as eu des problèmes de santé dans la vie. Tout comme moi. C'est entre autres pour cela que je suis sorti avec Javier. J'ai pensé mourir après ma crise cardiaque à cinquante et un ans. Ce genre d'expérience laisse une trace sur l'âme de quelqu'un. C'est ce que cela m'a fait et je la vois sur toi, parfois.

Il rencontra le regard de Robin et prit un air sérieux,

— Ma crise de la cinquantaine m'a fait sortir avec Javier, mais j'en suis heureux en grande partie, sûrement plus que je ne le mériterais pour être honnête.

— Je ne comprends pas ce que tu es en train de me dire, dit Robin en sentant son inconfort monter.

— Nous avons tous remarqué la manière dont Johan et toi vous vous regardez. Quelques personnes faisaient même des paris sur la date où quelque chose se passerait entre vous deux. Pendant quelques jours, la tension entre vous deux faisait embuer les vitres, dit Oliver avec un petit rire. Ça le fait encore parfois.

Il lui fit un clin d'œil et Robin leva les siens au ciel sans répondre. Il n'allait ni confirmer ni nier.

— Où veux-tu en venir ? demanda Robin, se sentant cette fois irrité.

— Rien de mal, c'est juste que tu donnes l'impression… de garder un pied en arrière, je dirais.

Oliver jeta un coup d'œil à Johan, qui se tourna brièvement vers eux avant de reposer ses yeux sur la route.

— Ce que je veux te dire c'est que tu n'as qu'une seule vie, qu'elle soit longue ou courte, et tu devrais en profiter au maximum, peu importe ce qui arrive. Quand notre heure arrivera, nous aurons tous des regrets, mais je ne veux pas regarder en arrière et réaliser que j'ai perdu une chance d'aimer quelqu'un. Et tu ne devrais pas non plus. J'espère avoir encore trente ans devant moi, mais qui sait ? Je peux te dire qu'il y a des choses que j'aurais souhaité faire différemment quand j'avais ton âge. J'ai été prudent, parfois trop, alors que si j'avais pris le risque… surtout un en particulier. Au final, tu regrettes beaucoup plus les choix que tu n'as pas faits que ceux que tu as faits, termina-t-il en haussant les épaules.

Oliver pressa la main de Robin avant de se lever et de retourner aux côtés de Javier.

Il avait probablement raison. Si Johan était prêt à prendre le risque d'être avec lui, qui était-il pour lui dire non ? Robin devait seulement s'assurer que Johan comprenait tout ce qui était possible avant qu'il prenne une décision. Si Robin était chanceux, très chanceux, après cela, Johan serait toujours intéressé.

Robin se cala confortablement sur son siège, ayant pris une décision qui le rendait heureux, se souriant à lui-même en observant le paysage qui défilait de l'autre côté de la vitre. Les vallées succédaient aux rivières qui brillaient sous le soleil.

— PARFAIT, TOUT le monde, bienvenue à Trèves, annonça Robin quand ils entrèrent dans la ville.

Les touristes levèrent la tête pour regarder autour d'eux après le trajet plutôt calme.

— Johan va nous amener aux plus grandes attractions et à la basilique romaine. Nous allons faire quelques arrêts pour que vous puissiez prendre des photos.

Robin se tourna vers Johan.

— Je sais que tu connais la ville mieux que moi. Allons voir les ruines des thermes, l'amphithéâtre et la Porte Noire dans l'ordre que tu veux, selon le trafic. Nous pouvons aussi aller voir la rivière. Après tout ça, il y a aussi la zone piétonne.

Il se retourna vers le groupe.

— Super, je veux vous prévenir d'une dernière chose : vous allez souvent voir dans la ville des pièces de monnaie romaines à vendre. Doutez de tout. La plupart sont des vrais, mais leur prix est cinq à six fois supérieur à ce que vous pourriez trouver sur eBay ou chez un antiquaire proche de chez vous. C'est une zone touristique, après tout.

Johan les conduisit à la Porte Noire pour débuter, une grande et imposante structure de pierre, aussi noire que le charbon, qui était tout ce qu'il restait des fortifications romaines. Johan se gara et tout le monde descendit pour prendre des photos et se dégourdir les jambes.

— J'aime cet endroit, dit Johan pendant que Robin attendait avec lui dans l'autobus en observant tout le monde se promener. Je vis tous les jours avec ma propre histoire à chaque coin de rue. Nous sommes habitués. Mais cela me fait toujours réfléchir. Un de mes ancêtres a probablement combattu les Romains il y a deux mille ans.

— Tu pourrais être en partie Romain, ajouta Robin avec un sourire. Je pense que je peux t'imaginer, habillé comme l'une de ces statues avec rien d'autre qu'un pan de tissus autour de la taille et un casque, transportant une épée.

Il se rapprocha de son compagnon avant d'ajouter :

— Quoique tu as déjà une belle épée sur toi.

Johan laissa échapper un petit rire.

— Est-ce que c'est comme ça que tu parles sensuellement ?

Il se leva de son siège pour prendre celui à côté de Robin, qui ne savait pas trop s'il devait se sentir offensé ou non.

— Nous allons travailler là-dessus, promis.

Le changement de sujet le claqua comme un coup de fouet.

— D'accord, tu as changé du sujet.

— Je pense que c'est toi qui nous as tirés hors du sujet, répondit Johan avec un petit coup d'épaule. Je disais que ça m'aidait à me rappeler à quel point mon histoire remonte à loin. Ça rend humble.

— Et excitant.

Robin reposa sa tête sur l'épaule de Johan pendant quelques minutes, jusqu'à ce qu'il soit l'heure pour tout le monde de revenir. Johan retourna alors à son siège et ouvrit la porte, laissant les touristes reprendre leur place.

Les ruines des thermes étaient impressionnantes, même s'il ne restait pratiquement que des murs de pierres et de briques qui laissaient beaucoup de place à l'imagination. L'amphithéâtre avait été essentiellement bâti au creux d'une sorte de bol formé par les collines alentour. Le plancher avait été restauré, pour donner une bonne idée aux touristes de ce à quoi avait ressemblé l'arène. Une visite était sur le point de débuter, alors la majorité du groupe s'y joignit. Cela allait prendre plus de temps que prévu, mais Robin était heureux, tant que son groupe passait un bon moment.

— Pour combien de temps encore allons-nous rester ici ? demanda Mason quand il retourna dans l'autobus le premier.

— Pourquoi ? s'enquit Robin en se tournant vers lui. Tu as un rendez-vous urgent ou quelque chose du genre ?

Mason cilla, mais Robin fit comme s'il n'avait rien vu.

— Nous allons nous arrêter déjeuner et faire les boutiques dans la zone piétonne pour ensuite aller à la rivière. Nous serons à l'hôtel un peu plus tard que prévu.

Il se tourna et attendit que les autres embarquent dans l'autobus.

La zone piétonne regorgeait de restaurants et de boutiques. Robin adorait les rues venteuses de la ville qui remontaient à l'ère romaine. Johan devait rester dans l'autobus, alors il était livré à lui-même. Cela lui faisait bizarre de ne pas être avec Johan, mais il finit par trouver un restaurant italien et s'installa à une table à l'extérieur sous un parasol.

Un serveur lui tendit le menu et, même si Robin n'avait pas très faim, le pesto avait l'air bon. Il demeura assis à attendre sa nourriture, souhaitant pouvoir avoir de la compagnie.

— Êtes-vous seul? demanda un homme parlant parfaitement la langue de Robin.

Robin fit un geste vers la chaise libre à sa table et le jeune homme, sûrement un étudiant vu le sac à dos usé qu'il trimballait, s'y assit.

— Robin, se présenta-t-il.

— Spencer.

Il sourit et posa son sac par terre.

— Je fais une année d'étude à l'étranger et je voulais prendre un peu de temps pour visiter le pays avant que mes cours commencent, dans un mois environ.

Robin se souvint de ses années universitaires, même s'il n'avait pas pu aller à l'étranger à cause de ses problèmes de santé. Heureusement, sa famille parlait allemand et il avait pu se pratiquer avec beaucoup de gens.

— Je suis guide touristique, dit-il en souriant. Je conduis un groupe de touristes à travers le pays et aujourd'hui ils déjeunent seuls, alors j'ai un peu de temps pour moi.

— Combien de temps? demanda Spencer avec un grand sourire qui alla jusqu'à ses yeux brillants au soleil alors qu'il se penchait vers lui. Tu es très mignon…

Robin s'esclaffa.

— Merci, mais j'ai un quasi petit ami en ce moment, eh bien…

Bon sang, c'était agréable d'avoir un petit flirt comme cela. C'était une invitation évidente et ça lui faisait un grand bien à son ego. Une chaleur enfouie remonta à la surface, amenant une excitation que Robin n'avait jamais ressentie auparavant. Mais pas pour l'homme assis en face de lui, pour celui qui l'attendait dans l'autobus.

— Je déjeune et je dois ensuite retrouver mon groupe.

Spencer haussa les épaules.

— Dommage, pourtant il fallait au moins essayer.

Il s'enfonça dans son siège et le serveur prit sa commande quand il revint avec la boisson de Robin.

Ils parlèrent de tout et de rien en mangeant. Le déjeuner était agréable et plaisant, avec quelques sous-entendus toujours présents et Robin cru comprendre que Spencer espérait le faire changer d'idée. Cela n'arriverait pas. Après avoir payé sa note, Robin dit au revoir et retourna en direction de l'autobus, souriant pour lui-même.

— Qui était le canon ? demanda Mason en approchant.

— Spencer ? Juste un étranger avec qui j'ai partagé ma table.

Robin se détourna et continua son chemin. La personne avec qui il avait déjeuné ne concernait certainement pas Mason.

— Ça ne me donnait pas cette impression d'où j'étais, insista Mason et Robin s'arrêta.

— Toutes les tables étaient prises, alors il m'a demandé s'il pouvait s'asseoir avec moi. Les Européens le font tout le temps et partager ma table avec quelqu'un était agréable. Il n'y a que toi pour rendre quelque chose d'aussi innocent pervers, conclut-il en secouant la tête.

Robin remarqua que le sac de Mason avait encore une fois l'air bien plus léger, alors qu'il était plein le matin.

— Tu devrais te mêler de tes affaires, lui dit-il en s'approchant de lui. Je ne crois pas que tu voudrais que Johan ou moi nous mêlions des tiennes.

Mason cilla.

— Ne sois pas en retard, tu ne voudrais pas que nous partions sans toi.

Robin n'avait pas eu d'autre choix que de lui lancer la petite pointe, c'était trop difficile de résister et ne pas se retourner pour voir sa réaction était encore plus satisfaisant. Mason devait sortir de sa vie une bonne fois pour toutes. Robin était prêt à passer à autre chose et que son ex lui tourne autour avait été un dur poids sur ses épaules pendant des jours, mais c'était terminé maintenant. Robin ne lui devait absolument rien et il se moquait bien de ce qu'il pourrait penser. Mason était dans le passé. Son futur, ou plutôt ce qu'il espérait pour son futur l'attendait dans l'autobus.

Robin s'arrêta à un kiosque à son retour vers l'autobus pour prendre des saucisses enrobées pour Johan. Il les lui donna, ainsi qu'une bouteille d'eau qu'il avait pêchée dans son sac, en entrant dans le véhicule.

— Son bon sang de sac se vide encore, lui rapporta Robin.

Il se pencha ensuite vers lui pour lui donner un baiser et s'assit à ses côtés.

— Nous devons découvrir ce qui se passe une bonne fois pour toutes.

Il se moquait de ce qu'Albert ou n'importe qui allait dire. Si Mason magouillait quelque chose d'illégal, ils devaient le découvrir et l'empêcher de continuer.

— Des gens ont observé l'autobus, lui confia Johan qui mangeait ses saucisses avec le sourire aux lèvres en se tournant vers lui. Ils essaient d'être subtils, mais les hommes au coin de la cour fument et parlent depuis plus d'une heure et l'un des deux n'arrête pas de nous regarder, je le sens.

Johan semblait à cran, Robin plaça donc ses mains sur ses épaules pour les masser gentiment pendant qu'il continuait de manger.

— Je n'aime pas ça du tout, dit Robin en sentant sa propre nervosité augmenter. Et je déteste qu'il soit avec nous dans le groupe. Cet homme est une vraie fouine et je ne comprends pas pourquoi je ne l'ai pas vu plus tôt.

Il aurait vraiment dû, pourtant. Robin se tut, se concentrant sur le massage des épaules de Johan qui continuait à manger. Le contact entre eux le rassurait,

— Nous devons jouer les imbéciles et ne pas lui faire voir nos soupçons. Nous pouvons continuer à l'observer et peut-être que nous aurons l'occasion de fouiller dans son sac quand il sera occupé.

Johan sourit et tira Robin vers lui pour un baiser. Il avait le goût des épices des saucisses et des petits pains beurrés.

— Si ces hommes observent l'autobus, donnons-leur un spectacle.

Il embrassa langoureusement Robin, des vagues de désir palpitant entre eux, sa peau devenant brûlante et son pouls s'accélérant.

Robin se recula quelque peu.

— Un étudiant a mangé avec moi, dit-il en déglutissant. Le café était plein et j'étais seul, alors Spencer m'a demandé s'il pouvait s'asseoir avec moi. Il était plus jeune et agréable et…

Robin se mordilla la lèvre inférieure.

— Il a essayé de flirter avec moi, avoua-t-il en sentant ses joues s'enflammer. Je lui ai dit non, que j'avais un quasi petit ami…

Bon sang, il espérait que Johan allait comprendre ce qu'il voulait lui dire.

— Un quasi petit ami ? demanda Johan, son regard s'assombrissant.

— Eh bien, je ne savais pas trop ce que nous étions, mais je voulais lui faire savoir que je n'étais pas libre et que je n'avais aucune intention de le suivre, réussit à croasser Robin.

— Tu penses que je suis ton quasi petit ami ? Tu penses que ça me va ? demanda Johan et Robin soupira de soulagement en comprenant qu'il ne faisait que le taquiner.

— Ne sois pas méchant, lui rétorqua-t-il et Johan s'esclaffa.

— Que dirais-tu qu'on se déclare vraiment petits amis ? Comme ça, il n'y a plus de « quasi » entre nous.

Il embrassa Robin une autre fois, puis termina son repas pour ensuite aller jeter les emballages à la poubelle.

— D'accord, répondit Robin d'une manière hésitante. Mason m'a vu avec Spencer et était assez cru. Je lui ai dit qu'il n'aimerait pas que je me mêle de ses affaires et il a tout de suite pâli. Je me suis retourné comme si c'était une remarque désinvolte, mais je crois l'avoir rendu un peu nerveux.

Johan y réfléchit pendant une minute.

— Ça peut être à notre avantage qu'il soit nerveux et à cran. Nous le garderons à l'œil.

Quelqu'un cogna à la porte de l'autobus et Robin se dégagea. Oliver et Javier montèrent à bord dès que Johan leur ouvrit et les autres les rejoignirent également, avec Mason en tout dernier. Son sac ne semblait pas différent de la dernière fois que Robin l'avait vu.

Robin évita son regard et continua son travail.

— J'espère que vous avez tous bien déjeuné, dit-il en souriant pendant que le groupe s'installait dans leur siège et que Johan démarrait l'autobus. J'ai quelques faits intéressants pour vous. La Porte Noire a été bâtie sans mortier, les blocs sont seulement retenus par de longues chevilles de fer, ce qui est assez impressionnant. En ce moment, nous nous dirigeons vers la Basilique de Constantin qui est aussi d'origine romaine, l'un des endroits les plus grands de cette époque avec encore un toit. C'est un superbe endroit pour se promener et prendre des photos. J'aimerais que nous en prenions une de tout le groupe là-bas.

Il s'accrocha au dossier d'un siège et se leva pour que tout le monde l'entende bien.

— Est-ce que quelqu'un a des questions ?

— Que faisons-nous ensuite ? demanda Billy en fouillant dans son sac.

— Demain, nous longerons la rivière Moselle pour visiter le château médiéval le mieux préservé d'Europe. Burg Eltz appartient toujours à la même famille et est encore dans sa forme originelle depuis environ neuf cents ans. C'est un de mes endroits favoris à visiter. Il y a des armures et des épées ainsi que des ustensiles de cuisine originaux et des objets du quotidien de l'époque. Le jour suivant, nous traverserons jusqu'au Rhin. Nous laisserons l'autobus pour prendre un bateau vers le sud. Le Rhin descend vers le nord, donc nous serons à contre-courant et il y a des tonnes de châteaux sur notre chemin. C'est une belle journée relaxante sur l'eau, conclut-il avec un sourire.

— Et s'il ne fait pas beau ? demanda Lily.

— Le bateau a aussi un pavillon intérieur, alors s'il pleut nous pourrons y entrer et regarder à travers les fenêtres.

— Il devrait faire beau, l'informa Grant doucement et Robin relaya l'information.

— Est-ce que je peux répondre à d'autres questions ? demanda Robin.

— Oui, dit Mason en attirant l'attention de tout le monde. Est-ce que nous aurons d'autres arrêts shopping ?

Il fouilla dans son sac avant de le poser devant lui, hors de vue.

— Est-ce que ça intéresse d'autres personnes ? demanda Robin et quelques touristes levèrent leur main. Très bien, donc Johan pourra nous reconduire à la zone piétonne de Trèves après notre visite du Burg Eltz, pour un shopping de dernière minute. Après cela, nous avons la journée sur le bateau, puis nous devons voyager jusqu'à Francfort pour la dernière nuit de célébration.

Il ne voulait décevoir personne, mais s'ils n'avaient pas déjà tous les souvenirs dont ils avaient besoin, ils n'auraient pas bien d'autres occasions d'en trouver.

Johan se gara proche de la basilique et Robin y conduisit tout le monde. Presque instantanément, ils devinrent tous silencieux en entrant dans le bâtiment religieux toujours en fonction. Il expliqua un peu l'histoire de l'édifice et laissa son groupe se promener. Il trouvait toujours important de laisser les gens découvrir par eux-mêmes.

— Soyez de retour dans une vingtaine de minutes, ajouta-t-il en gardant sa voix basse.

Il attendit qu'ils finissent de faire le tour avant de les rassembler tous sur les marches de la basilique. Johan les rejoignit et ils prirent des photos. Un couple visitant la basilique fut assez gentil pour prendre quelques photos incluant le chauffeur. Robin guida ensuite le groupe vers l'autobus.

Ils continuèrent leur trajet dans la ville jusqu'à l'hôtel. Robin n'avait jamais autant apprécié être dans une pièce silencieuse.

— Je suis désolé que tu ne puisses pas te joindre à nous sur le bateau, dit Robin quand Johan ferma la porte de leur chambre derrière lui.

— On ne peut rien y faire. Je dois conduire l'autobus, je vous rejoindrai tous à Coblence.

Il avait l'air aussi déçu que Robin à cette idée.

— As-tu pensé un peu à ce que tu veux faire après ce voyage ?

Robin hocha la tête.

— Je vais demander à Albert si je peux t'avoir comme chauffeur permanent. Et...

Il se mordilla la lèvre. Il savait que ce qu'il allait proposer était énorme.

— Je veux que tu me suives chez moi quand j'irai voir mes parents. J'aimerais que tu les rencontres et qu'ils apprennent à te connaître. Si tu le veux bien, évidemment.

Il sentait son cœur se libérer de ses entraves, sa décision prise.

— Combien de temps vas-tu rester là-bas ? demanda Johan en s'asseyant à côté de lui.

— Tu ne me suivras pas ? dit Robin en l'entendant formuler sa question.

— Si, j'irai avec toi, répondit Johan en hochant la tête, mais je vais devoir revenir ici. Je ne peux pas rester, je n'ai pas la citoyenneté américaine. Tu l'as, alors tu peux te promener comme tu veux.

— Et si nous y allions pour quelques semaines et nous revenions ici ensuite ? Nous pourrions regarder comment ça se passe entre nous deux jusqu'à Noël avant de prendre une décision ?

Robin allait devoir se trouver un autre travail d'ici là. Il pourrait sûrement guider des groupes pendant la période des fêtes, mais la saison touristique finissait après l'Oktoberfest.

— Peut-être qu'Albert aurait besoin de moi pour monter les visites pour l'année prochaine.

— Alors, tu vas rester ?

Un large sourire étira les lèvres de Johan, ses dents d'un blanc éclatant illuminant la pièce.

— Oui, je vais devoir faire renouveler mes médicaments quand je retournerai à la maison et prendre une copie de mes prescriptions afin que je puisse me les faire délivrer ici. Je vais aussi devoir voir mes médecins et sûrement rassurer ma mère un million de fois, mais j'ai hâte d'avoir une vie à moi.

Il avait pensé pouvoir en avoir une avec Mason et, après leur rupture, il n'avait plus cru pouvoir aimer encore. Peut-être qu'il avait alors raison et que la décision qu'il venait de prendre concernant Johan était stupide et ridicule, mais il voulait une vie et une chance avec le jeune homme. S'il était honnête, il était surtout surpris que Johan veuille prendre le risque avec lui, pas l'inverse.

Johan l'engouffra dans ses bras, l'étreignant fort contre lui.

— Je suis tellement heureux.

Il l'embrassa et Robin rit doucement en retournant l'étreinte et en tombant sur le lit.

Robin cligna des yeux, étourdi par la rapidité d'exécution. Pas qu'il en était déçu.

— Tu dois savoir quelque chose. C'est important que nous soyons heureux tous les deux et je veux t'avoir à mes côtés à illuminer ma vie pour quatre jours, quatre mois, quatre ans ou quarante ans, déclara Johan en déglutissant et Robin sentit les larmes lui monter aux yeux. Tout le temps que j'aurai avec toi est précieux.

Robin avala péniblement sa salive, essayant de faire passer l'air dans ses poumons et échouant pendant quelques secondes.

— Tu sais bien que les chances sont minces d'avoir quarante ans. Nous ne pourrons jamais vieillir ensemble.

Johan posa sa main sur la joue de Robin, réchauffant instantanément sa peau.

— Toi et moi ne savons pas ce que le futur nous réserve. Mais je sais ce que je veux dans le mien, dit Johan en diminuant la distance entre eux. Alors, cesse de t'inquiéter pour demain. Nous ne savons pas ce qu'il pourrait arriver.

— Mais je m'en inquiète. Je sais que n'ai pas beaucoup de lendemains qui m'attendent et… si tu décides d'être avec moi, tu seras blessé.

Robin savait qu'il l'avait déjà expliqué auparavant, mais Johan devait comprendre dans quoi il s'embarquait.

— Tu stresses beaucoup trop, lui dit Johan avec un petit sourire. Inquiète-toi moins, aime plus.

Robin ne trouvait aucun argument à répondre à cela et Johan embrassa toutes réponses qu'il aurait pu formuler en lui enlevant lentement ses vêtements.

Ils se rejoignirent tous les deux, Robin, sur le dos observant le torse de Johan se gonfler et les perles de sueurs qui s'y formaient brillant sur sa peau dorée pendant qu'ils faisaient l'amour. Les lèvres de Johan allumaient des frissons de désirs en se posant et en embrassant tous ces endroits magiques dont Robin ignorait même l'existence jusqu'à ce que Johan les touche, s'ajoutant au plaisir intense de leur union. Robin ne pouvait que se tenir à Johan, l'utilisant comme son rocher, s'accrochant à lui pour ne pas éclater en un million de morceaux, l'excitation trop intense pour une seule personne. Johan le conduisit délibérément lentement vers des hauteurs magnifiques, comme celles que des gens passaient leur vie à imaginer, avant que la lumière éclate en lui alors que leur délivrance les rattrapait comme une vague parfaite qui les berçait dans sa chaleur.

Robin n'osa pas bouger pendant une seconde. Il ne voulait absolument pas briser le moment, mais la vie derrière leur porte de chambre ne pouvait s'empêcher de continuer.

Il sursauta en entendant quelqu'un cogner à la porte et Johan se leva du lit en soupirant. Il lui lança une serviette avant de prendre ses vêtements et de se diriger vers la salle de bains dont il ferma la porte pendant que Robin enfilait son pantalon et son tee-shirt avant d'aller répondre.

— Billy, dit gentiment Robin même s'il aurait voulu lui crier de partir.

— Oh, mon Dieu, dit Billy qui plaqua une main sur sa bouche en voyant l'état de la chambre. Je suis désolé, je ne voulais... Je ne savais pas... Je....

Il demeurait planté là à bégayer. Robin se tourna pour voir parfaitement le lit défait, les oreillers de travers et une chaussette sur la table de chevet. Il soupira.

— Pas de problème, donne-moi juste quelques minutes.

Robin imaginait bien qu'il devait donner l'impression de venir de se faire sauter et franchement... il s'en moquait bien. Il se sentait plus que bien et il n'allait pas s'en excuser. Quand même, il se rafraîchît rapidement, puis sortit de la chambre et ferma la porte derrière lui. Billy avait l'air plus à l'aise et le guida au bout du corridor. Il ouvrit la porte de sa chambre et rejoignit Kyle qui l'attendait à l'intérieur.

— Je l'ai vu aujourd'hui, déclara Billy. J'ai vu Mason dans une bijouterie. Celle au coin de la rue. Il regardait les anneaux et je l'ai entendu dire qu'il allait se marier et qu'il avait besoin d'une bague de fiançailles. Il disait qu'il voulait quelque chose de plus européen, ce n'étaient que des foutaises.

— Je comprends l'idée.

Kyle se tenait debout, à côté de Billy, un bras autour de ses épaules.

— Tout va bien. Prends une grande respiration et dis-lui ce qui s'est passé.

— Eh bien, Mason regardait un ensemble de bagues et il a demandé à la vendeuse d'en regarder un autre. Il regardait toujours le premier ensemble quand la vendeuse lui en a apporté d'autres. Il les a regardés et lui a dit qu'il allait devoir y penser. Elle les a rangés, puis il est parti. Après son départ, j'ai regardé dans la vitrine et trois emplacements dans un des ensembles étaient vides.

— Est-ce que Mason savait que vous étiez dans la boutique ? demanda Robin.

— Je crois que oui. Je n'essayais pas de me cacher et il est entré après moi. Je regardais une montre, dit Billy en baissant son regard vers le sol. Elles étaient trop chères, je n'aurais pas pu m'en offrir une, mais tout était tellement beau que je voulais regarder un peu.

— Penses-tu que Mason les a prises ?

Même en posant la question, il avait peur de déjà connaître la réponse.

— Je ne l'ai pas vu faire, mais bon si ça avait été le cas, il ne serait pas un très bon voleur. De toute manière, j'imagine qu'ils ont des caméras, alors quand ils verront qu'il leur manque des bijoux, ils les regarderont et sauront si c'est lui.

— Oui et demain nous serons en dehors de la ville et le jour suivant nous naviguerons sur le Rhin, bien loin d'ici et des nombreux touristes.

Robin rencontra le regard de Billy et de Kyle en pensant à voix haute.

— Ce soir au dîner, vous vous assiérez avec Mason et vous le garderez occupé.

— Vas-tu aller voir ce que tu peux trouver dans sa chambre ? murmura Kyle comme si Mason pouvait entendre à travers les murs.

— Ne vous inquiétez pas de ce que je vais faire. Occupez-vous seulement de garder Mason distrait le plus longtemps possible. Payez-lui un verre s'il le faut, essayez seulement de me gagner du temps.

La situation le rendait fou et il devait pouvoir faire quelque chose. Il n'avait aucune preuve. Il pouvait bien appeler la police pour leur parler de ses soupçons, mais s'ils ne trouvaient rien, il allait se sentir comme un idiot. Non, il devait découvrir ce qu'il se passait pour ensuite prendre une décision sur la marche à suivre.

— Nous ferons de notre mieux, acquiesça Bill, ne posant heureusement pas plus de questions.

Robin quitta la chambre pour retourner à la sienne où Johan l'attendait, assis sur le bord du lit avec une jambe sautillant nerveusement.

— Qu'est-ce que tu trames ? demanda Johan dès que Robin ferma la porte derrière lui.

— Quelque chose ne sent pas bon.

Johan tapota le lit à côté de lui et tourna son attention sur le mur voisin de l'autre chambre qui était celle de Mason.

— Billy et Kyle vont s'asseoir avec Mason au dîner pour le garder occupé. Je trouverai une façon d'entrer dans sa chambre pour voir ce qu'il y a dans son fameux sac. Billy pense l'avoir vu faire un autre coup aujourd'hui, et nous devons en savoir plus. Tout ça est en train de prendre une ampleur démesurée. Si c'est un voleur, alors nous appellerons la police et ils s'occuperont de lui.

Il était vraiment fatigué que Mason cause autant de problèmes dans sa vie et dans celle des gens de son groupe.

— D'accord, acquiesça Johan et Robin n'en crut pas ses oreilles tant il pensait qu'il allait s'opposer à l'idée. Tu iras dîner avec les autres et je me trouverai une excuse pour remonter à sa chambre et vérifier tout cela, après m'être assuré que Mason me voit dans la salle à manger, bien sûr. Tu es trop visible, tout le monde se demanderait où tu étais passé. Je redescendrai quand j'aurai terminé.

Johan prit la main de Robin entre les siennes.

— Johan, je…

Il avait du mal à rassembler ses pensées.

— Comment serais-tu entré dans sa chambre? demanda Johan et Robin dut admettre qu'il n'avait pas pensé à cela. Ne t'inquiète pas, je vais m'en sortir. Je sais comment faire.

Robin plissa les yeux.

— Comment vas-tu faire? le questionna-t-il.

La seule réponse qu'il obtint fut un sourire complice qui déclencha ses papillons dans son ventre.

— Johan…

— Je te jure que je vais tout te dire sur mon sordide passé plus tard ce soir, promit-il en se penchant pour embrasser Robin. J'espère que ça ne changera pas l'image que tu as de moi.

— Quoi, que tu as un air de mystère autour de toi? ricana Robin. Je crois que j'aime savoir qu'il y a quelque chose de sordide à propos de toi. Au moins maintenant, je sais que tu n'es pas tout le temps aussi parfait.

Johan le serra encore plus près de lui.

— Allez, nous devons nous préparer avant de descendre et je dois être prêt pour ma petite cascade.

Johan le pressa contre matelas.

— Je dois être parfaitement détendu.

— Ah oui, vraiment ? le taquina Robin.

Il pouvait s'habituer à la manière dont Johan se débarrassait du stress. Surtout quand les mains de Johan se glissèrent sous son tee-shirt, ses doigts tirant doucement sur ses mamelons en l'embrassant sensuellement. Oui, il pourrait vraiment y prendre goût.

ROBIN ENTRA dans la salle à manger simple, mais propre et bien illuminée. Il choisit délibérément un siège où il pouvait voir Billy, Kyle et Mason. Ils lui avaient lancé des regards interrogatifs quand il s'était assis et Robin se demandait comment il allait bien pouvoir leur communiquer le changement de plan. Johan s'était joint à lui aussi, mais dès que Mason s'était assis le dos à eux, il s'était glissé en dehors de la pièce. Robin espérait que Billy l'avait vu. Dans tous les cas, Billy parlait à s'en décrocher la mâchoire et ce qu'il disait semblait captiver Mason, ce qui était bien la seule chose qui empêchait Robin de se ronger les ongles jusqu'au sang.

Il fit de son mieux pour ne pas garder constamment son regard sur la porte quand le serveur vint prendre leur commande pour les boissons et déposa sur chaque table des bols contenant différentes salades. Le groupe commença à manger et les conversations se calmèrent.

Grant se précipita dans la salle et s'assit à côté de lui, faisant sursauter Robin qui n'avait pas réalisé son absence. Merde, pourvu que Grant n'ait rien remarqué.

— Où est Johan ? demanda Grant et Robin espéra que Mason ne l'avait pas entendu.

— Il s'est souvenu qu'il avait besoin de quelque chose à l'*Apotheke*, alors il s'est dépêché d'y aller avant qu'ils ferment.

Ça sonnait comme une bonne excuse à ses oreilles, même s'il savait que c'était un peu tiré par les cheveux à cette heure. Il espérait que ceux qui l'écoutaient ne se douteraient de rien.

— As-tu passé une belle journée ?

— Vraiment, c'était super de voir tous ces trucs de l'époque romaine. J'avais fait des recherches auparavant, donc je savais ce que la ville offrait, mais c'était incroyable de voir tout cela en vrai.

Grant sourit et remplit son assiette de toutes les sortes de salade offertes : carotte, patate, laitue et chou. Robin en prit lui-même un peu, en refoulant son instinct de regarder vers la porte. Il devait se souvenir de ne pas mettre l'accent sur l'absence de Johan.

— Je crois que tu vas bien t'amuser demain, alors. L'histoire que l'on peut voir au Eltz est tout simplement superbe. Étudies-tu en histoire?

— J'aimerais devenir professeur pour pouvoir l'enseigner à l'université, confirma Grant en hochant la tête.

Il prit une bouchée de salade de carotte avant de poser sa fourchette pour continuer sa réponse.

— Mais tout ce que je réussis à faire c'est mémoriser des faits et les recracher sur demande. Mon esprit est incapable de faire autre chose. L'histoire devrait être plus que cela, cependant, mais on dirait que je n'arrive jamais à bien la contextualiser.

Robin ne savait pas vraiment quoi lui dire, mais il sentait qu'il lui devait bien une réponse.

— Pour moi, l'histoire est à propos des gens. Aujourd'hui, nous avons vu la Porte Noire et appris qu'elle avait été construite sans une goutte de mortier. Alors les hommes qui l'ont construite devaient être très habiles et précis pour pouvoir utiliser ce genre d'outils et de compétences qui datent de deux mille ans.

Grant sourit. Robin avait complètement son attention, alors il poursuivit.

— Tous les monuments que nous avons vus et appréciés ont été construits par des hommes comme nous. Ils vivaient leur vie et faisaient du mieux qu'ils pouvaient pour subvenir aux besoins de leurs familles. Ce qui est drôle, c'est que bien des gens oublient que les grands artistes qui aimaient ce qu'ils faisaient essayaient eux aussi de vivre de leur talent, comme le reste d'entre nous.

— Tu sais, c'est une belle manière de voir les choses.

— Nous aimons penser que tout arrive pour une raison et la plupart du temps c'est le cas. Mais parfois pas pour les raisons que nous aimons. Il y avait originalement quatre portes romaines à Trèves, mais seule la Porte Noire a survécu, parce que son intérieur a été converti en église. Les autres ont été démolies, pierre par pierre, pour construire autre chose au fil des siècles. Alors parfois, les choses restent intactes après des siècles, sans qu'elles le veuillent vraiment. Ça ne veut pas dire que la Porte Noire était meilleure ou plus importante que les autres. Quelqu'un a décidé de l'utiliser comme église, alors elle a été préservée, tout simplement.

Robin continua de manger sa salade et fit de son mieux pour ne pas s'inquiéter.

Quand Mason se leva en déposant sa serviette sur la table et quitta la salle, Robin essaya de trouver comment il pourrait sortir son portable et envoyer un message à Johan en restant subtil. Il réalisa que ce serait impossible et qu'il devait continuer à rester assis à parler à Grant de n'importe quoi tant que sa tête était ailleurs.

Billy se tourna et haussa les épaules avec un air inquiet sur le visage, tout en lançant des regards nerveux vers la porte. Robin ne pouvait rien faire d'autre que s'inquiéter et, d'expérience, il savait que ce n'était jamais une bonne idée pour lui. Il ne pouvait que manger et prétendre que tout allait bien.

— Désolé, ma course a été plus longue que prévu, dit Johan en entrant à grandes enjambées dans la pièce et en prenant place à la table.

Il but un peu d'eau et remplit son assiette de salade avant de s'y attaquer. Apparemment, entrer par effraction dans une chambre d'hôtel donnait faim. Évidemment, Robin n'avait aucun moyen de lui demander si sa fouille avait été fructueuse, alors il termina son assiette en silence.

Un bruit juste au-dessus d'eux fit sursauter Robin. Johan caressa sa jambe sous la table et continua à manger comme s'il n'avait rien entendu.

Mason revint quelques minutes plus tard, les joues rouges et les yeux allant dans toutes les directions.

— Qu'as-tu trouvé d'autre d'important, sinon? demanda Robin à Grant pour l'engager dans une conversation.

— Eh bien, j'avoue avoir été surpris par la vitesse à laquelle la Renaissance s'est propagée vers le nord. La plupart d'entre nous n'imagine pas que des gens pouvaient voyager autant dans leur vie, mais Dürer était un contemporain de Da Vinci et ils ont tous les deux fait des choses incroyables, alors les idées ont dû se propager rapidement. Je n'avais pas réalisé à quel point.

— Et pourquoi ça? demanda Robin.

— Les bateaux, répondit Johan. Les gens de l'époque utilisaient des bateaux, c'était bien plus rapide que de passer par les terres. Quoique, plus au nord tu allais, plus il fallait de temps pour que les idées se promènent.

Il continua à manger et Grant hocha la tête comme s'il avait la réponse. Les deux hommes continuèrent ensuite leur discussion. C'était intéressant de voir l'expression de Grant passer de la surprise au respect pendant qu'ils parlaient comme des égaux. Johan était bien plus qu'un chauffeur d'autobus. Bon sang, s'ils avaient été en Grèce antique, Robin pensait bien que Johan aurait pu être Aristote ou Platon. Il aurait au moins pu être un de leur contemporain.

Les serveurs leur apportèrent des assiettes de *schnitzel* et de patates frites et Robin étudia le dos de Mason pendant ce temps. C'était assez évident qu'il essayait d'avoir l'air calme, mais il se tenait trop droit et la manière dont il se trémoussait sur son siège montrait bien qu'il voulait être partout sauf ici. Robin lança un regard à Johan qui haussa les épaules et continua de manger et de parler.

— Peut-être que je pourrais revenir ici quand je devrai rédiger ma thèse. J'adorerais y faire des recherches originales.

— Ce serait très intéressant. Il y a un bon nombre de bibliothèques et de répertoires auxquels tu pourrais avoir accès si tu as des authentifiant universitaires, expliqua Johan. Beaucoup de professeurs ici ont des collègues américaines dont ils sont proches. Alors tu dois te faire des connexions là-bas pour peut-être rencontrer quelqu'un qui pourra t'ouvrir des portes ici.

Johan finit sa salade et attaqua la suite de son repas lentement. Le dessert était un petit bol de glace et Robin prit quelques bouchées de la sienne, sa jambe tressautant sous la table. Finalement, Johan termina son repas et poussa sa chaise, Robin faisant de son mieux pour ne pas avoir l'air nerveux en le suivant. Il s'attendait à ce que Johan se dirige vers les escaliers, mais il sortit plutôt de l'hôtel et Robin le suivit.

— Je ne voulais pas que les murs aient des oreilles, se justifia-t-il.

Parfois, ses traductions littérales étaient charmantes.

— Je crois que c'est ce que Mason a volé aujourd'hui, dit-il en prenant une petite boîte de sa poche et en l'ouvrant. Nous devons vérifier auprès de Billy et ensuite j'ai pensé que nous pourrions retrouver la bijouterie et lui rendre. Je ne les ai pas touchés à mains nues, mais de ce que tu m'as dit, ça devrait être eux.

— Qu'allons-nous faire à propos de Mason ? demanda Robin pendant qu'ils continuaient de marcher.

— Je ne sais pas. Son sac contenait des tonnes de petites choses, des pièces d'argent, un peu d'or, de la monnaie… que de petites choses faciles à voler. Il doit être doué parce qu'il y en avait beaucoup. Son bagage en est rempli également, mais j'ai entendu quelqu'un dans les escaliers. Ceux-là étaient sur le dessus du sac, alors je les ai pris. Je n'aurais sûrement pas dû, mais tu m'as dit que Billy pensait que Mason avait pris les anneaux. Au moins, le marchand ici à Trèves pourra les récupérer.

Johan soupira.

147

— C'est une petite boutique et ce genre de perte pourrait leur faire mal pour des mois ou annuler tous les profits de la haute saison, dit Johan avant de s'arrêter et de se tourner vers lui. Nous allons sûrement pouvoir trouver une manière de les renvoyer une fois que Billy aura confirmé qu'il s'agit bien des anneaux que Mason a volés dans la boutique.

— Et s'il n'en est pas certain ? demanda Robin.

— Je ne sais pas, je n'y ai pas vraiment pensé. Tout ce que j'ai fait, c'est me dire que nous pourrions les ramener à la bijouterie pour qu'ils ne souffrent pas.

Johan jura doucement en allemand. Il remit le coffret dans sa poche et ils retournèrent à l'hôtel.

— Je suis d'accord. Nous pourrons revenir de Burg Eltz par là et suivre la route qui longe la rivière pour avoir une plus belle vue, dit Robin quand ils approchèrent de l'entrée, au cas où quelqu'un les écouterait.

Ils montèrent l'escalier ensemble et Johan continua au bout du corridor pour taper à la porte de Kyle et Billy tandis que Robin retournait dans la chambre qu'ils partageaient. Il s'assit sur le bord du lit, tendant l'oreille du côté de la chambre de Mason. Il crut l'entendre bouger un peu, mais il n'en était pas certain.

Johan revint dans la chambre et s'assit à côté de lui pour envelopper la boîte dans du papier et regarder sur son téléphone l'adresse de la bijouterie. Il repartit ensuite sans dire un mot.

Robin tenta encore une fois d'écouter de l'autre côté du mur et sursauta en entendant quelqu'un frapper à la porte.

— Oui ? dit-il calmement à travers la porte tout en sentant la peur lui monter à la gorge.

Il aurait mieux valu que Johan ne touche à rien et qu'il lui dise seulement ce qu'il avait vu. Maintenant, Robin était plus nerveux qu'il ne l'avait jamais été.

— Robin.

Il déglutit en entendant la voix de Mason.

— Donne-moi une petite minute, lui répondit-il en marchant dans la pièce pour avoir l'air occupé.

Il enleva son tee-shirt et entrouvrit la porte, donnant l'impression à Mason qu'il était nu.

— Qu'est-ce qu'il y a, Mason ? demanda-t-il aussi innocemment que possible.

Peut-être que Johan et lui auraient simplement dû appeler la police pour les laisser gérer tout cela.

— J'allais me laver et me coucher.

— Je voulais te demander quelque chose, je peux entrer? insista Mason.

— Ce n'est pas un bon moment. Comme je te disais, je vais me laver. Est-ce qu'il y a un problème avec l'hôtel ou notre visite?

— Non... c'est...

Mason lui lança un regard furieux et Robin sourit comme s'il n'avait pas remarqué.

— Est-ce que cela peut attendre demain? Nous aurons amplement le temps de discuter dans l'autobus ou quand nous visiterons le château. Je suis vraiment épuisé et je dois me reposer afin que le groupe puisse passer une belle journée demain.

Utiliser son état de santé ne lui posait aucun problème, si ça permettait que Mason le laisse tranquille.

— Mason, dit Johan et Robin se tourna un peu pour pouvoir le voir descendre le corridor vers eux. Est-ce que je peux t'aider?

Johan se tenait juste derrière Mason, qui perdit de son assurance.

— Robin va se reposer, mais si tu as besoin de quelque chose, je peux essayer de t'aider.

— Non, je peux lui parler demain matin.

Mason contourna Johan qui entra dans la chambre et verrouilla la porte derrière lui.

— Que voulait-il? demanda Johan en le balayant du regard.

Robin sentit le besoin habituel de se couvrir. Cela lui prendrait du temps avant de se sentir à l'aise à être nu devant Johan. Lentement, il détendit ses bras.

— Il a dit qu'il voulait me parler, mais la panique et la détresse dans son regard me donnaient des frissons. J'étais en train de manquer d'excuse pour le garder à distance.

— Pourquoi es-tu torse nu? demanda Johan en fronçant les sourcils.

— J'ai essayé de lui faire croire que j'allais sous la douche, mais il ne comprenait pas le message.

Il se colla contre Johan qui le prit dans ses bras.

— Jusqu'à ce que tu arrives, continua Robin en le serrant encore plus fort contre lui. Cette situation me met vraiment à cran, je suis désolé de nous avoir impliqués là-dedans.

Il ferma les yeux et posa sa tête contre le torse de Johan avant de se reculer.

— Qu'est-ce que tu fais ?

— Je vais me nettoyer, au cas où il nous écouterait.

Robin entra dans la salle de bains et ferma la porte. Il se déshabilla et se prépara à entrer dans la baignoire.

La porte s'ouvrit et un Johan nu entra dans la salle de bains, sauta dans la baignoire et mit le bouchon. Le bain se remplit et Johan s'installa confortablement dans l'eau en s'étirant et guida Robin entre ses jambes.

— Et voilà, c'est bien mieux, non ? murmura Johan dans son oreille en mouillant son torse. Tu n'as qu'à te pencher en arrière et à te détendre.

Johan l'enveloppa de ses bras, le lavant et le tenant contre lui. Robin se détendit rapidement dans cette position ô si confortable contre son amant, laissant courir ses doigts le long de la jambe de Johan.

— Je ne suis pas capable de me rappeler la dernière fois que j'ai pris un bain. Avec les interventions et les cicatrices, je devais être très prudent et ne pas les mouiller pendant très longtemps, alors je prenais seulement des douches rapides en faisant attention, raconta Robin avant de rire doucement. Pas que j'aurais eu quelqu'un avec qui partager mes bains. Mason n'a jamais pris de douche ou de bain avec moi. Et je n'étais pas très chaud à l'idée non plus.

— Hé. Tu es magnifique et c'est tout ce qui compte. Tout le reste, comme Mason ou tes problèmes corporels, importe peu. Rappelle-toi que je te vois *toi*.

Johan se pencha pour capturer les lèvres de Robin en un baiser passionné.

— Il n'y a que toi et moi, Mason appartient au passé. Gardons-le là.

Johan le lava lentement. Ses mouvements trahissaient son désir, mais ses touchers n'étaient pas ouvertement sexuels. Ils étaient tout simplement ensemble, l'un contre l'autre dans le calme, dans l'amour. Robin ferma ses paupières, profitant de la tendresse du moment. Il soupira doucement, laissant Johan s'occuper de lui jusqu'à ce que l'eau refroidisse.

Robin sortit de la baignoire et s'enveloppa d'une serviette avant de quitter la salle de bains. Il mit son pyjama et se détendit sur le lit en écoutant la télévision pendant un petit moment. Johan le rejoignit quelques minutes plus tard et ils s'assirent ensemble, collés l'un contre l'autre, heureux et satisfaits…

Jusqu'à ce qu'il réalise qu'ils n'étaient pas seuls.

VII

Robin se raidit en se réveillant d'un sommeil léger, sentant que quelque chose n'allait pas. Johan dormait profondément à ses côtés et la pièce était silencieuse, mais quelque chose clochait.

— Où est-ce que tu as mis ce que tu m'as pris ?

La table de chevet s'alluma et Robin cligna des yeux sous la soudaine luminosité alors que Mason s'approchait du lit.

— De quoi parles-tu ? répondit Robin automatiquement en se frottant les yeux et en forçant son cerveau à se réveiller.

— Tu as pris quelque chose dans mon sac et tu dois me le rendre. Maintenant.

La panique dans la voix de Mason en disait bien assez sur son état d'esprit.

— Et de quoi s'agit-il ? demanda Johan qui semblait avoir la tête plus claire que Robin.

Robin tira les couvertures sur lui et Johan pour les couvrir, utilisant l'édredon comme un bouclier.

— Mason, que se passe-t-il ?

— Ne fais pas l'idiot. Je sais que tu as quitté la salle à manger quand je ne regardais pas pour revenir ensuite. Je sais que tu étais dans ma chambre. Pensais-tu vraiment que je ne m'en rendrais pas compte ?

Mason se rapprocha et Johan sauta hors du lit, son corps crispé et aussi prêt à frapper que Mason. Pendant qu'ils se faisaient face, Robin essaya de trouver un moyen pour prendre son portable sur la table de chevet sans se faire voir.

— Nous ne savons pas de quoi tu parles. J'ai dû aller à la pharmacie pour prendre quelque chose avant que ça ne ferme et si tu n'as pas la conscience tranquille, c'est ton problème. Mais ça me fait me demander pourquoi tu es aussi sur la défensive et ce que tu as bien pu manigancer.

— Mes affaires ne vous regardent pas, répliqua Mason en regardant vers la porte, sûrement en train de chercher un moyen d'en finir.

Johan bougea légèrement afin que Mason puisse se diriger vers la porte, mais il ne comprit pas.

— Et cela aurait été bien mieux si vous ne vous en étiez pas mêlé.

— Mason, nous ne savons rien, s'écria Robin les jambes faibles. Tu dois partir maintenant.

— Je n'irai nulle part tant que je n'aurai pas ce pour quoi je suis venu, siffla-t-il en sortant un couteau.

Il n'était pas énorme, mais sa lame réfléchissait la lumière et donnait un avantage important à Mason. À ce moment précis, Robin aurait préféré suivre le conseil d'Albert et juste appeler la police sans rien d'autre. Mais Johan avait trouvé les bagues, avec la meilleure des intentions et ils avaient voulu les retourner à leur propriétaire avant d'appeler la police. Et maintenant, tout allait mal et ils étaient tous les deux en danger. Bon sang, il avait été tellement stupide. Si Mason pouvait voler dans des vitrines sous clés, il pouvait certainement se faufiler dans leur chambre. Robin ne pensait pas comme un criminel ça, c'était certain.

— Mais nous ne savons pas ce que tu veux, protesta Johan qui se tenait toujours debout, vêtu d'un short de pyjama bleu.

— Va-t'en avant de causer encore plus de dégât, ajouta Robin en pointant la porte. Tout cela est ridicule.

— Non, cracha Mason en s'approchant encore et en secouant la main avec le couteau. Je sais que tu les as pris et je les veux. Tu n'as qu'à me les donner et je disparais. Vous ne me verrez jamais plus, vous direz bien ce que vous voudrez à votre patron. Donnez-les-moi, c'est tout.

Ses yeux étaient exorbités, ses pupilles dilatées.

— Je ne peux pas te donner ce que nous n'avons pas, tenta de le raisonner Johan.

Les jambes de Johan tremblaient également. Robin était à moitié mort de peur pour lui. La situation n'allait pas continuer à se dérouler de cette manière pendant encore longtemps.

Ils sursautèrent tous en entendant quelqu'un taper à la porte.

— Tout va bien ? demanda Billy à travers la porte.

— Non. Appelle la police tout de suite ! cria à moitié Robin avant de se tourner vers Mason. C'est terminé. Peu importe ce que tu faisais, c'est fini maintenant. Pose le couteau.

— Non.

Mason recula son bras et Robin se prépara à ce qu'il lance le couteau. Il n'avait aucune idée s'il allait viser Johan ou lui-même. La lame brilla en traversant l'air, droit vers lui, mais s'effondra finalement au sol dans un tourbillon de mouvement. Robin ne savait pas trop ce qui avait pu se passer jusqu'à ce qu'il voie du sang descendre du bras de Johan. Il avait intercepté le couteau pour le sauver.

Johan pressa sa paume contre la coupure sur son bras et Robin vit rouge, ses yeux ne voyant plus que Mason. En une réponse rageuse à ce qui venait d'arriver à Johan, il bondit pour foncer sur Mason, le propulsant contre le mur.

— Enfoiré ! Tu as blessé Johan !

Il frappa Mason, lui donnant des coups de pied et de poing de toutes ses forces.

— Robin, dit Johan derrière lui. J'ai besoin de ton aide.

Cela le tira des idées noires qui l'avaient envahies. Robin baissa son regard sur le visage ensanglanté de Mason qui s'était recroquevillé en position fœtale, puis il se précipita dans la salle de bains, attrapa une serviette et l'entoura autour du bras de Johan.

— Est-ce que c'est grave ?

— Pas vraiment, répondit Johan. Je ne crois pas que ce soit très profond, mais c'est une longue coupure.

Robin l'aida à s'asseoir sur le bord du lit et ouvrit la porte de la chambre. Tout le groupe se trouvait dans le corridor.

— J'ai appelé la police, dit Billy.

— Nous avons également besoin d'assistance médicale, expliqua Robin et Billy passa un autre appel.

Mason grogna et essaya de se relever, mais Kyle et Billy le maintinrent au sol en attendant que les urgences arrivent, les sirènes brisant le silence de la nuit.

Robin leur expliqua ce que Mason avait voulu et les officiers fouillèrent la chambre de Mason en emportant toutes ses affaires, les transportant dans de larges sacs transparents. Lily les materna pendant un moment pendant que Grant leur apportait des bouteilles d'eau. Johan et Robin répondirent à des milliers de questions, ni l'un ni l'autre ne disant un mot à propos de leur petite aventure en début de soirée. C'était probablement mieux d'éviter cette partie.

— Savez-vous ce qu'il faisait, finalement ? demanda Robin à un officier, pas bien large, mais tout de même intimidant, dans un uniforme bleu.

— On dirait bien qu'il utilisait le voyage organisé comme couverture pour ses activités illégales, expliqua-t-il avec un accent prononcé.

— Nous avions remarqué que son sac était souvent plein et ensuite vide, expliqua nerveusement Robin.

153

On lui avait permis de s'habiller et il se tenait dans le corridor pendant que Johan qui, semblait-il, n'allait pas avoir besoin d'aller à l'hôpital se faisait aider. Les ambulanciers pansèrent la plaie qu'ils avaient refermée, ce qui était d'un grand soulagement. Robin donna à l'officier une copie de leur itinéraire pour qu'il sache par où ils étaient passés et pour qu'il puisse peut-être rendre les objets volés.

L'officier prit des notes, dont leurs coordonnées, et il vérifia la carte d'identité de Robin, ce qui était assez normal.

— Vous le suspectiez de quelque chose ?

— Oui, mais nous n'étions sûrs de rien, répondit Robin. Apparemment, quelque chose a disparu et il pensait que nous l'avions. Nous voulions appeler la police si nous voyions quelque chose de précis, mais nous n'avons jamais vraiment compris ce qui se passait. Notre compagnie touristique aurait une mauvaise image si nous avions appelé la police au sujet de quelqu'un de notre groupe pour rien.

Robin fronça les sourcils.

— Est-ce que nous pouvons faire quelque chose d'autre pour vous aider ?

— Je ne pense pas, répondit l'agent et il quitta la pièce, suivi de Billy et Kyle.

Une fois que les secouristes eurent terminé avec Johan, ils remballèrent leur matériel et partirent. Robin plaça confortablement Johan sur le lit, qui n'avait heureusement pas été éclaboussé de sang. Après l'avoir bien installé, Robin descendit pour expliquer ce qui était arrivé. Le gérant n'avait pas l'air heureux, mais Robin ne pouvait rien y faire. Il le remercia pour son aide et lui souhaita une bonne nuit, puis resta proche jusqu'à ce que Billy et Kyle remontent pour rejoindre tout le monde dans le corridor.

— S'il vous plaît, tout le monde, retournez-vous coucher et reposez-vous.

— Pourrons-nous toujours aller au château demain ? demanda Grant.

Robin ne savait pas trop si Johan allait pouvoir conduire dans son état, mais il soupçonnait qu'il serait capable s'il était prudent.

— Pour l'instant, notre planning n'a pas changé. Nous allons nous rencontrer demain matin et si nous ne pouvons pas prendre l'autobus, nous nous rendrons à Moselkern en train pour marcher ensuite jusqu'au château.

C'était une belle heure de marche à travers la forêt. Robin l'avait déjà fait, mais il espérait vraiment que Johan se sente assez bien pour conduire.

— J'ai un plan de secours si nous en avons besoin.

Il attendit que tout le groupe soit retourné dans leur chambre avant de retourner au chevet de Johan. Il le trouva dans le lit, couché sur le dos, son bras pansé sur les couvertures.

— Tu m'as fait la peur de ma vie.

— Moi? demanda Johan en essayant de s'asseoir. Tu t'es précipité sur lui comme un homme possédé. J'avais peur qu'il te blesse.

Robin ferma les lumières et le recoucha dans le lit. Il se débarrassa ensuite de ses vêtements pour se mettre au lit en faisant attention de ne pas trop déranger Johan.

— Mason est un gros lâche. Il fait bien des menaces, mais quand arrive le temps de passer à l'action, il recule toujours. Je devais attendre qu'il n'ait plus le couteau et ensuite je savais que je pouvais me lancer sur lui. Tandis que toi, tu m'as vraiment donné la frousse.

— Je devais arrêter le couteau, je ne pensais pas me faire couper en le faisant, dit Johan en fermant les yeux et Robin s'installa aussi confortablement qu'il le put. Je vais m'en sortir. C'est douloureux, mais ça aurait pu être bien pire pour nous deux.

Il soupira avant de continuer.

— La police a arrêté Mason et il va rester en détention pour un long moment. Il est un étranger, alors ils ne le laisseront pas sortir sous caution parce qu'il s'enfuirait. Donc la prison, puis son procès l'attendent. En espérant que ses victimes retrouveront ce qui a été volé, conclut-il en souriant.

— Peut-être. Mais qui sait combien il a déjà revendu?

— C'est vrai, admit Johan en bâillant. Essayons de nous reposer un peu. Nous avons encore une grosse journée devant nous et je ne veux pas nous conduire en dehors de la route.

Il se tourna sur le côté et Robin pressa sa jambe contre celle de Johan, ressentant le besoin de le toucher, mais ne voulant pas effleurer son bras par mégarde.

Cela prit du temps, mais il finit par s'endormir, même s'il se réveillait à chaque petit bruit.

ROBIN PASSA une nuit moins que reposante et laissa Johan dormir, s'habillant aussi silencieusement que possible avant de prendre ses médicaments et de descendre déjeuner. Les évènements de la nuit étaient le sujet de toutes les conversations et Robin regroupa tout le monde pour leur en parler.

155

— Johan est toujours au lit et je veux le laisser dormir un peu.

Il expliqua ensuite à tous ce qui s'était passé et ce dont Mason était soupçonné, pour mettre un terme aux rumeurs.

— Mason ne sera donc plus avec nous pour la suite. Ce que j'aimerais, c'est vous donner quelques heures de libres ce matin et quand Johan se réveillera, nous irons au château. On y retrouve un merveilleux café où nous pourrions tous déjeuner, si cela vous va, pour ensuite faire la visite. Est-ce que ça vous convient?

Il attendit et tout le monde semblait d'accord avec son idée.

— Super.

Le groupe se dispersa pour vaquer à ses occupations et Robin se mit au travail, passant des appels et annulant les chambres de Mason pour le reste du voyage, ce qui lui prit du temps. Cela économiserait un peu d'argent à Albert, au moins. Robin l'appela également.

— Est-ce que Johan va bien? demanda-t-il dès que Robin lui eut expliqué toute l'histoire. Est-ce qu'il peut encore conduire?

— Il dit que oui et nous allons nous baser là-dessus. Les chambres de Mason ont été annulées pour la suite du voyage, alors tout est bon sur ce plan, dit Robin en consultant ses notes. Je crois pouvoir m'occuper du reste par moi-même. Je voulais seulement te faire savoir les évènements de la nuit.

Robin se dit qu'il pourrait lui expliquer en détail ce qu'il s'était produit en revenant à Francfort.

— C'est bon, mais sois prudent et ne le laisse pas trop en faire. J'imagine que la police va bientôt vouloir me contacter également.

Albert ne semblait pas du tout fâché, ce qui était un peu étrange. Il avait l'air préoccupé, cependant.

— Je pensais que tu allais être en colère, avoua Robin.

— Tant que tout le monde va bien, il n'y a aucun problème. Et le cas de ton enfoiré d'ex est réglé par la même occasion.

— Oui, en effet, soupira Robin.

— Je dois prendre un autre appel. Il y a, étonnamment, des gens qui continuent à réserver des visites pour la fin de l'été.

Il semblait soulagé.

— Mais je dois être honnête, je ne suis pas sûr que nous allons proposer des voyages organisés l'année prochaine. Les touristes visitent par eux-mêmes… ou avec des compagnies régulières, non gays.

Robin ne savait pas trop quoi répondre à cela. Il n'avait pas réfléchi aussi loin, mais il était probablement temps qu'il se trouve un autre genre de travail de toute façon. Il devait commencer à penser à ce qu'il voulait, mais c'était vraiment difficile pour lui et il ne comprenait pas pourquoi. Il passait la plupart de son temps libre à se demander ce qu'il allait bien pouvoir faire et à ce qui le retenait de foncer.

Robin raccrocha et s'assit à la réception, ruminant ce qui s'était passé et ce qu'il devait encore faire. Il s'inquiétait aussi beaucoup pour Johan, mais résista à l'envie d'aller voir s'il allait bien. Il voulait que Johan ait la chance de se reposer le plus possible.

Johan descendit une demi-heure avant qu'ils ne doivent partir et après avoir vérifié que son amant allait bien, peut-être un peu trop assidûment, Robin le laissa embarquer tout de suite dans l'autobus. Il y monta à son tour dès que Johan se rapprocha de l'hôtel. Ils attendirent les autres, puis ils se mirent en route.

Johan souffrait, c'était évident. Robin le voyait sur son visage, mais il ne dit rien. Dès qu'ils furent garés dans le parking du château, Robin guida le groupe vers le chemin, laissant Johan seul pour se relaxer. Dès qu'ils tournèrent le coin et tombèrent sur la vue imprenable du château, un calme absolu s'empara du groupe. C'était grandiose et pas seulement par sa taille, mais aussi par sa beauté rustique ancienne. L'histoire se déroulait en face d'eux.

— Une fois que vous aurez pris vos photos, je vous guiderai en bas et vous trouverez vos billets. La visite est à une heure précise, alors nous devrons sûrement patienter un peu.

— Donc nous aurons du temps pour déjeuner ? s'informa Javier.

— Oui. Ensuite, quand ce sera l'heure du retour, nous nous retrouverons et nous attendrons la navette qui nous amènera au parking. Nous allons descendre tout le long jusqu'au château, donc le retour est une longue montée.

Ils descendirent le chemin et passèrent les portes du château. Robin alla chercher les billets pour tout le groupe et leur montra le café, où tout le monde s'assit en petit groupe. Robin s'assit seul à fixer son portable, surpris d'avoir du réseau dans ce coin reculé. Après avoir regardé l'heure, il envoya un message à sa mère qui l'appela aussitôt en réponse.

— Hé, maman, dit-il doucement en appuyant sur le bouton FaceTime.

Elle lui avait dit qu'elle s'était acheté un nouvel iPhone et Robin adorait pouvoir mieux communiquer avec elle.

— Regarde où je suis, continua-t-il en tournant son téléphone pour qu'elle voie bien la vue. Tu te souviens ?

— Oui, sourit-elle avant qu'il ne retourne au mode appel seulement, ne sachant combien de temps la connexion allait durer. Tu vas bien ? Tu as l'air fatigué.

— Je le suis, nous avons eu une nuit difficile.

Il n'entra pas dans les détails, sa mère aurait fondu un plomb et cela ne serait agréable pour personne.

— Peu importe, je voulais simplement te dire qu'une fois la saison terminée, j'ai demandé à Johan de m'accompagner pour vous rencontrer.

— Tu as fait ça ? demanda-t-elle sur un ton incrédule.

— Je l'aime bien, maman, mais j'ai peur... j'imagine. Je veux qu'il vous rencontre, mais j'ai peur qu'il se réveille un jour et réalise à quel point je suis nul et que je ne vaux vraiment pas le cœur brisé qui arrivera d'une manière ou d'une autre.

Il divaguait un peu, mais il espérait que sa mère comprendrait au moins à moitié ce qu'il voulait dire.

— Calme-toi. Premièrement, je suis heureuse et ton père et moi aimerions beaucoup rencontrer quiconque est important dans ta vie. Tu le sais bien, commença sa mère avant de prendre une pause pour rassembler ses idées. Et pour ce qui est du cœur brisé... j'imagine que tu parles de la greffe.

— Oui...

— D'accord, laisse-moi te poser une question. Si Johan te disait qu'il avait une maladie qui ne lui donnerait qu'un ou deux ans d'espérance de vie... le laisserais-tu tomber ?

— Non, je l'aime. Maman, je...

— Alors pourquoi ferait-il la même chose ? le coupa sa mère et Robin arrêta brusquement de parler. Tu dois absolument amener cet homme à la maison pour que nous puissions le rencontrer et arrêter de t'en faire. Quand tu étais jeune, tu passais tout ton temps à t'inquiéter de ce que les autres pensaient, pendant que nous essayions tous de comprendre ce que tu voulais vraiment. Poursuis ce que tu aimes vraiment et oublie le reste. Johan doit pouvoir prendre ses propres décisions, tout comme toi.

— Alors, tu es heureuse pour moi ? demanda Robin en essayant d'avaler la boule dans sa gorge.

— Bien sûr que je le suis. Tu mérites l'amour, comme tout le monde, et si Johan est cela pour toi, ton père et moi serons heureux de l'accueillir dans la famille.

Billy s'approcha, se tenant debout à côté de sa table.

— Je dois y aller, mais je rappellerai bientôt. Et merci. J'avais besoin d'entendre cela.

— Je t'aime, mon cœur, lui dit sa mère en raccrochant.

Billy lui posa une petite question sur l'heure de leur retour et rejoignit Kyle ensuite.

Robin demeura assis à sa table sous les rayons du soleil, la brise murmurant à ses oreilles et il sut tout de suite qu'il aurait préféré être avec Johan dans l'autobus. Il comprenait, maintenant. De bien des façons, Johan était la personne dont il avait toujours rêvé : fort, intelligent, brave, patient... Pourquoi n'accepterait-il pas ce que Robin était prêt à donner ?

Robin mordilla sa lèvre inférieure, observant le reste du groupe. Ils parlaient tous gaiement, un enthousiasme débordant les habitant, lui rappelant sa première fois sur les lieux.

— Tu as l'air prêt à exploser, dit Oliver en plaçant son plateau sur la table et en y prenant place, Javier faisait de même en face de lui. J'espère que nous ne te dérangeons pas, mais c'est la seule table libre.

— Pas de problème, répondit Robin en sortant de ses pensées qui lui dictaient où il voudrait être pour s'attarder plutôt à là où il était vraiment. Je ne faisais que rêvasser.

Javier eut un petit rire.

— Je crois que tout le groupe sait très bien à qui tu rêvasses, dit-il en se rapprochant d'Oliver. Et personne ne pourrait te blâmer.

Il approcha sa chaise pour être encore plus près d'Oliver.

— Être avec quelqu'un de parfait pour toi vaut le coût, peu importe ce qui arrive, dit-il en soupirant doucement. Je sais qu'Oliver est plus vieux que moi, mais j'ai l'intention de m'assurer qu'il vive de bons moments, parce que je ne le laisserais pas partir.

Robin rassembla son courage.

— Est-ce que je peux te poser une question ? Et s'il te disait qu'il avait une maladie qui ne lui donnerait que, disons, quatre ou six ans à vivre ? Que ferais-tu ?

Javier finit d'avaler sa bouchée de saucisse et regarda Robin directement dans les yeux.

— Je le serrerais dans mes bras, c'est la première chose que je ferais. Ensuite, je lui dirais de faire une liste de tout ce qu'il voudrait voir ou faire et nous ferions tout cela ensemble, répondit Javier en prenant la main d'Oliver. Je ne perdrais pas un instant. J'ai presque fait la plus grande erreur de ma vie quand les choses sont devenues difficiles entre nous. Je ne referai pas la même erreur et si ce que tu disais devait arriver, lui et moi ferions le plus de souvenirs possible pour profiter du temps qu'il nous reste.

Javier posa sa fourchette en plastique.

— Je suppose que l'un de vous...

— Il ne nous reste qu'un certain temps ensemble, acquiesça Robin.

— Alors pourquoi perds-tu ton temps assis avec nous ici alors que tu veux être avec lui? Retourne dans l'autobus. Oliver et moi savons ce que nous avons à faire et nous ramènerons tout le monde, dit-il avant de pointer la route. La navette s'arrête ici et notre visite commence dans une demi-heure, juste là.

— Assurez-vous de passer par la trésorerie. C'est splendide et elle contient les plus belles pièces du château.

Robin était bien heureux que Mason ne soit pas avec eux. Il ne pouvait qu'imaginer à quel point il serait inquiet de le savoir là.

— Nous n'allons rien manquer du tout. Maintenant, vas-y. Tout va bien aller.

Oliver et Javier l'envoyèrent au loin et Robin traversa le pont jusqu'à l'arrêt de la navette pour la prendre jusqu'au parking. Johan était assis dans l'autobus, sa tête penchée en arrière et les yeux clos. Il détestait le déranger ainsi, mais il cogna tout de même doucement à la porte. Johan lui ouvrit et Robin monta à bord.

— Qu'est-ce que tu fais ici ? Ils ont déjà terminé ?

Johan se redressa, comme pour retourner au travail.

Robin se pencha sur lui et l'embrassa langoureusement. Johan se figea et Robin approfondit son baiser, sa langue cherchant à s'engouffrer dans sa bouche pendant qu'il caressait les joues de Johan de la paume de ses mains.

— Je prends ça pour un non, rit doucement Johan et Robin se recula un peu.

— Non, leur visite commence dans vingt minutes. Je voulais être ici avec toi. Oliver et Javier s'assureront que tout le monde se rend bien à l'autobus pour le retour.

Il était tenté de s'asseoir sur les genoux de Johan, mais il ne voulait pas le blesser.

— Alors tu as refait tout ce chemin pour me tenir compagnie ?

Le sourire de Johan montrait bien à Robin à quel point il en était heureux.

— Oui, et pour te dire que je t'aime.

Robin s'assit dans le siège derrière Johan qui le rejoignit et pressa sa cuisse contre la sienne.

— Je suis désolé d'avoir été aussi têtu, dit-il en caressant doucement le bras blessé de Johan. J'ai parlé avec ma mère et elle m'a dit qu'elle avait hâte de te rencontrer. Elle m'a aussi dit que j'avais besoin d'être heureux.

Il plongea son regard dans celui de Johan.

— J'ai toujours pensé qu'elle serait furieuse si je ne revenais pas à la maison, mais elle m'a surpris.

— Es-tu avec moi en ce moment à cause d'elle ?

Robin secoua la tête.

— Je suis ici parce que je veux être heureux. Je n'ai plus peur maintenant. Ou, en tout cas, je n'ai plus peur pour moi. Et j'imagine que je peux te laisser avoir peur pour toi-même, déclara Robin en prenant le bras de Johan et en posant sa tête sur son épaule. Tu es un héros. Tu m'as sauvé de Mason et tu as sauvé mon cœur qui était devenu glacé.

Robin renifla et s'essuya les yeux avec sa main libre. Johan s'était tourné vers lui et le regardait, confus.

— Pourquoi penses-tu cela ?

— On m'a donné un nouveau cœur… En un sens, j'ai emprunté le temps de quelqu'un d'autre et je me suis dit que je devais en profiter au maximum. Je m'inquiétais de blesser la personne que j'aimerais. Je me concentrais seulement sur le négatif, dit-il en soupirant. C'est tellement facile de seulement se concentrer là-dessus.

Johan rit un peu.

— Pour toi, peut-être.

Il le taquinait et c'était plaisant… d'une certaine manière.

— Pour la plupart d'entre nous, ceux qui ne sont pas de preux chevaliers, être positif est difficile.

Johan plaça un bras autour de ses épaules et Robin se cala confortablement contre lui pendant un petit moment.

— Je sais que tu es passé à travers plusieurs choses injustes, mais…

— Je sais. Toi, tu as décidé un jour que tu serais heureux et c'était réglé.

Robin savait que ce n'était sûrement pas aussi facile.

— Non, je suis passé près de la mort une fois.

Robin se recula en le fusillant du regard.

— Pourquoi ne me l'avais-tu jamais dit ?

Johan leva ses yeux en l'air.

— Je voulais que tu m'apprécies pour moi... pas parce que nous aurions prétendument une expérience qui a changé nos vies en commun. Tu vois, je t'aimais bien avant de savoir par quoi tu étais passé et je voulais que tu m'apprécies de la même façon.

Il haussa les épaules et leva les yeux en l'air comme si c'était évident.

— Toi, j'ai l'impression que tu vas encore me surprendre quand j'aurais quatre-vingts ans, plaisanta Robin avant de voir Johan le dévisager, les yeux ronds et la bouche entrouverte.

— Quoi ?

— C'est la première fois que tu parles de vieillir. Tu dis toujours que ça n'arrivera pas, répondit Johan en caressant son menton. Tu fais très attention à toi et à ce que tu manges, tu restes toujours actif... peut-être que tu es la personne qui vivra des dizaines d'années.

— Johan... je...

— Non. Ça va arriver à quelqu'un, alors pourquoi pas toi ? Nous vivrons tous les jours comme si c'était notre dernier, comme ça nous ne regretterons rien.

Il prit Robin dans ses bras.

— Vas-tu me dire ce qui t'est arrivé ? demanda Robin.

— Est-ce que c'est important ? contrecarra Johan.

Robin y pensa, réalisant que ça ne l'était pas du tout. Il secoua la tête et Johan resta assis en silence, à le tenir contre lui pendant qu'ils attendaient ensemble dans le parking boisé. Robin avait vu des châteaux et des montagnes, les plus grandes cathédrales et les plus belles œuvres d'art de la planète, mais rien ne pouvait se comparer à la simple vue de la forêt depuis la vitre avant de l'autobus... avec Johan.

— J'ai attrapé une méningite quand j'avais douze ans. Ils ne pensaient pas que j'allais survivre. Je me souviens d'être seulement à moitié conscient de ce qui se passait autour de moi. Des gens entraient et sortaient, me donnaient des médicaments, me faisaient passer des tests... tu dois bien connaître cela.

C'était en effet le cas.

— Je me souviens de ma mère pleurant à mon chevet et d'avoir essayé de lui caresser la tête avec ma main. Je voulais lui dire que tout irait bien, que j'allais m'en sortir, mais j'en étais incapable. Et puis, j'ai dû m'endormir ou quelque chose du genre. Quand je me suis réveillé, tout était silencieux et ma mère était encore avec moi. Elle a souri en me voyant et je lui ai dit « *trinken* ». Je ne crois pas avoir déjà vu ma mère sourire aussi fort que cette fois-là. Après cela, je me suis remis, mais ça a pris du temps. Ils m'ont dit quand j'étais plus grand que j'avais frôlé la mort.

Johan se tourna vers lui et poursuivit.

— Je n'ai jamais pensé que j'allais mourir, même quand j'étais au pire de la maladie. C'est seulement quand j'ai vieilli que ça m'a frappé et j'ai compris qu'on m'avait donné une seconde chance, dit-il en posant sa tête contre celle de Robin. Je comprends les deuxièmes chances et se faire donner quelque chose en retour.

Robin hocha la tête sans bouger de son siège.

— Je t'aime vraiment.

— Moi aussi, *Liebling*. C'était la partie difficile. Maintenant, nous n'avons qu'à trouver ce que nous allons faire à propos de ça.

Robin haussa les épaules.

— J'ai un petit appartement à Francfort pour la saison. Ce n'est pas énorme et un peu excentrique, en fait, mais ce serait assez pour nous deux.

Johan hocha la tête.

— Est-ce que tu as besoin d'habiter là-bas? Nous pourrions nous installer à Baden-Baden, proche de ma famille. Ils apprendraient à mieux te connaître et j'y ai un appartement… eh bien, un studio au-dessus du restaurant. Le plus gros de la cuisine familiale se prépare là, alors je n'ai qu'une petite kitchenette, mais il y a une superbe vue sur la ville depuis les étages supérieurs et c'est à moi. Nous pourrions prendre le train quand nous aurons besoin de guider des visites. C'est beaucoup plus tranquille et joli que Francfort.

Robin ne se préoccupait pas vraiment d'où il vivait.

— Je dois seulement leur dire un mois avant si je pars, dit Robin en haussant les épaules. Ils devraient pouvoir le louer rapidement.

Les appartements s'arrachaient comme des petits pains chauds en Allemagne, alors il y avait peu de chance que Robin se retrouve dans le pétrin.

— C'est certain. Tu vas aimer Wurtzbourg et ma mère t'adore déjà.

163

— Je serai sûrement parti un certain temps à guider des groupes de toute façon et, après cela, nous pourrons visiter ma famille et planifier le reste.

Peut-être allaient-ils s'établir définitivement à Wurtzbourg, ce ne serait pas la pire des choses.

Ils restèrent assis, appréciant le silence, Robin pensant aux choses qu'il avait à emballer pendant que le groupe s'approchait de l'autobus. Il avait perdu toute notion du temps. Johan retourna à son siège et Robin accueillit un joyeux groupe dans l'autobus.

— Avez-vous passé un bon moment ?

VIII

LE VOYAGE sur le Rhin aurait dû être la journée la plus relaxante du voyage. Une fois que Robin eut installé le groupe sur le bateau, ils purent tous s'installer confortablement et observer l'histoire germanique autour d'eux. Des châteaux, des ruines, des vignobles et le rocher de la Lorelei passèrent devant eux pendant qu'ils mangeaient et buvaient un peu, confortablement assis, toujours à l'affût des nouveautés qu'ils verraient à chaque tournant et virage. La journée était paisible et reposante, mais Robin aurait souhaité que Johan soit avec lui. Ça rendait l'expédition un peu moins ensoleillée, mais ils avaient tous les deux un travail à faire et Robin se dit qu'il devait prendre sur lui et arrêter de se plaindre.

— Combien de fois as-tu déjà fait ce trajet ? demanda Margaret alors qu'elle et Lily étaient assises à côté de lui à la proue du navire, pour avoir la meilleure vue.

— Je crois que c'est ma sixième ou septième fois, mais c'est un des plus beaux paysages d'Europe.

Robin montra du doigt l'avant, un petit château d'eau bâti sur une île au milieu du fleuve arrivant à l'horizon.

— J'ai toujours voulu habiter là. Des bateaux passant tous les jours, mon propre château sur une île.

Il sourit pendant qu'ils continuaient à flotter sur l'eau, un enregistrement audio leur expliquant ce qu'ils voyaient en allemand, puis dans leur langue.

— Ce serait vraiment super, répondit Margaret en se tournant vers Lily. Nous avons vécu un beau voyage, mais je crois être arrivée au point où je suis prête en rentrer à la maison.

— Toi, tu n'auras pas à retrouver les pièces brisées d'un mariage…

— Peut-être pas, lui répondit Robin. Mais tu n'es plus la personne que tu étais la première journée non plus.

— Oui, tu as vu des châteaux et des cathédrales et tu as été nue dans un spa. Tu peux botter le derrière à cet abruti qui t'a trompé.

Margaret leva son verre et Lily trinqua avec elle, de nouveau souriante.

165

— Parfois, je me demande si quelqu'un peut rester le même après avoir vu tout cela, dit Robin en se calant dans son siège et en résistant à l'envie de fermer les yeux et de somnoler un peu. Pensez-y une seconde. Les États-Unis ont un peu plus de deux cents ans, tandis qu'ici, certains de ces châteaux sont en ruine depuis plus longtemps que cela. Jules César a traversé ce même fleuve pour essayer de conquérir la Germanie. Ce pays se souvient du meilleur et du pire. Beaucoup de choses se sont déroulées ici et les gens y ont survécu et prospèrent depuis des siècles.

Il se sentait un peu trop romantique, il préféra donc s'arrêter avant de trop en dire.

— Est-ce que cela change beaucoup au fil des ans ? demanda Lily.

— Non, répondit Robin en secouant la tête. Ce paysage est pratiquement le même que celui que j'avais vu à mon premier été d'université. C'est une des choses que j'aime le plus.

Il laissa un peu de place à Grant, Oliver et Javier qui venaient les rejoindre. Rapidement, tout le groupe fut réuni, à regarder le paysage défiler devant eux.

La journée passa lentement et le soleil finit par se coucher derrière les collines sur le bord de la rive. Arrivés à leur arrêt final, ils débarquèrent tous pour retrouver Johan qui les attendait. Pendant que la nuit tombait, des nuages s'amassèrent au-dessus d'eux et dès qu'ils furent tous à l'abri dans l'autobus, le déluge s'abattit sur eux.

— Vous avez aimé votre journée ?

« Une super journée » était la réponse qui revint le plus.

— Nous allons souper, puis nous irons à notre hôtel de Mayence. Demain, nous visiterons la ville avant de retourner à Francfort où nous avons organisé une soirée d'au revoir spéciale. La route n'est pas trop longue, alors reposez-vous un peu. Johan va éteindre les lumières pour pouvoir mieux voir et nous arriverons bientôt.

Robin s'assit et attendit patiemment que Johan circule dans le trafic de la ville et se gare devant le restaurant.

Il pleuvait encore plus, alors tout le monde se dépêcha de sortir de l'autobus et d'entrer dans la salle à manger.

— Prenez place et détendez-vous. Nous sommes un peu en avance, mais ils font de leur mieux pour nous prendre en charge.

Robin travailla avec le personnel du restaurant pour qu'ils apportent la nourriture qui était déjà prête. Tout le monde se mit à converser au même moment, Robin tendant l'oreille pour entendre parler de la croisière et de tout ce qu'ils avaient fait ensemble.

— Tu as fait ça, dit Johan. Regarde-les. Ils ne se connaissaient pas il y a une semaine et maintenant ils parlent ensemble comme des amis de longue date. Ils ont eu du plaisir et peut-être que certains d'entre eux s'en sont sortis grandis. Ils sont surtout un groupe maintenant.

— Oui, et demain est le dernier jour. Ils retournent tous chez eux.

— C'est vrai, mais certains d'entre eux vont rester en contact et ils auront de merveilleux souvenirs. C'est ce que tu leur as donné. Une chance de pouvoir parler de quelque chose pour les vingt prochaines années, répliqua Johan en lui prenant la main. Je sais qu'ils se souviendront de ce voyage pour un long moment.

Il devint plus silencieux quand leur nourriture arriva devant eux et qu'ils mangèrent leur *schnitzel*. C'était une bonne chose que Robin aimait ce plat, parce qu'ils avaient tendance à en manger beaucoup.

— Au *schnitzel*, dit Javier en levant son verre.

Tous les autres rirent et trinquèrent. Ils mangèrent du *strudel* pour dessert, toujours aussi peu original, mais c'était bon et consistant et Robin était reconnaissant à chaque bouchée.

Malheureusement, la météo ne s'étant pas améliorée, ils restèrent tous à la réception de leur hôtel où ils se divisèrent en petit groupe pour jouer à des jeux, faire des casse-têtes et profiter d'une soirée tranquille.

— Viens nous rejoindre, lui demanda Lily et Robin tira une chaise à leur table. C'est *Cards Against Humanity,* l'édition britannique je crois bien et c'est hilarant ! Je n'ai aucune idée de qui est la moitié de ces gens, mais c'est drôle quand même.

Rapidement, tout le monde était réuni autour de la table et passait un bon moment. Des éclairs éclaircissaient le ciel à l'extérieur et le tonnerre grondait, mais les rires les camouflèrent jusqu'à tard dans la nuit. C'était un de ses moments préférés de la journée. Eh bien, jusqu'à ce que Johan l'attire seul dans leur chambre. Apparemment, il se sentait mieux et il montra minutieusement à Robin à quel point il le trouvait spécial.

Heureusement, le tonnerre noya la plupart de ses cris de passion.

La dernière partie du voyage se passa sans tracas, et tard dans l'après-midi suivant, Johan arrêta l'autobus devant le dernier hôtel du groupe à

Francfort. C'était moderne et relativement nouveau et sûrement un des lieux les moins intéressants où ils avaient passé la nuit.

— Comment nous rendrons-nous à l'aéroport demain matin ? demandèrent Grant et Billy avant de descendre de l'autobus.

Robin arrêta tout le monde pour faire une annonce générale.

— L'hôtel offre un service qui, dans mes souvenirs, est seulement à cinq euros par personne où vous n'avez qu'à vous adresser au réceptionniste pour qu'il organise votre voyage jusqu'à l'aéroport et vous appelle le matin quand vous pourrez partir. C'est plus facile et très accessible. Les billets de métro vous coûteraient quasiment la même chose. Et vous êtes tous au courant pour le dîner d'adieu qui aura lieu dans la salle à manger au dernier étage de l'hôtel à partir de dix-neuf heures. Ou dix-neuf cents *Uhr* pour ceux qui se seraient habitués à l'heure allemande.

Il sourit et tout le monde semblait heureux en retour.

— Johan et moi vous retrouverons là.

Robin descendit de l'autobus et tous les autres le suivirent. Il s'assura que tout le monde avait ses bagages, Javier aidant Johan pour qu'il ne se blesse pas plus gravement.

— Où dors-tu, ce soir ? demanda Johan dès que le groupe fut à l'intérieur et qu'il ne restait qu'eux devant l'autobus.

— À mon appartement, je ne reste jamais à l'hôtel à Francfort, pour éviter des frais à Albert, expliqua Robin en souriant. En un sens, je suis prêt à m'installer pour un moment. Nous rejoignons le nouveau groupe dans quelques jours et recommençons tout à zéro.

— Nous ne recommençons pas tout, dit Johan avec un clin d'œil et Robin lui sourit en retour.

Ils avaient déjà vécu un bon début.

— Non, en effet.

Robin se rapprocha de lui et Johan passa son bras en bon état autour de sa taille.

— Mais que pouvons-nous faire jusqu'au dîner ?

— Nous pourrions nous embrasser dans le fond de l'autobus ? proposa Johan.

Robin eut un petit rire. Aussi *intéressant* que cela sonnait…

— Ou alors, nous pourrions attendre pour faire l'amour dans mon lit quand nous retournerons à mon appartement, offrit Robin en se calant contre Johan en soupirant doucement. Nous avons encore quelques heures que je dois prendre pour passer des coups de fil.

168

— Et je dois ramener l'autobus, dit Johan avec un sourire en coin. Le devoir nous appelle.

Il entra dans l'autobus et il se fondit rapidement dans la circulation.

ROBIN FINIT par prendre le métro jusqu'à chez lui. Il passa ses coups de téléphone et ouvrit son appartement, laissant l'air circuler. Il alluma aussi son réfrigérateur et passa rapidement par l'épicerie du coin pour y stocker un peu de nourriture. C'était agréable d'être de retour.

Schnitzel le chat semblait bien heureux lui aussi, quand il entra par la fenêtre en ronronnant doucement pendant que Robin le caressait.

— Oui, moi aussi je me suis ennuyé de toi, mais je parie que madame K se demande où tu te trouves.

Schnitzel ne semblait pas s'en soucier et, après s'être confortablement installé sur le fauteuil de Robin, il s'endormit rapidement sous les rayons du soleil.

Robin se changea et ramena le chat à sa propriétaire reconnaissante avant de prendre le métro pour retourner à l'hôtel et monter au dernier étage. Tout le monde y était rassemblé et la fête avait déjà commencé. On prenait des plats en les remplissant au buffet, la pièce vibrante sous les conversations.

Javier pressa un *Schorle* dans la main de Robin.

— C'était un beau voyage, exactement ce dont Oliver et moi avions besoin.

Il prit la main d'Oliver dans la sienne et un grand sourire étira ses lèvres.

— Rendez-vous bien à la maison, vous deux, et soyez gentils l'un envers l'autre.

Leur attention se tourna vers la porte et Robin vit Johan entrer dans la pièce, une vision en noir, des pantalons au chandail.

— Pareil pour toi, répondit finalement Oliver.

Mais Robin l'entendit à peine. Johan se dirigea vers lui et prit la joue de Robin dans sa main. Il l'embrassa devant tout le monde au grand bonheur du groupe qui poussa des exclamations et même des « trouvez-vous une chambre » ce qui fit rire tout le monde, considérant qu'ils en avaient partagé une pendant tout le voyage.

Robin cligna des yeux quand Johan s'écarta et se tourna vers les autres, les joues en feu.

— Alors, c'est bien vrai, lança Lily, tous les meilleurs sont gays.

— Tu fais bien de le croire, chérie, répondit Billy avant d'embrasser langoureusement Kyle.

Robin glissa un bras autour de la taille de Johan et se pencha contre lui.

— À un superbe voyage, dit Grant en levant son verre.

Les autres le suivirent, trinquant et buvant, et les conversations reprirent ensuite de plus belle.

Quand tout le monde eut une chance de prendre une bouchée, Robin se leva et tapota son verre avec sa fourchette pour attirer l'attention.

— J'aimerais tous vous remercier pour un voyage mémorable, commença-t-il en lançant un regard à Johan dont les yeux s'étaient obscurcis de désir pendant une seconde. Je ne crois pas ne jamais pouvoir l'oublier.

Il tendit la main et Johan la prit dans la sienne, se tenant juste à côté de lui.

— Vous étiez un groupe formidable et c'était un voyage plus que plaisant. Je suis tellement heureux que vous ayez eu l'air de l'apprécier autant. J'ai fait passer une feuille dans la pièce, tous ceux qui le souhaitent peuvent ajouter leur nom et leur e-mail. Je vais envoyer un mail commun à ceux qui ont signé, comme ça vous aurez les adresses de ceux que vous souhaitez contacter.

— Avez-vous eu des nouvelles de Mason ?

Johan s'éclaircit la gorge avant de répondre.

— J'ai vérifié avec la police de Trèves et ils m'ont confirmé qu'ils allaient le garder en détention pour vol et qu'ils travaillent à rendre les objets à leurs propriétaires légitimes.

Robin s'éclaircit la gorge pour changer de sujet, c'était une petite fête après tout.

— Passez une belle soirée et merci à tous de m'avoir suivi tout ce temps. Je vous souhaite un bon retour à la maison.

Robin leva son verre, rapidement imité par tout le monde.

Les conversations reprirent et Johan se tourna vers lui, ses yeux flamboyant à nouveau de désir.

— Combien de temps dois-tu rester ici ? demanda-t-il en attirant Robin près de lui. Je ne veux pas que tu t'épuises, alors je crois que nous devrions retourner à l'appartement pour ne pas en ressortir avant quelques jours. J'espère en tout cas.

— On se bécote sur les heures de travail, je vois, dit Albert en entrant dans la salle et Robin leva les yeux en l'air en échappant à l'étreinte de Johan.

— Comme si ce n'était pas un peu de ta faute.

Il fusilla moqueusement du regard son patron avant de sourire.

Quelqu'un commença à cliqueter son verre et tout le monde se tut. Kyle s'éclaircit la gorge.

— Billy et moi souhaitions remercier Johan, mais surtout Robin pour ce magnifique voyage. Robin est toujours à l'écoute et donne de bons conseils.

— Kyle, commença Billy, mais Kyle lui prit la main.

Robin se rapprocha de Johan et passa un bras autour de sa taille, l'excitation montant dans la pièce.

— Je sais ce que je veux et qui je veux dans ma vie maintenant. Mes yeux se sont ouverts, je vois tout ce que tu es pour moi, déclara Kyle en tirant une petite boîte de sa poche. J'ai acheté ceci à Trèves, c'est une pièce de monnaie romaine.

Il passa la chaîne autour du cou de Billy.

— Cette pièce est vieille de deux mille ans et je promets de t'aimer pour encore plus longtemps. Veux-tu être mon amour et ma vie... pour toujours ?

On perdit la réponse de Billy qui se lança dans les bras de Kyle pour l'étreindre et l'embrasser.

Robin se tourna pour trouver Johan le regardant. L'amour était bel et bien dans l'air. Oliver et Javier s'étaient rapprochés, le bras de Javier autour de la taille d'Oliver. Les autres couples avaient fait de même, tous se tenant debout, heureux, à regarder le nouveau couple rejoindre leur rang d'amoureux.

— Hé, dit doucement Johan en relevant avec un doigt la tête de Robin. Je vois ce que tu veux.

Robin sourit.

— J'ai déjà ce que je veux vraiment, dit-il en déglutissant. Et je veux vieillir avec toi.

Johan l'étreignit dans ses bras.

ÉPILOGUE

Le printemps suivant

— *LIEBLING*, LE rassura Johan pendant que Robin courait dans l'appartement.

Il gonfla les coussins du canapé et se dirigea dans la deuxième petite chambre pour s'assurer que le lit était parfait.

— Tout va bien. Tes parents passeront un bon moment et ils seront heureux de te voir.

— Je sais, mais nous ne nous sommes pas vus depuis l'automne dernier et j'attendais impatiemment leur visite. Ils ne sont pas revenus en Allemagne depuis bien longtemps, alors je veux que tout soit parfait.

Robin ferma la porte de la chambre et vérifia que tout était beau dans le petit salon et la cuisine.

— Mes parents ont hâte de les rencontrer et je connais nos mères, je sais qu'elles passeront des heures ensemble dans la cuisine.

Apparemment, elles avaient déjà échangé des recettes.

— Alors, ne t'inquiète pas. Tu as passé tout ce temps comme guide touristique, alors tu sais où les amener sans trop les fatiguer. Ils sont ici pour deux semaines entières…

Robin s'assit et reprit son souffle en regardant sa montre pour la huitième fois en pratiquement autant de minutes.

— Cela va nous prendre un peu de temps pour nous rendre à l'aéroport et leur avion atterrit dans quelques heures. J'ai vérifié et il est à l'heure.

Johan prit sa main.

— Allez. Si nous arrivons en avance, nous pourrons nous arrêter pour un *Schorle*.

Schnitzel sauta du canapé et s'installa sur les cuisses de Robin en ronronnant bruyamment.

— Tu es prêt à rencontrer ta grand-mère ?

Madame K avait développé des problèmes de santé une semaine avant le déménagement de Robin, elle ne pouvait donc plus s'occuper de son chat et Robin avait accepté de le garder. Johan n'était toujours pas certain de ce choix, même si l'animal l'adorait et le suivait partout, ou essayait en tout cas. C'était à croire que Johan nettoyait ses vêtements avec du poisson.

— Nous devons y aller, alors soit sage pendant que nous serons absents, dit Robin en soulevant Schnitzel pour le poser sur les coussins.

Il se leva pour suivre Johan jusqu'à la voiture. Aux États-Unis, une Smart aurait été bien trop petite pour la route, mais ici elle était plus que pratique, surtout avec le coût élevé du carburant.

Les parents de Johan les rejoignirent et son père lui tendit les clés de sa Mercedes en lui disant de prendre leur voiture puisqu'elle était plus confortable.

— Nous les attendrons ici.

— J'ai prévu un déjeuner spécial pour eux, leur expliqua la mère de Johan.

Robin l'étreignit, Greta était vraiment devenue comme une deuxième mère pour lui. Il l'aimait presque autant que sa propre mère. Lui et Fritz partageaient également une passion pour la pêche et il lui avait montré ses endroits préférés où taquiner la truite.

— Louisa sera présente également.

Marta était actuellement à Princeton, mais elle serait de retour dans quelques mois.

— Merci.

Il aimait à quel point, ils le faisaient, sentir le bienvenu et ils semblaient vouloir faire de même avec ses parents.

— Nous devons y aller.

Robin s'installa dans le siège passager moelleux de la spacieuse voiture et Johan les conduisit jusqu'à l'Autobahn en ouvrant le toit. Ils allèrent à une vitesse impossible aux États-Unis jusqu'à la périphérie de Francfort où ils rencontrèrent du trafic à la sortie pour l'aéroport. Robin sentit sa nervosité monter d'un cran en sortant de la voiture et en se dirigeant vers le terminal où ils retrouveraient les parents de Robin dès qu'ils auraient atterri et passé les douanes. Selon le panneau d'affichage, l'avion était arrivé depuis vingt minutes, alors ils devraient arriver sous peu.

— Les voilà, dit Johan cinq minutes plus tard et Robin se dépêcha d'aller enlacer sa mère, puis son père.

— Vous êtes là !

— Tu as l'air en pleine forme, lui dit sa mère en lui tenant les mains puis en se reculant d'un pas. Peu importe ce que tu fais ici, continue.

173

— Je travaille de la maison la plupart du temps et Johan et moi déjeunons ensemble. Il aide sa famille avec le restaurant et je travaille avec Albert pour préparer les visites de l'été prochain. Elles sont déjà toutes complètes et nous en ajoutons une ou deux pour combler les demandes.

Il semblerait qu'Oliver avait un large cercle social et que le mot était passé. Les réservations rentraient depuis des semaines.

— J'aime ma vie ici, maman.

— Fils, lui dit son père et Robin le prit dans ses bras à nouveau. Ça fait du bien de te voir.

— Je suis content que vous ayez pu venir.

C'était les premières vacances de ses parents depuis des années.

— Ton frère prend de plus en plus de responsabilités, nous avons donc décidé qu'il pouvait bien gérer cela pendant quelques semaines, dit son père avant de se pencher vers lui. Je crois qu'il était heureux de nous voir un peu hors de ses pattes.

— Allez, embarquons dans la voiture. Nous devons y aller. Greta vous a préparé un déjeuner, puis vous pourrez vous reposer après le long vol.

Il prit le sac de sa mère et Johan prit celui de son père et ils se dirigèrent vers la voiture. Sur la route du retour, ils parlèrent un peu, mais laissèrent surtout ses parents se reposer.

Johan se gara devant ce qui était maintenant la maison de Robin et ils aidèrent ses parents à amener leurs affaires à leur chambre.

— Mama m'a dit que le repas serait servi dans une trentaine de minutes,

Robin et Johan laissèrent ses parents dans la chambre et se dirigèrent vers le salon. Ils s'assirent ensemble sur le canapé et Schnitzel prit sa place sur les cuisses de Johan.

— La maison te manque-t-elle ? demanda doucement Johan.

Robin y pensa une seconde, puis secoua la tête.

— C'est ici la maison. Mes parents vivent aux États-Unis, mais Wurtzbourg est mon chez-moi. Tu es ma maison et je ne regrette absolument rien. Oui, j'aimerais pouvoir voir ma mère et mon père plus souvent, mais en fin de compte, tu es tout ce dont mon cœur emprunté aurait pu rêver.

Johan caressa sa joue pour plonger son regard dans celui de Robin.

— Le temps que la greffe t'a donné a peut-être été emprunté, mais le cœur, ton cœur, il vient de toi.

174

ANDREW GREY est l'auteur de presque cent ouvrages de fiction de romance gay contemporaine. Après vingt-sept ans à vivre dans le monde des affaires américain, il est maintenant établi au centre de la Pennsylvanie avec son époux, Dominic, et son ordinateur portable. Un drôle de ménage. Andrew a grandi dans l'ouest du Michigan avec un père qui aimait raconter des histoires et une mère qui adorait les lires. Depuis ce temps, il a vécu dans tout le pays et voyagé à travers le monde. Il est le récipiendaire du *RWA Centennial Award*, a une maîtrise de la *University of Wisconsin–Milwaukee* et écrit maintenant à temps plein. Andrew adore dans ses temps libres collectionner des antiquités, jardiner et laisser ses assiettes sales traîner partout sauf dans l'évier (surtout quand il écrit). Il se considère comme choyé avec une famille compréhensive, des amis fantastiques et le partenaire le plus aimant et attentif du monde. Andrew vit actuellement dans la magnifique ville historique de Carlisle en Pennsylvanie.

E-mail : andrewgrey@comcast.net
Site Web : www.andrewgreybooks.com

DREAMSPUN DESIRES

LE SECRET
DE POPPY

Andrew Grey

Une deuxième chance née de l'amour.

Une deuxième chance née de l'amour.

Pat Corrigan et Edgerton « Edge » Winters étaient prêts à fonder une famille – du moins, c'est ce que pensait Pat. À la dernière minute, Edge a pris peur et s'est enfui. Pat n'a pas pris la peine de lui dire que la conception avait déjà eu lieu et que la petite Emma était en route. Il ne voulait pas d'une relation basée sur une obligation. Il préférait encore élever sa fille seul.

Neuf ans plus tard, Emma et son Poppy se portent bien. Ce n'est pas de cas d'Edge. Il réalise ce qu'il a rejeté en partant et il est de retour pour changer sa vie et reconquérir sa famille. Il devra déployer des efforts considérables afin de prouver à Pat qu'il est un autre homme, et même s'il y parvient, le secret que Pat a gardé pendant des années pourrait bien briser à nouveau leurs rêves.

www.dreamspinner-fr.com

Par ANDREW GREY

Alchimie organique
Un cœur en échange
Destinés l'un à l'autre
Fermier malgré lui
Ferrer le poisson
Une juste cause
Tout pour toi

AMOUR…
Amour… sans honte
Amour… et courage
Amour… sans limite
Amour… et liberté
Amour… sans peur

LES ARÔMES DE L'AMOUR
La saveur de l'amour
Une portion d'amour

DREAMSPUN DESIRES
#4 – Le rancher solitaire
#28 – Le secret de Poppy

LES FLICS DE CARLISLE
Feu et eau
Feu et glace

HISTOIRES DE CŒUR
Cœur de loup
Cœur à prendre
À cœur ouvert
À cœur perdu

PAR LE FEU
Le baptême du feu
Tout feu, tout flamme

Publié par DREAMSPINNER PRESS
wwww.dreamspinner-fr.com